Riesling und ein Mord

Kerstin Lange lebt mit ihrem Mann und Hund in Speyer. Die gelernte Bilanzbuchhalterin konzentriert sich seit 2009 auf das Schreiben von Regionalkrimis und Kurzgeschichten und kann auf einige Preise und Auszeichnungen blicken, u.a. auf den 1. Platz des Literaturwettbewerbs der Zeitschrift MAXI und der S. Fischer Verlage mit dem Kurzkrimi »Anders-Artig«.

KERSTIN LANGE

Riesling und ein Mord

KRIMINALROMAN

emons:

Bibliografische Information der Deutschen Nationalbibliothek
Die Deutsche Nationalbibliothek verzeichnet diese Publikation in der Deutschen Nationalbibliografie; detaillierte bibliografische Daten sind im Internet über http://dnb.d-nb.de abrufbar.

MIX
Papier aus verantwortungsvollen Quellen
FSC® C083411
FSC
www.fsc.org

Umschlagmotiv: photocase.com/nailiaschwarz
Umschlaggestaltung: Tobias Doetsch
Gestaltung Innenteil: César Satz & Grafik GmbH, Köln
Lektorat: Susann Säuberlich, Neubiberg
Druck und Bindung: CPI – Clausen & Bosse, Leck
Printed in Germany 2015
ISBN 978-3-95451-687-2
Originalausgabe

1

Sicherheit gab es nicht. Sicherheit war Illusion, ein Wunschtraum, der nicht in Erfüllung ging. Niemals. Das wusste Pia verlässlich. Wenn sie sich auch sonst auf nichts verlassen konnte, diese Erkenntnis war unumstößlich, hatte sich von klein auf in ihr Gedächtnis gebrannt. Obwohl es durchaus Momente gab, in denen sie sich annähernd geschützt fühlte. Doch diese Augenblicke dauerten nicht lang genug, um sie nachhaltig an Schutz und Geborgenheit glauben zu lassen. Die Angst vor Schmerz und Enttäuschung saß tief, und ihr war bewusst, dass das Erwachen umso brutaler wurde, sollte sie dem trügerischen Gefühl nachgeben.

Vor Kurzem hatte sie in einer Frauenzeitschrift gelesen, dass gedankliche Inseln halfen. Sich im Geist schöne Orte erschaffen, an die man sich zurückziehen konnte, wenn alles zu viel wurde. Plätze ohne Gewalt, Macht und Erniedrigung. Vor allem ohne diese allumfassende Angst, die bei jedem Tun im Nacken saß. An diesem imaginären Ort musste man nicht ständig auf der Hut sein, was man sagte oder wie man sich gab. Er war angefüllt mit Ruhe und Frieden, der Gewissheit, nie etwas falsch zu machen, nie bestraft zu werden.

Pia hatte es versucht. Sie träumte von einer Wiese in den Bergen, lag im Gras, umgeben von Schmetterlingen, die lustig umherflogen, von Vögeln, die fröhlich vor sich hin zwitscherten, und von bunten Wildblumen, die sanft im Wind schaukelten. Sie schaute hinab ins Tal, blickte auf rote Dächer, Kirchen mit Zwiebeltürmen, sah auf dem gegenüberliegenden Hügel einen hellen Mischwald, dazwischen ein paar Tannenbäume. In der Nähe plätscherte ein Bach, die Sonne schien und wärmte ihr Gesicht.

Diese Vorstellung von Glück konnte sie jederzeit abrufen. Immer dann, wenn es schlimm wurde, so schlimm, dass sie glaubte, es nicht aushalten zu können, zog sie sich an diesen imaginären Ort zurück, wo sie allein und glücklich und alles gut war.

Doch seit gestern Abend war dieser Ort verseucht. Sobald sie an ihn dachte, tauchten dunkle Nebelschwaden auf, die alles überschatteten. Die Sonne schien nicht mehr hell, das Vogelgezwitscher verstummte, und die Schmetterlinge flüchteten. Angst kroch in ihr hoch. Das durfte sie nicht zulassen, das musste sie mit allen Mitteln verhindern. Als Kind hatte sie von einem liebevollen Vater und einer umsorgenden Mutter geträumt – vergeblich. In Lukas glaubte sie den Mann gefunden zu haben, der ihre Sehnsüchte stillte.

Ein Trugschluss. Ihr Fehler.

Den Grund dafür hatte sie auch in den Frauenzeitschriften gelesen. Ihr Verhalten war genau erklärt und zeigte ihr, dass nicht nur sie so naiv war. Viele Frauen suchten in ihrem Freund ein Abbild des Vaters. Lukas ähnelte äußerlich tatsächlich ihrem Vater in jungen Jahren. Beide sahen gut aus, mit markanten Gesichtszügen, die Entschlossenheit und Durchsetzungsvermögen versprachen. Beide hatten diese großen, warmen braunen Augen, in denen man versinken konnte, die Zärtlichkeit und Wärme versprachen – meist nach der Tracht Prügel. Auch da glichen sich die Männer in ihrem Leben, ebenso wie mit ihren Beteuerungen: *Ich brauche dich so sehr, verlass mich nicht.*

Letztendlich hatte der Vater sie verlassen, bei Lukas musste sie den entscheidenden Schritt tun. Sie wusste schon lange, dass es besser für sie war, doch erst seit gestern glaubte sie, die Kraft aufbringen zu können. Es hatte bisher auch nicht geholfen, dass ihre Freundin Sabrina ihr ständig predigte, dass sie gehen musste, seit sie zum ersten Mal die blauen Flecken gesehen hatte.

Das sagt sich so einfach, überlegte Pia. Verließ man einen Menschen, der einem immer wieder versicherte, wie sehr er einen liebte und brauchte? Dem seine Ausbrüche leidtaten und der sie aus Schuldgefühlen mit Blumen überhäufte?

Zugegeben, die Blumensträuße fielen mit der Zeit kleiner aus, bis sie schließlich ganz aufhörten – die Hoffnung starb bekanntlich zuletzt. Doch gestern war er zu weit gegangen. Seit gestern Abend wusste sie, dass sie Lukas verlassen *musste.* Seit gestern halfen die Traumorte nicht mehr. Sobald die Wiese vor ihrem inneren Auge auftauchte, schob sich eine dunkle Wolke der Bedrohung davor. In der Nacht hatte sie gegrübelt, Pläne geschmiedet, ihre Flucht vorbereitet. Je mehr ihre Absichten Gestalt annahmen, umso sicherer wurde sie.

Bereits beim Aufstehen hatte sie gespürt, dass etwas anders war. Der Wecker klingelte wie jeden Morgen, wie jeden Morgen schaltete sie ihn ab und blieb noch ein paar Minuten in der Dunkelheit liegen, lauschte auf Lukas' Atemgeräusche. Während sie an anderen Tagen schlaftrunken aufstand, um den Wasserkocher anzustellen und Brötchen aufzubacken, die sie dann für Lukas mit Salami und Käse belegte, fühlte sie sich am heutigen Morgen hellwach und energiegeladen.

Sie sprang aus dem Bett und lief in die Küche. Sie war fahrig, aufgedreht, voller Adrenalin. Sie stellte den Backofen an, holte die Brötchen aus dem Eisfach und legte sie in den Ofen. Sie nahm den verhassten Porzellanfilter von Lukas' Großmutter, faltete die Filtertüte hinein und gab das Kaffeemehl hinzu. Das Wasser kochte, sie wartete, bis es nicht mehr sprudelte, und ließ es durchlaufen.

Als der Duft von frisch aufgebrühtem Kaffee durch die Wohnung zog, kam Lukas in die Küche. Er setzte sich an den klapprigen Tisch, wartete, dass sie ihm eine Tasse hinstellte – schwarz, ohne Zucker –, und schaute ihr nicht einmal ins Gesicht. Er sagte kein Wort, konzentrierte sich ganz auf sich selbst.

Sie war dankbar dafür. Wenn er sich jetzt entschuldigt hätte, wäre sie vielleicht schwach geworden. Stattdessen rauchte er eine Zigarette, ohne um Erlaubnis zu fragen, obwohl er wusste, wie sehr sie den Qualm und den Geruch hasste. Lukas machte es ihr leicht.

Immer noch wortlos nahm er sein Brot und ging. Die Tür fiel mit einem lauten Krachen ins Schloss. Im Grunde war alles wie immer. Nur sie, sie war heute anders. Sie atmete tief ein, schloss die Augen und ging zum Telefon.

»Sabrina«, sagte sie, »es ist so weit. Ich mache es. Gilt dein Angebot noch, dass ich ein paar Nächte bei dir bleiben kann?«

Ihre Freundin antwortete nicht sofort, und Pia überkam ein Anfall von Panik. Ohne Sabrina würde sie das nicht schaffen.

Auf ihrer Hilfe basierte der ganze Plan. Was, wenn sie ihren Vorschlag zurückzog? Konnte Pia trotzdem ihrem Vorsatz treu bleiben?

Endlich antwortete Sabrina. »Natürlich, meine Liebe. Allerdings siehst du mich sprachlos. Es ist dein Ernst?«

»Ja. Ich … Ich kann nicht mehr. Es geht auch nicht mehr. Ich habe es mir gut überlegt. Heute ist Donnerstag. Lukas' Chef ist im Urlaub, und einer der Kollegen will einen ausgeben – Junggesellenabschied. Das wird spät. Ich denke, das passt. Bis fünfzehn Uhr muss ich arbeiten. Dann hole ich meinen Koffer und komme mit einem Taxi zu dir? So gegen halb fünf?«

Wieder zögerte Sabrina. »Das ist blöd. Ich habe gerade erfahren, dass ich länger arbeiten muss. Minimum eine Stunde. Heute ist hier die Hölle los. Anderer Vorschlag: Ich hole dich direkt nach dem Büro ab. Das wäre so kurz nach sieben. Und weißt du was? Dein Entschluss muss groß gefeiert werden. Wenigstens eine gute Nachricht an diesem Tag. Erst gehen wir essen und danach tanzen. Was hältst du davon?«

Groß feiern? Pia war unschlüssig. Die Übernachtung war gesichert, aber tanzen gehen?

»Ich lade dich ein«, fügte Sabrina hinzu. »Du wirst demnächst jeden Cent brauchen können. Aber deine Entscheidung ist richtig, der Typ macht dich kaputt. Also, putz dich raus, du wirst sehen, auch andere Mütter haben schöne Söhne.«

»Also gut. Ich mache mich schick. Heute ist doch im ›Club 16‹ *Groove-Night.* Coole Musik zum Tanzen. Da wollte ich schon immer mal hin. Was meinst du?«

»Wunderbare Idee! So machen wir das. Aber jetzt muss ich weiterarbeiten, sonst werde ich nie fertig. Bis später.«

Pia legte auf und blieb einen Moment unschlüssig stehen. Was sollte sie zuerst tun? Packen oder aufräumen? Sie sagte laut »Nein!« – aufräumen würde sie nicht mehr. Sollte er sich eine andere Blöde suchen, die Ordnung schaffte.

Sie holte den Koffer, der auf dem Schrank Staub angesetzt hatte, und legte ihre Kleidung hinein, wobei sie sorgfältig auswählte, was mitkommen sollte. Ihre Lieblingsstücke, ihre Sportsachen. Sie würde wieder Sport treiben, nahm sie sich vor. Als sie den Koffer nur noch unter Schwierigkeiten schließen konnte, versteckte sie ihn unter dem Bett. Es wurde Zeit, sich umzuziehen. Thermowäsche, einen dicken Pullover, dicke Hose.

Um elf Uhr begann ihre Schicht beim Brezelbäcker. Sie hasste es, in der Kälte in dem kleinen Häuschen auf der Maximilianstraße zu sitzen und Brezeln, mit oder ohne Butter, mit oder ohne Käse, zu verkaufen. Doch selbst diese Stunden verbrachte sie mit Vergnügen und wunderte sich, dass die Kunden sich von ihrer Vorfreude anstecken ließen. Heute fing ihre Zukunft, ihr neues Leben an.

Um halb vier war sie wieder zu Hause. Durchgefroren, aber glücklich. Jede Handbewegung tat sie im Bewusstsein, dass sich von nun an ihr Leben änderte. Sie fühlte jeden Tropfen des warmen Wassers unter der Dusche, roch intensiv den Duft des Duschgels. Anschließend stellte sie sich nackt vor den Spiegel und betrachtete sich. Für ihre Figur musste sie sich nicht schämen. Der Busen könnte mehr sein und der Bauch etwas flacher, doch passende Kleidung half. Die Turnerei in Kindertagen war nicht vergeblich gewesen, auch wenn sie heute kaum noch Sport trieb.

Sie trat näher an den Spiegel heran, um im grellen Licht der Halogenlampe ihr Gesicht zu überprüfen. Kritisch strich sie über ihre Augenbrauen und fuhr mit dem Zeigefinger die Narbe entlang, die von ihrer Stirn bis zur rechten Wange reichte. Im Laufe der Zeit war sie verblasst, und nur wenn man sehr genau hinschaute, erkannte man die fünf Zentimeter lange Linie. Wie hatte sie all die Jahre mit Lukas zusammenbleiben können? Damals hätte sie bereits wissen müssen, was er für ein Mensch war, dass er sich nicht ändern würde. Doch sie hatte alles ausgeblendet, was ihre Vorstellung von Liebe und Zweisamkeit bedrohen konnte.

Vor drei Jahren, am Anfang ihrer Beziehung, hatte er im Streit die Flasche nach ihr geworfen. Sie hatte es als Ausrutscher abgetan und niemandem etwas davon erzählt. Die Narbe hielt ihn lange Zeit ab, zuzuschlagen, doch irgendwann nahm er sie nicht mehr wahr.

Sie übersah das Mal, wenn sie in den Spiegel blickte, genauso wie sie die blauen Flecke, die Brandwunden, die Schmerzen, die Blutergüsse und das Blut aus ihrem Gedächtnis ausgemerzt hatte. Bis gestern. Seit gestern ließ sich die Erinnerung nicht mehr verdrängen, seit gestern Abend waren jeder Übergriff, jede Ohrfeige, jeder unfreiwillige Sex präsent. Dabei konnte sie sich nichts vorwerfen, sie hatte gestern jede Provokation vermieden, als er betrunken nach Hause gekommen war. Sie hatte sich auf die Wiese zurückgezogen und die Zeit, die es gedauert hatte, mit Schmetterlingen und bunten Blumen verbracht. Währenddessen erinnerte sie sich an den Anfang ihrer Beziehung, als sie überzeugt war, dass alles gut werden würde, dass er Aggression und Eifersucht in den Griff bekäme. Und sie felsenfest glaubte, dass sie es schaffen konnten, nicht nur, weil er sie häufig mit kleinen Geschenken überraschte.

Wohlgemerkt bevor, nicht erst nachdem er sie grün und blau geschlagen hatte. Sie hatte versucht, sich zu vergegenwärtigen, wann es angefangen hatte, schiefzulaufen, während er auf ihr gelegen hatte, schnaufend und schwitzend, umgeben von einer ekeligen Alkoholfahne. Der Alkohol kam erst, als sich der versprochene gut bezahlte Job als Irrtum herausgestellt und der Teufelskreis begonnen hatte: Das Geld war knapp, das Leben, vor allem seins, teuer.

Er wollte mit seinen Kollegen mithalten, brauchte die neuesten Elektronikspielzeuge, Smartphone, Tablet, Smartwatch und all den anderen Unsinn. Markenjeans und Markensneakers. Sein Verdienst als Schreinergehilfe reichte nicht, und seine Wut und Enttäuschung über den unterbezahlten Job ertränkte er erst in Alkohol, bevor er seinen Frust mit vollem Körpereinsatz an ihr ausließ. Natürlich tat es ihm am nächsten Tag leid, er entschuldigte sich und gab sich Mühe, es wiedergutzumachen.

Immer wieder hatte sie ihm geglaubt und verziehen. Doch gestern hatte er etwas gesagt, das sie bis in ihre Grundfesten erschütterte.

»Es gibt andere. Bessere. Jüngere und Hübschere. Sie wollen alle mit mir ins Bett, stellen sich nicht so an wie du.« Jeder Buchstabe hatte sich in ihr Gedächtnis eingebrannt, sie würde sie nie wieder vergessen.

Ganz langsam hatte ihr Verstand den Sinn seiner Worte begriffen. Sie erklärten den fremden Geruch, wenn er spätabends heimkam. Die Erkenntnis traf sie noch immer mit voller Wucht. Ein Schlag in die Magengrube, k. o. – warum sie die Tatsache, dass er andere Frauen hatte, mehr verletzte als seine Schläge, war ihr selbst ein Rätsel.

Sie gab sich einen Ruck, verbot sich, an den gestrigen Abend zu denken, und wandte sich wieder ihrem Spiegelbild zu. Nach vorn blicken war von nun an ihr Motto. Die Vergangenheit wollte sie hinter sich lassen.

Das Camouflage-Make-up war sein Geld wert, die Werbung versprach nicht zu viel. Sorgfältig cremte und grundierte sie. Sie malte sich den gemeinsamen Abend mit Sabrina in den schönsten Farben aus. Erst essen, vielleicht mexikanisch. Ein Frauenabend, so wie früher, als sie noch auf der Suche nach Mr Right waren.

Ein heftiges Rütteln an der Türklinke stoppte ihre Tagträumereien, holte sie in die Realität zurück. Vor Schreck zuckte sie zusammen, ihr Lippenstift fiel ins Waschbecken.

»Mach auf, du Schlampe. Was schließt du dich hier ein?«

Das Zittern kam ganz plötzlich. Lukas. Was wollte er hier? Er sollte in irgendeiner Kneipe sitzen und mit den Kollegen trinken. Sie schloss immer ab, seit damals drehte sie automatisch den Schlüssel herum, sobald sie das Bad betrat. Ein klein wenig Schutz, ein bisschen Privatsphäre. Ihre Hand wanderte zu der Narbe an der Stirn, und sie schloss die Augen. Ihre Sinne waren angespannt, ihr Gehör arbeitete auf Hochtouren.

Es wurde still, Lukas hatte aufgegeben. Sie lauschte seinen Schritten, wie immer hatte er die Schuhe nicht ausgezogen. Sie dachte an den Schmutz, den feinen Holzstaub und die Sägespäne, die er überall verteilte. Er ging in die Küche, sie hörte, wie er den Kühlschrank öffnete. Natürlich nahm er sich ein Bier. Ihr fiel ein, dass sie nicht eingekauft hatte, das würde ihn noch wütender machen. Das Geld brauchte sie für sich, sie hatte nicht erwartet, ihm noch einmal in die Arme laufen zu müssen.

Er fluchte, riss Türen und Schubladen auf. Sie hörte ihn

wühlen, immer wieder Verwünschungen ausstoßen. Was suchte er? Die erneut eintretende Stille beunruhigte sie mehr als sein Poltern. Sie vernahm seine Schritte, er kam wieder zum Badezimmer. Steif vor Schreck, unfähig, sich zu bewegen, verharrte sie in ihrer Position.

Was passierte jetzt? Was hatte er vor? Wo war ihr Handy? Mit vorsichtigen und leisen Bewegungen durchsuchte sie das Regal, kramte auf und zwischen den Handtüchern. Das Telefon muss doch hier irgendwo liegen! Sie kniete auf dem Boden, in der Hoffnung, dass es nur heruntergefallen war. Vergeblich. Dann fiel ihr ein, wo sie es zuletzt gesehen hatte. Es lag auf ihrem Bett, sie hatte es dorthin gelegt, als sie vor dem Kleiderschrank stand und ihre Sachen aussuchte.

Lukas haute erneut gegen die Tür. »Mach endlich auf, du Miststück!«

Ihr Herz klopfte, die Knie gaben nach, sie setzte sich auf den Badewannenrand. Sie starrte auf die Tür, erwartete, dass sie jeden Moment zerbrach. Und was dann? Ihr Puls raste, ihre Hände zitterten, ihr Verstand gelähmt vor Angst.

»Wieso schließt du dich ein?«, brüllte er und schlug wieder mit der Faust gegen die Tür. Als sie nicht antwortete, wurde seine Stimme drohender. »Was verbirgst du vor mir? Machst du dich wieder wie eine Hure zurecht?«

Bei jedem Wort zuckte sie zusammen. Lukas sprach undeutlich, er war angetrunken. Jetzt kam ein Gegenstand zum Einsatz, die Tür vibrierte. Mit geschlossenen Augen schickte sie Stoßgebete zum Himmel. Bitte, lass ihn gehen, ohne dass er mir etwas antut, lass ihn nicht die Tür aufbrechen. Wenn er angetrunken war, traute sie ihm alles zu. Warum hatte sie blöde Kuh ihr Telefon vergessen?

»Wie du meinst.« Das Schlagen hörte auf, doch das beruhigte sie nur kurz. Was hatte er jetzt vor? Sie versuchte zu erahnen, was in der Wohnung vorging, wagte nur, flach zu atmen, um jedes Geräusch mitzubekommen. Nichts. Die Ruhe ängstigte sie mehr als das Poltern und Schimpfen, ihre Nerven waren zum Zerreißen gespannt. Als sie die Stille nicht mehr aushielt, stand sie vorsichtig auf und schlich zur Tür. Sie legte ihr rechtes Ohr dagegen, um besser hören zu können, was passierte. Sie vernahm sein wütendes Schnaufen. Resignierte er, oder schöpfte er neue Kraft?

Ein Poltern, als ob etwas Schweres zu Boden gefallen war. Ob wieder ein Stück Fliese abgesplittert ist?, dachte sie und wunderte sich, wie ihr Gehirn funktionierte. Was für eine nebensächliche Frage.

»Ich geh jetzt wieder, blöde Kuh. Aber wir reden noch!« Seine Stimme barst vor Wut. Pia antwortete nicht, hob jedoch überrascht ihren Kopf, als sie seine nächsten Worte vernahm. »So kann es doch nicht weitergehen«, sagte er mit weicher, einschmeichelnder Stimme. »Wir finden eine Lösung, du musst mir vertrauen.«

Pia schluckte. Sein Taktikwechsel erschreckte sie. Ihre Muskeln schmerzten vor Anspannung. Wenn er so sprach, hatte er Übles vor. Er war unberechenbar. Von null auf hundert und in einer Minute zurück. Manchmal half es, ihn traurig anzuschauen, um ihn zu beruhigen und seine Aggression zu beschwichtigen. Meist passierte es dann, dass er ihre Hand nahm und sie ins Schlafzimmer zog. Das hielt sie aus, das war harmlos. Schlimm wurde es, wenn er irgendetwas in ihrem Blick wahrnahm, das ihn reizte. Dann schlug er ohne Vorwarnung zu, hörte nicht auf, bis sie blutend auf dem Boden lag und vor sich hin wimmerte. Er half ihr nie, weder beim Aufstehen noch bei der Wundversorgung. Er tat, als wäre sie nicht vorhanden. Viel später, wenn das Blut abgewaschen und die blauen Flecke mit Make-up abgedeckt waren, sah er sie an und redete belangloses Zeug. Meist fragte er, was es zu essen gäbe.

Wie wohl seine Lösung aussah? Spätestens morgen würde er kapieren, wie sie sich ihre vorstellte. Sie war weg und würde nie mehr zurückkommen. Sie lehnte sich mit dem Rücken an die Tür und schloss ihre Augen. Langsam rutschte sie zu Boden, ging in die Hocke und ließ ihren Kopf zwischen die Beine fallen. Mehrmals atmete sie tief in den Bauch.

Sie hörte das Klappern eines Schlüssels und wagte nicht zu denken, was das bedeutete. Er ging einfach! Sie jubelte innerlich, lauschte immer noch hoch konzentriert auf jeden Laut.

Die Haustür öffnete sich, er lachte wild. Was ist daran lustig?, fragte sie sich, und ihre Unruhe nahm wieder zu. Plötzlich verstand sie. Die Geräusche klangen, als schlösse er sie ein. Das kann nicht sein, das wagt er nicht! Und doch bestand kein Zweifel, sie irrte sich nicht: Er schloss ab, sperrte sie ein, behandelte sie wie eine Gefangene.

Noch immer hockend, fragte sie sich, was sie jetzt machen sollte. Wie sollte sie hier rauskommen? Panik breitete sich in ihr aus. Die Wohnung lag im dritten Stock, eine Flucht aus dem Fenster war nicht machbar. Vom Balkon auf den der Nachbarin klettern? Soweit Pia wusste, war die auf Mallorca. In der rechten Wohnung lebte der ältere Herr, der ehemalige Polizist, den konnte sie nicht leiden.

Sollte sie den Schlüsseldienst anrufen? Sie verwarf den Gedanken. Viel zu teuer. Außerdem – was würde der Mann denken, wenn sie ihm erklärte, ihr Freund hätte sie eingeschlossen? Sie schüttelte den Kopf. Das Gleiche galt für den Vermieter. Da sie nicht sicher war, ob Lukas die Miete überwiesen hatte, begrub sie auch diese Idee. Vorwürfe und Anschuldigungen waren das Letzte, was sie jetzt hören wollte.

Sehr langsam erhob sie sich, lauschte mit angehaltenem Atem sicherheitshalber noch einmal, bevor sie die Badezimmertür aufschloss. Alles blieb ruhig. Sie öffnete die Tür einen schmalen Spalt. Die Möglichkeit, dass Lukas nur so getan hatte, als würde er die Wohnung verlassen, durfte sie nicht außer Acht lassen. Was, wenn er grinsend im nächsten Zimmer auf sie wartete? Was würde er ihr antun? Sie an ihren Haaren ziehen, sie ins Schlafzimmer schleppen?

Die Angst nahm ihr den Atem, sie sah nur das, was unmittelbar in ihren Blick fiel, der Rest lag im Nebel. Mit langsamen Schritten suchte sie die Wohnung ab, erwartete hinter jeder Tür, jeder Ecke einen triumphierenden Lukas. Allmählich beruhigte sich ihr Puls, sie konnte wieder sehen. Ihre Angst war unbegründet. Lukas war gegangen, sie war allein in der Wohnung.

Sie überprüfte die Haustür, in der Hoffnung, dass sie sich vielleicht geirrt hatte. Nein, auf ihre Ohren konnte sie sich verlassen. Er hatte sie eingeschlossen, sie war gefangen.

Ihr Schlüssel, der normalerweise am Schlüsselbund hing, war fort. Was war sie doch für eine blöde Kuh. Warum konnte sie nicht an alles denken? Womit hatte sie das verdient? Sie spürte eine unbändige Wut in sich aufsteigen, die ihre Angst verdrängte. Wie konnte er es wagen, sie wie ein Tier zu behandeln?

Überlege!, forderte sie sich auf. Denk nach, es muss eine Lösung geben. Es konnte nicht sein, dass sie ihm auf Gedeih und Verderb ausgeliefert war, warten musste, bis er sie befreite. Sie lief umher, auf und ab, presste die Fäuste gegen ihre Schläfen. Plötzlich blieb sie stehen, als ihr einfiel, dass es doch einen Ersatzschlüssel gab. Sie hatte ihn anfertigen lassen, als sie eingezogen waren. Für alle Fälle, falls sie sich mal aussperren würde. Lukas wusste nichts davon, er lachte immer über Menschen, die so blöd waren, einen Ersatzschlüssel vor dem Haus unter einem Stein oder vor der Wohnung in einem Blumentopf zu verstecken. Das vermutete doch jeder Einbrecher!

Ob seiner Bedenken scheute sie sich, Sabrina ein Exemplar zu geben, und hatte einen Ersatzschlüssel auf dem Balkon in einer Blumenampel deponiert. In einem Notfall hätte sie ihre Nachbarin bitten können, die Ampel mit einem Stock hinüberzuziehen. Das war allemal billiger, als den Schlüsseldienst zu rufen, und angenehmer, als Lukas bei der Arbeit zu stören oder den Vermieter zu informieren.

Allmählich funktionierte ihr Verstand wieder. Sie rannte ins Wohnzimmer, öffnete die Balkontür. Sie fröstelte, als ihr der kalte Wind entgegenschlug. In diesem Moment hatte sie keinen Blick für die bunten Schindeln der Gedächtniskirche, die sie sonst so gern betrachtete. Hastig nahm sie einen Plastikstuhl, schob ihn zu der Blumenampel und stellte sich darauf. Nervös suchte sie die Erde ab und atmete nach einer gefühlten Ewigkeit auf. Ja, er war noch da. Sie lächelte. Heute war immer noch der Tag, der alles ändern würde. Es lag in ihrer Hand, ihrem Leben eine andere Richtung zu geben. Sie würde am Abend tanzen gehen, ihrem Traummann begegnen und nicht wiederkommen. Nie wieder.

2

Ferdinand Weber, Kriminaloberrat, seit drei Jahren außer Dienst, schaute aus dem Wohnzimmerfenster auf die Straße und beobachtete das Treiben vor dem Haus. Es gab nichts Ungewöhnliches, und die immer gleichen Bilder beruhigten ihn. Dann sah er allerdings etwas, das ihn irritierte. Seine Nachbarin, Pia Renner, trat mit einem großen Koffer auf den Bürgersteig und wartete. Sie wirkte nervös, sah sich immer wieder um. Die haut ab, dachte er und nickte zustimmend mit dem Kopf. Hat sie endlich genug und zieht einen Schlussstrich?

Ihm waren in all den Jahren die Handgreiflichkeiten nebenan nicht entgangen. Im Laufe seiner Dienstjahre hatte er viele Frauen kennengelernt, die Opfer häuslicher Gewalt gewesen waren. Seltsamerweise verließen die wenigsten ihre Ehemänner. Ein Zustand, der ihn in jungen Jahren verrückt gemacht hatte. Er war Polizist, wollte helfen, doch die Opfer ließen sich nicht helfen. Selbst wenn es offensichtlich war, dass der Mann, der Freund, die Hand erhoben hatte, behaupteten sie, sie wären die Treppe hinuntergefallen. Oder gegen den Türrahmen gelaufen. Oft hatte er ihnen auf den Kopf zugesagt, dass er kein Wort glauben würde – geändert hatte es nichts. Unzählige Male hatte er dieses Schauspiel beobachtet.

Als die jungen Leute nebenan eingezogen waren, hatte er geahnt, wie die Beziehung lief. Die Frau schaute ihrem Freund selten in die Augen, die Schultern zog sie hoch, und den Kopf hielt sie immer ein wenig zur Seite geneigt. Beschwichtigungsgesten, Kleinmachen. Alles an ihr wirkte beruhigend, unterwürfig. Nichts war bedrohlich, ihre ganze Körperhaltung sagte: Tu mir nichts.

Seltsamerweise war sie ihm absolut unsympathisch. Er versuchte, dem auf den Grund zu gehen. Vielleicht lag es daran, dass sie auch ihm beim Reden nicht in die Augen schauen konnte, oder an ihren dünnen, meist zusammengepressten Lippen. Sie appellierte weder an seinen Helferinstinkt noch an seine Männlichkeit. Ihr Verhalten weckte in ihm Aggressionen, und er zweifelte nicht, dass es ihrem Freund ähnlich erging.

Als er seiner Frau Louise von seinem Verdacht erzählte, dass der Nachbar seine Freundin schlug, hatte sie ihn ausgelacht.

»Du immer mit deinem kriminalistischen Verstand. Du witterst überall einen Verbrecher. Das ist ein ganz normales Pärchen, ich freue mich, dass endlich junge Leute hier einziehen.«

Vielleicht sehe ich wirklich Gespenster, hatte er damals gedacht und gehofft, dass Louise recht behalten würde. Wirklich geglaubt hatte er es nicht. Und er hatte mit seiner Vermutung richtiggelegen. Wie oft war Pia Renner ihm mit einem blauen Auge im Flur begegnet. Louise hatte immer wieder versucht, mit ihr ins Gespräch zu kommen und ihr zu helfen, doch die junge Frau hatte abgeblockt. Alles andere hätte ihn auch verwundert.

Und jetzt haute sie ab. So kleidete man sich nicht, wenn man an einer Wohnzimmer-Verkaufsveranstaltung von Schmuck, Plastikgeschirr oder Duftkerzen teilnehmen wollte. Sie trug auffälliges Make-up, ein kurzes Kleid und hohe Schuhe. Er bemerkte ihre wohlgeformten, schlanken Beine. Sie sah gut aus, wenn man diesen angemalten Typ mochte.

Ein beiger Fiat 500 hielt an, eine andere Frau saß am Steuer, und seine Nachbarin stieg auf der Beifahrerseite ein. Er hörte ihr Lachen bis hoch in seine Wohnung. Natürlich merkte er sich das Kennzeichen. Berufskrankheit. Seine bösen Ahnungen verstärkten sich. Wie würde der Nachbar reagieren, wenn er merkte, dass seine Freundin ausgezogen war? Auf das Donnerwetter war er gespannt. Aber auch er hatte heute etwas vor. Er musste sich umziehen, damit er pünktlich am Elwedritsche-Museum in der Antoniengasse war.

Über die Einladung von Knut Schneider, einem ehemaligen Kollegen der Polizeischule Koblenz, hatte er sich riesig gefreut. Die Resonanz war nicht überwältigend, doch in der letzten E-Mail stand, dass sich immerhin acht Männer angemeldet hatten. Für eine Führung durch das Museum die richtige Anzahl. Er war noch nie dort gewesen, konnte sich auch nichts Konkretes darunter vorstellen. Eine Ausstellung über den Pfälzer Nationalvogel – über sein Leben und seine Gewohnheiten? Louise hätte ihn ausgelacht, hätte er ihr erzählt, dass er an einer Elwedritsche-Jagd teilnehmen würde. Das war etwas für Touristen. Egal, zumindest bewahrte ihn das Zusammentreffen mit den ehemaligen Kollegen davor, wieder allein zu Hause zu sitzen, und es würde sicherlich Spaß machen. Wann bekam man schon die Gelegenheit, einiges über die Eigenarten und Lebensumstände des scheuen Vogels zu erfahren? Für Essen und Trinken sei gesorgt, Riesling und Elwedritsche-Wurst inklusive. Es klang auf jeden Fall vielversprechend und nach einem angenehmen Abend.

Weber tauschte Wollhose gegen Jeans, Slipper gegen Wanderschuhe und das Hemd gegen einen Strickpullover. Sicherheitshalber nahm er die dicke Wollmütze mit, die ohne Bommel, und griff zur wetterfesten Jacke. Kurz bevor er aus der Tür trat, hielt er inne und überlegte, ob er etwas vergessen hatte. Handschuhe?

»Nimm sie besser mal mit.« Er hörte Louises Stimme überdeutlich. »Nehmen doch keinen Platz weg. Verliere sie nur nicht.« Als stünde sie nur ein paar Meter neben ihm, dachte er lächelnd, ging zurück und steckte auch die Lederhandschuhe in die Jackentasche. Ein angedeuteter Handkuss zum Abschied, bevor er sich auf den Weg machte.

Zum Glück war der Wind nicht mehr so kalt. Menschen begannen mit den Vorbereitungen für den Weihnachtsmarkt, und am Altpörtel hing bereits das Bildnis des Nikolaus. Einen flüchtigen Moment dachte Weber an das bevorstehende Fest, schob den Gedanken aber sofort beiseite. Wieder ein Weihnachten ohne Louise, es gab schönere Vorstellungen. Er war gespannt, wen er am Abend treffen würde, und versuchte, sich an die Kollegen von damals zu erinnern. Allein die Überlegung, wie sehr sie sich alle mit den Jahren verändert hatten, ließ das Wiedersehen spannend werden.

War Wolle dabei? Wolle, der immer einen Spruch parat gehabt und am lautesten über seine eigenen Witze gelacht hatte? Hartmut? Ein harter Brocken, ein Leader, wie man das heute neudeutsch nannte. Mit ihm hatte ihn damals eine Art Freundschaft verbunden, die aber auseinanderbrach, als Hartmut die Schule schmiss und nach Karlsruhe ging, ohne einen plausiblen Grund zu nennen. Irgendwann hatte er mal gehört, dass er Berufsschullehrer geworden war.

Weber war überpünktlich, doch nicht der Erste in der Antoniengasse.

»Der Weber!«, begrüßte ihn Knut mit Handschlag. »Schön, dass du es geschafft hast.« Er strahlte über das ganze Gesicht. »Das wird ein toller Abend, davon bin ich überzeugt.«

Weber nickte und rieb die Hände gegeneinander. Knut hatte sich sehr verändert. Früher erinnerte er mit seinen knapp zwei Metern, lockigen Haaren und Untergewicht an Struwwelpeter, heute an Helmut Kohl.

»Ganz schön schattig«, entgegnete er. Er blickte sich um, nickte einem anderen Mann zu und hielt inne, als er glaubte, ihn erkannt zu haben. Tatsächlich, das musste Hartmut sein. Eigentlich hatte er sich nicht viel verändert. Immer noch dieselben blauen Augen, derselbe eindringliche Blick und die nach oben gezogenen Mundwinkel, die ihm einen spöttischen Ausdruck verliehen. Die Falten auf der Stirn, um die Nase, das Doppelkinn und die mindestens fünfzehn Kilo Übergewicht waren neu.

»Hartmut?«, fragte er, obwohl er sich sicher war.

Der Angesprochene grinste. »Ferdinand! Ich werd nicht mehr. Du hast dich gar nicht verändert. Älter bist du geworden, aber ich wäre auf der Straße nicht an dir vorbeigelaufen.«

»Wie viele Jahre ist es her«, fragte Weber, »dass wir uns das letzte Mal gesehen haben?«

»Gefühlt höchstens zehn, aber das ist eine Untertreibung, glaube ich.« Es folgte sein lautes, leicht schmutziges Lachen, das einen zusammenzucken ließ.

Weber ging mit offenen Armen auf Hartmut zu. »Lass dich drücken, mein Alter.« Die Umarmung war kurz, aber herzlich.

»Ich freue mich, dich zu sehen, auch wenn ich es nicht fassen kann, dich hier zu treffen. Wo warst du die ganze Zeit?«

»Wo soll ich gewesen sein? Ich bin nach Karlsruhe gezogen

und habe an einer Berufsschule unterrichtet. Seit meine Frau tot ist, lebe ich wieder in Speyer, in einer Seniorenresidenz. Klingt besser als Altersheim, und es ist ganz okay. Die Leiterin, Frau Seiler, macht einen guten Job.«

Weber nickte. »Die kenne ich, ich habe mir das Haus auch angeschaut.« Wie kam er dazu, so etwas Intimes zu erzählen, als lägen nicht beinahe dreißig Jahre zwischen ihrem letzten Treffen?

»Und?«, hakte Hartmut nach. »Werden wir Nachbarn?«

Weber sah erschrocken auf. »Nein, für mich ist das nichts. Zumindest noch nicht. Meine Frau ist auch gestorben, aber ich bleibe in unserer Wohnung. Mir ist es lieber so.« Er bremste sich gerade noch, von seiner Angst zu erzählen, dass er Louise vergessen könnte, wenn er nicht mehr in der gemeinsamen Wohnung leben würde. Das war Hartmuts Trick. Niemand wusste, wie er es anstellte, aber er brachte jeden dazu, Geheimnisse und Wünsche auszuplaudern, von denen man überzeugt war, sie nie zu verraten. In der Polizeischule hatten sie ihn um diese Gabe beneidet. Umso verwunderlicher waren alle gewesen, als er plötzlich aufgegeben und eine andere berufliche Richtung eingeschlagen hatte. Aber vielleicht half dieses Talent als Lehrer auch weiter.

»Ich meine mich zu erinnern, dass du ein Kind hast, oder? Eine Tochter?«, fragte Weber stattdessen.

»Ja, du erinnerst dich richtig. Tochter und Enkelin. Beide leben in Speyer. Aber wie das so ist, machen die ihr eigenes Ding. Zu meiner Enkelin habe ich allerdings einen guten Draht, sie besucht mich oft.«

Weber glaubte, einen ihm wohlbekannten Unterton herauszuhören. Traurigkeit, Resignation? Noch einer, der einsam war? Vielleicht eine Gemeinsamkeit, die sie für die Zukunft verband? Es wäre schön, jemanden für gemeinsame Aktivitäten zu haben. Eine Abwechslung zu den Mittagessen mit Jeannette.

Er hatte nicht bemerkt, dass auch die anderen Ehemaligen angekommen waren. Der Geräuschpegel stieg an, ringsherum erklangen überraschte Ausrufe. »Hallo« und »wie schön« oder »Du hast dich gar nicht verändert« – was man halt so sagt, wenn man sich ewig nicht gesehen hat und plötzlich aufeinandertrifft.

Knut rief: »Lasst uns reingehen, wir werden erwartet.«

Weber nickte in die Runde und fühlte sich wohl. So viele bekannte Gesichter, kaum jemand hatte sich gravierend verändert, dass er ihn, zumindest auf den zweiten Blick, nicht erkannt hätte. Mit den Namen war es schwieriger, doch das würde sich im Laufe des Abends klären. Jemand klopfte ihm auf die Schulter.

»Ferdinand, wo ist deine Lockenpracht geblieben?« Lautes Lachen von Hartmut. Weber grinste dümmlich, hatte aber keine Zeit zu kontern, denn die Wirtin und Museumsführerin, Susanne Butt, begrüßte sie auf typisch Pfälzer Art.

»Alla, da sind wir nun beisammen.« Sie zeigte auf eine Abbildung eines vogelähnlichen Tieres und sagte: »Und deshalb sind Sie hier. Wegen unserer Elwedritsche, unserem Pfälzer Nationalvogel.«

Alle schmunzelten.

»Mein Name ist Susanne Butt, und ich erzähle Ihnen erst einmal etwas über die Geschichte, die Abstammung und die Verbreitung. Sie werden sich wundern, was Sie alles nicht über unseren Vogel wussten. In unserer Ausstellung im ersten Stock haben wir alle wichtigen Epochen und Unterarten zusammengetragen. Später verrate ich Ihnen dann, wie man ein Exemplar fangen kann. Dem Pfälzer an sich ist das Jagdrecht natürlich in die Wiege gelegt. Alle anderen können das Recht erwerben.«

Erneutes Lachen.

»Ganz wichtig ist, dass Sie Ihren menschlichen Geruch für die Jagd neutralisieren, damit unsere Elwedritsche nicht davonlaufen.«

»Jetzt bin ich gespannt, was kommt«, flüsterte Hartmut.

Frau Butt sagte: »Eine Riesling-Schorle, natürlich Pfälzer Mischung, ist ein guter Anfang, reicht aber nicht. Damit die Elwedritsche uns nicht riechen kann, brauchen wir mindestens zwei, besser vier Schorlen.« Auf jeden wartete ein Getränk, stilecht in einem Dubbeglas. Vorn auf dem Glas sah man das Abbild einer Elwedritsche.

Sie prosteten sich zu. »Vier Stück, das ist eine Ansage«, meinte Weber.

Hartmut fügte hinzu: »Ich hatte mal einen Bekannten zu Besuch, der kam aus dem Rheinland. Der dachte, Schorle bedeutet, dem Wasser ein wenig Geschmack zu geben. Das erste Mal hat er dumm geschaut, als ich ihm das Dubbeglas hinstellte, das zweite Mal, als ich ihm das Mischungsverhältnis drei zu eins erklärte. Der war nach vier Schorlen voll wie ein Eimer.«

»Du bist aber gemein, woher soll der denn auch 'ne Pfälzer Mischung kennen?«

»Na, jetzt kennt er sie.« Sie lachten laut.

Die Führung war kurzweilig und unterhaltsam. Die Männer betrachteten verblüfft die chinesischen Elwedritsche aus der Ming-Dynastie, die versteinerten Eier, die großen weißen Kieselsteinen ähnlich sahen, erfuhren Details zu der Tridschologie, die von sich selbst behauptet, eine Wissenschaft für sich zu sein. Sie bewunderten die mit viel Liebe gestalteten Ausstellungsstücke und staunten über die sensationellen Urweltfunde.

Die Führung endete mit dem gerade erlernten Elwedritsche-Jagdschrei. »Tritsch-tritsch!«, rief Frau Butt, und die Anwesenden antworteten artig: »Ui jui jui.«

»Jetzt wird Sie der Jagdleiter mit in den Domgarten nehmen. Sie haben Glück, um diese Jahreszeit sind die Tiere nicht ganz so schüchtern wie sonst. Wenn Sie von der erfolgreichen Jagd wiederkommen, warte ich hier auf Sie mit einer echten Pfälzer Brotzeit.«

Knut bedankte sich herzlich bei der Dame und wandte sich an die Kollegen. Doch bevor er sprechen konnte, wurde er von Hartmut unterbrochen.

»Machst du den Jagdleiter, Knut? Weihst du uns in die Geheimnisse ein? Hast du den Grumbeeresack schon parat gelegt? Und die Laterne?«

»Nein, nein«, widersprach Frau Butt. »Es kommt extra jemand aus Landau, der diesen verantwortungsvollen Job übernimmt. Aber Sie haben gut aufgepasst und bekommen ein

Fleißkärtchen. Auf Plastiksäcke reagiert die Elwedritsche mit Panik. Nur Jute oder Hanf sind geeignet, wie ich erklärt habe. Aber nun lassen Sie uns hinuntergehen.«

In der Stube angekommen, bedankte sich Knut für die aufschlussreiche Führung und lud alle zu einer zweiten Rieslingschorle ein, um sich die Zeit, bis der Jagdleiter kam, zu vertreiben. Hartmut und Weber stellten sich etwas abseits, um zu reden.

»Was machst du so?«, begann Hartmut wenig originell das Gespräch.

Was für eine schwierige Frage, dachte Weber. »Ich bin beschäftigt mit Dingen, für die ich früher keine Zeit hatte. Ich suche ein Hobby und probiere immer etwas anderes aus. Zurzeit interessiere ich mich für Gin. Faszinierend, welche Kombinationen aus den Standardkomponenten möglich sind und welches Tonicwater das richtige für den jeweiligen Gin ist.«

Hartmut lachte. »Auf alle Fälle ein leckeres Hobby. Wie muss ich mir das vorstellen? Trinkst du jeden Abend verschiedene Sorten Gin, bis du betrunken bist? Kein Wein, kein Bier mehr? Das hätte Louise gefreut, oder?«

Es störte Weber, dass Hartmut so leichtfertig von Louise sprach, obwohl er nicht hätte sagen können, warum. Er ging nicht darauf ein.

»Nein, Gin ist nichts zum Betrinken, sondern zum Genießen. Und Wein und Bier gehören zu den Grundnahrungsmitteln. Aber eine Gegenfrage: Was hast du die letzten Jahre gemacht, was tust du nun in Speyer? Gibt es in dem Altenheim, entschuldige, in der Seniorenresidenz Ablenkung? Hoffentlich nicht nur Brettspiele? Dabei fällt mir ein: Hast du nicht mal ein Buch geschrieben? Bist du immer noch so ein Schreiberling?«

Hartmut presste die Lippen aufeinander. »Dass du dich an das Buch erinnerst. Das ist nichts, worauf ich sonderlich stolz bin. Ich habe das Ganze unter Erfahrung abgelegt. Falls du mal Lust auf lustige Sagengeschichten hast, kannst du gern ein Exemplar von mir haben. Doch jetzt versuche ich mich tatsächlich an einem Roman. Notiere meine Erinnerungen und

Erfahrungen und packe sie in einen spannenden Gesellschaftsroman. Als Beinahe-Polizist und späterer Berufsschullehrer hab ich einiges zu erzählen. Ich bin überzeugt, das wird die Leute interessieren.«

Weber nickte, verkniff sich einen Kommentar und dachte sich seinen Teil. »Wird es vielleicht ein Krimi? Ist dieser Abend dann Recherche? Mord während der Elwedritsche-Jagd im Dompark zu Speyer?«, fragte er und feixte.

»Das ist gar keine schlechte Idee, dann sollte ich gleich besonders aufpassen und mitschreiben.«

Bereits der Spaziergang zum Domgarten verlief spaßig. Gut gelaunt zogen die ehemaligen Kollegen mit Laternen in der Hand los, dem Jagdleiter hinterher. Immer wieder übten sie den Ruf »Tritsch-tritsch« und die Antwort »Ui jui jui«.

Die Wahl des Jägers und Assistenten fiel auf Hartmut und Weber. Unter lautem Grölen wurden sie in die Geheimnisse des Fangens inklusive des speziellen Elwedritsche-Fang-Sacks, kurz EFS, eingeweiht. Wie selbstverständlich übernahm Hartmut die Rolle des Jägers, und Weber war der Assistent. Hartmut wurde erklärt, wie er den Sack zu halten hatte.

»Merken Sie sich zwei Drittel, ein Drittel. Ist ja ganz einfach, ähnliches Verhältnis wie die Pfälzer Mischung. Der Sack muss sich zu einem Drittel oberhalb der Knie befinden, und der Assistent hält die Laterne so, dass die Öffnung des EFS erleuchtet ist, denn die Elwedritsche wird, ähnlich wie die Motten, vom Licht angezogen. Wichtig ist, dass Sie sich nicht vom Platz bewegen, wir scheuchen die Tiere im Unterholz auf und treiben sie hierher. Sie müssen stets auf der Hut sein und hier sitzen bleiben, so lange es auch dauert!«

Die beiden alten Freunde schauten sich grinsend an und sahen zu, wie die anderen in der Dunkelheit des Domgartens verschwanden.

»Hoffentlich bleiben die nicht stundenlang weg«, sagte Weber. »Hier wie ein Depp zu sitzen habe ich keine Lust.«

»Das glaube ich nicht, es soll doch Spaß machen«, merkte Hartmut an. »Außerdem ist es zu kalt für langes Sitzen. So lange wird es nicht dauern.«

»Jetzt erzähl doch mal, wie ist es dir ergangen?«, fragte Hartmut.

Weber lehnte sich zurück und meinte, dass es nicht viel zu erzählen gäbe. »Ein sehr gerader Weg. Polizeischule, Kriminalpolizei, unterschiedliche Orte in der Pfalz, als Kriminaloberrat in den Ruhestand gegangen.«

Hartmut lachte. »Ich habe nichts anderes von dir erwartet. So bist du immer gewesen. Schon in der Schule. Wir kennen uns beinahe unser ganzes Leben. Wahnsinn, oder?«

In der Tat, dachte Weber. Laut sagte er: »Seit der ersten Klasse in der Grundschule.«

»Magst du?«, fragte Hartmut und reichte seinem Kumpel seinen Flachmann.

Weber nickte dankend. Erst jetzt fiel ihm auf, dass der jahrelange Aufenthalt in Karlsruhe Hartmuts Dialekt beeinflusst hatte. Manches Mal zuckte er zusammen, wenn er »babbelte«. Ob er sich auch sonst verändert hatte? Das galt es, in der nächsten Zeit herauszufinden. Der Schnaps wärmte sie und vermittelte eine Vertrautheit zwischen ihnen, die der von früher glich.

»Und du? Was hast du so gemacht? Wie ist dein Leben verlaufen?«, fragte er die typische Floskel, wenn man sich nach langer Zeit wiedertraf und sich vorsichtig annäherte.

Hartmut wurde einer Antwort enthoben, da die anderen mit viel »Tritsch-tritsch« und »Ui jui jui« wiederkamen. Knut fand es sehr beschämend, dass sie nicht eine Elwedritsche gefangen hatten, und unterstellte seinen Kumpels, dass sie nicht mit dem erforderlichen Ernst an die Jagd herangegangen waren.

Trotz des Misserfolgs gingen die Männer gut gelaunt über die Maximilianstraße zurück zum Museum, wo Frau Butt sie herzlich begrüßte. »Und? Wie viele haben Sie gefangen?«, fragte sie lächelnd, ohne wirklich eine Antwort zu erwarten.

Die beiden Holztische waren mit kalten Platten dekoriert, auf denen leckere Pfälzer Speisen auf sie warteten. Der Duft von geräucherten Würsten und frisch gebackenem Brot verbreitete sich im Raum. Teelichter sorgten für eine heimelige Stimmung.

Es dauerte eine Weile, bis alle Platz gefunden hatten und mit Getränken versorgt waren.

Einen Moment war Weber ganz ruhig, sah seinen alten Kollegen zu und schickte einen kurzen Gruß an Louise. Dann gab es auch für ihn kein Halten mehr, und er griff herzhaft zu.

3

»Mach doch, was du willst. Aber du bist nicht der einzige Mensch auf dieser Welt, der Probleme hat.«

Sabrina erhob sich, stieß gegen das Tischbein, und die Gläser wackelten gefährlich. Zum Glück kippte keins um.

»Ist dir das mal in den Sinn gekommen? Seit Stunden höre ich mir nun an, wie gut es dir mit der Entscheidung geht, dass du nie wieder mit ihm zusammen sein willst. Dass du nicht verstehst, wie du so blöd sein konntest. Ich habe mir während des Essens dein unglaublich albernes Gequatsche angehört, habe zugesehen, wie du von Sekt zu Sekt betrunkener wurdest. Ich habe mich überreden lassen, hierherzukommen, weil ich dachte, ein wenig tanzen täte mir auch gut und dass du mir auch mal zuhörst. Ich hatte einen Scheißtag. Aber du bist ja wie auf Droge, völlig high. Es gibt jetzt zwei Möglichkeiten: Entweder du kommst mit mir, oder du bleibst hier, aber ohne mich – diesen Schuppen tue ich mir nicht eine Minute länger an.«

Pia blinzelte. Der Ausbruch ihrer Freundin kam für sie völlig unerwartet. Bis vor ein paar Minuten war doch alles so gut gewesen, so harmonisch verlaufen? Ihr fiel partout nicht ein, was sie entgegnen sollte. Sekundenlang blickten sie sich in die Augen, bis Sabrina schließlich schnaubend die Kneipe verließ und Pia allein an der Theke saß.

Sie war sprachlos. Erst redete Sabrina ihr monatelang ins Gewissen, sie solle Lukas verlassen. Und als sie es endlich schaffte, gab es keinen Applaus, sondern Vorwürfe, sie kümmere sich nur um sich selbst? Konnte Sabrina denn nicht verstehen, wie schwer ihr dieser Schritt gefallen war? Und wie berauschend das Gefühl war, es geschafft zu haben? Der Alkohol war es nicht allein. Pures Adrenalin lief durch ihr Blut, so stellte sie sich die Gefühle vor, wenn man einen Fallschirmsprung oder eine gefährliche Klettertour gewagt und überstanden hatte. Sie konnte jetzt nicht einfach mit Sabrina nach Hause gehen. Sie wollte feiern! Die Welt war schön, eine aufregende Zukunft lag vor ihr! Ballast abwerfen – jetzt war der richtige Zeitpunkt. Vielleicht musste sie sich nicht nur von Lukas, sondern auch von Sabrina trennen.

Der Mann, der allein an der Theke saß und ihr bereits beim Hereinkommen aufgefallen war, lächelte sie an. Geht doch, dachte sie. Sie zwinkerte ihm zu, lächelte dabei, stand auf und ging zur Tanzfläche. Mit geschlossenen Augen bewegte sie sich zur Musik, hob die Arme über den Kopf, ließ die Hüften kreisen und die Haare fliegen. Sie genoss jede Bewegung, fühlte sich frei wie ein Kind. Frei von Zwängen. Kein »Du musst«, »Wie kannst du nur«, »Das geht nicht« – nein, in diesem Moment glaubte sie, alles wäre möglich.

Jemand rempelte sie an und murmelte: »Verzeihung.«

Sie erstarrte. *Verzeihung.* Wann hatte sie dieses Wort das letzte Mal gehört? Vor Ewigkeiten. Es klang nach aufrichtigem Entschuldigen und nicht nach einem locker hingeworfenen »Sorry« oder »'tschuldige«. Die Stimme passte zu dem Wort. Warm, verführerisch. *Verzeihung.*

Der Klang des Wortes hallte in ihren Ohren nach. Sie erwartete einen gepflegten, gut aussehenden Mann. Wer sich so fein ausdrückte, war ein Schöngeist, ein Intellektueller, ein Studierter. Kein Gelegenheitsarbeiter, der am Nachmittag bereits Bier aus der Flasche trank. Eher Prosecco, wenn nicht sogar Champagner. Ihr Prinz, ihr Traummann?

Noch während sie über ihre Phantasie lächelte, öffnete sie die Augen und betrachtete den Mann. Ihr Lächeln erstarb. Sie holte Luft, erwiderte: »Kein Problem«, und drehte sich um.

Kein Mann, mit dem sie näher Kontakt haben wollte. Ein kleiner, schmaler Typ, der mit einer Cola in der Hand alle Frauen von oben bis unten anstierte, doch zu schüchtern schien, sie anzusprechen. Um solche Männer machte Pia einen großen Bogen und ignorierte sie. Denen durfte man nicht ein Lächeln schenken, dann hatte man sie am Hals. Doch er verstand ihre Abfuhr nicht oder hatte seinen großen Tag, denn er ließ sich nicht abschrecken und sprach sie an.

»Du tanzt gut«, sagte er.

Ach du meine Güte, was sollte das denn werden?

»Darf ich dir ein Getränk spendieren?«

Pia war nicht auf den Mund gefallen und wusste sich unliebsame Verehrer vom Leib zu halten. Ihr erster Gedanke war »Verpiss dich«, doch sie schwächte die Ablehnung ab und sagte: »Nein. Danke.« Jemand, der Verzeihung sagte, sollte die sanfte Abfuhr verstehen, doch sie irrte sich.

Der Typ blieb vor ihr stehen und fragte: »Vielleicht ein Glas Sekt?«

»Nein«, zischte Pia und drehte sich erneut um, wollte fort, Richtung Toiletten.

Er griff nach ihrem Arm, hielt sie fest. Seine Finger gruben sich in ihre Oberarme.

Sie schrie auf. »Lass mich sofort los, du Arsch.«

Die Tanzenden, die sich bis dahin nicht aus der Ruhe hatten bringen lassen, schauten irritiert und traten zurück. Hilfesuchend sah sie sich um und blickte dankbar auf den Türsteher, der lächelnd auf sie zukam und den Mann am Arm packte. »So nicht, Kleiner. Du bist draußen.«

»Ich wollte doch nur …«

»Interessiert nicht. Gegen den Willen wird hier nicht angefasst. Verstanden?«

Pia beobachtete, wie der Typ hinauskomplementiert wurde, und atmete auf. Sie blickte sich um, niemand schien mehr Interesse an ihr zu haben, die Umstehenden gaben sich wieder ganz der Musik hin. Der DJ hatte einen ihr unbekannten Song aufgelegt, dessen Rhythmus ihr gefiel, doch die Lust zu tanzen war ihr vergangen. Unentschlossen stand sie am Rand der Tanzfläche und sah den anderen zu. Ihre Euphorie und gute Laune verschwanden allmählich. Vielleicht war es keine gute Idee gewesen, ohne Sabrina hierzubleiben.

Als ihr Blick zur Theke wanderte, sah sie, wie der fremde Mann sie beobachtete. Sie blickte ihn an, lächelte verführerisch, und er lächelte zurück. Es klappte, er hatte angebissen. Ein Scan von oben bis unten – dunkelgrauer Anzug, hellblaues Hemd, teure Uhr. Lächelnd und mit wiegenden Hüften ging Pia auf ihn zu.

»Hey«, begrüßte sie ihn. Er lächelte noch immer. Pia sah schöne Zähne und zwei Grübchen, die sich auf seinen Wangen abzeichneten. Blaue Augen, ausgeprägte Augenbrauen mit einem schönen Schwung und lange Wimpern, um die ihn jede Frau nur beneiden konnte. Einziges Manko waren in Pias Augen die fehlenden Haare. Auf glatzköpfige Männer stand sie normalerweise nicht, doch bei ihm störte sie das nicht.

Sein Alter schätzte sie auf Anfang dreißig. Sie blickte auf seine Hände. Weich und gepflegt sahen sie aus, ohne Risse und raue Stellen. Die Nägel glänzten. Ging er zur Maniküre? Im selben Moment fiel ihr der schmale Ring an der rechten Hand auf. Edelstahl, Platin, Silber oder Weißgold? Auf jeden Fall ein Ehering.

Pia zögerte, doch dann machte sie einen Schritt auf den Mann zu. Er hatte mit seinem Lächeln den Anfang gemacht, mal abwarten, was sich daraus entwickelte. Er war ihr Typ, sah nach Geld aus, und nichts in seinem Gesicht oder seiner Art verriet Brutalität. Selbst wenn er verheiratet war, hieß es ja nicht, dass er nicht auf der Suche nach einem Abenteuer war.

»Sie tanzen gut«, sagte er. »Ich habe Sie beobachtet.«

Unglaublich, wie unterschiedlich der gleiche Satz wirken konnte. Die Stimme klang herzlich, erotisch, ganz anders als die von dem Spinner.

»Danke«, antwortete Pia und lächelte bewusst schüchtern. Er sollte nicht denken, dass sie zu leicht zu haben wäre.

»Möchten Sie etwas trinken?«, fragte er. »Einen Champagner vielleicht? Um den Schrecken von vorhin zu überwinden?«

Ja, jubelte sie innerlich. Champagner kostete hier ein kleines Vermögen, zumindest in ihren Augen. Lukas hätte ihr, wenn überhaupt, ein Bier ausgegeben. Die Bedienung nahm stoisch die Bestellung entgegen, würdigte sie keines Blickes, als sie die zwei Sektgläser auf den Tresen stellte.

»Sie sind verheiratet?«, fragte Pia und deutete auf seine Hand.

Ihre Direktheit schien ihm zu gefallen. Er schaute auf seinen Ring. »Ja, aber das hat nichts zu bedeuten. Unsere Ehe ist am Ende.«

Eine Lüge? Höchstwahrscheinlich, aber es war ihr egal. »Sie kommen nicht von hier?«, fragte sie.

»Wieso?«

»Ihr Dialekt.« Pia strich sich mit der rechten Hand eine Locke hinter ihr Ohr und lächelte kokett.

»Ach so«, antwortete er und lächelte ebenfalls. Die Grübchen tauchten wieder auf. »Ja, aber ich bin öfter in Speyer, beruflich. Eine schöne Stadt. Übrigens, ich heiße Roger.« Er sprach seinen Namen französisch aus, was Pia gefiel. Er hob sein Glas zum Anstoßen.

Pia zauderte einen kleinen Moment, hob ebenfalls ihr Glas und hauchte: »Ich bin Pia.«

»Was für ein wunderschöner Name.«

Sie warf ihr Haar zurück, nestelte an ihrem Ausschnitt. Wenn sie ihr Gefühl nicht trog, lief es nach Plan und der Abend nahm die Richtung, die sie sich vorstellte. Wie hilfreich, dass Sabrina schon gegangen war, dachte sie.

Bis gerade hatte sie noch überlegt, wie sie es anstellen sollte, sie zu besänftigen, wenn sie später bei ihr klingelte. Aber vielleicht war das nun gar nicht mehr nötig.

»Auf einen schönen Abend«, sagte sie und lächelte verführerisch.

***

Pia blickte auf die Uhr auf dem Nachttisch. Halb vier zeigten die großen LED-Leuchten an. Roger wandte ihr den Rücken zu. Sie widerstand dem Impuls, mit ihrem Zeigefinger an seiner Wirbelsäule entlangzufahren, wo sich kurze, dunkle Haare aufstellten. Ausgleichende Gerechtigkeit zu seiner Leere auf dem Kopf, dachte Pia und grinste.

Doch eigentlich war ihr nicht nach Lachen zumute. Irgendwie wusste sie nicht, wie sie sich fühlen sollte. Einerseits ging es ihr schlecht: die Trennung von Lukas, zu viel Alkohol, der Streit mit Sabrina. Andererseits fühlte sie sich euphorisch: Rogers Komplimente, die Nacht mit ihm. So sah ein Neubeginn aus. Nur wäre sie jetzt lieber allein, um ihr Gefühlschaos zu bewältigen. Gemeinsam mit Roger aufzuwachen konnte sie sich nicht vorstellen.

Langsam, bemüht, keine Geräusche zu verursachen, stieg sie aus dem Bett. Einen Moment verharrte sie in ihrer Bewegung, dann sammelte sie ihre Kleidungsstücke vom Boden auf, ging ins Badezimmer und wusch sich oberflächlich. Egal, was zwischen ihr und Sabrina vorgefallen war, sie konnte immer auf ihre Freundin zählen. Auch mitten in der Nacht.

Sie schlich sich aus dem Zimmer, zog leise die Tür hinter sich zu und atmete erst einmal tief durch. Das Hotel befand sich in der Nähe des Clubs, nur fünf Minuten Fußweg von Sabrinas Wohnung entfernt, und die kalte Luft würde helfen, einen klaren Kopf zu bekommen.

Sie huschte am Nachtportier vorbei, als er in einen der hinteren Räume verschwand, und lief auf die Straße. Nachdenklich machte sie sich auf den Weg nach Hause. Es gab so viel zu überlegen, aber als Erstes musste sie sehen, dass sie Sabrina wieder beruhigen konnte. Dabei war sie so in ihre Gedanken vertieft, dass sie nicht bemerkte, wie sie jemand seit Verlassen des Hotels beobachtete und ihr mit leisen Schritten im Schutz der Dunkelheit folgte.

4

Erst war Sabrina wütend, dann plagte sie das schlechte Gewissen. Pia konnte nichts dafür, dass sie so einen schlechten Tag im Büro gehabt hatte. Sabrina hatte sich in ihre Wut hineingesteigert, und trotz ihrer guten Vorsätze hatte sie völlig überreagiert. Sie blickte zur Uhr, es war nicht ganz dunkel, der Mond schien in ihr Schlafzimmerfenster. Den Haustürschlüssel hatte sie für Pia unter die Matte gelegt und hoffte, dass sie dort nachgeschaut hatte. Eigentlich hatte sie es ihr noch einmal sagen wollen, doch dann kam der Streit dazwischen, und es gab keine Gelegenheit mehr.

Leise schlich sie ins Wohnzimmer, aber Pia lag nicht auf der Couch. Kissen und Decken, die Sabrina trotz ihrer Wut bereitgelegt hatte, als sie nach Hause gekommen war, waren unberührt.

Sie öffnete die Haustür und schaute unter der Matte nach. Der Schlüssel lag noch da. Wann machte der »Club 16« zu? Blieb Pia einfach bis zum Schluss und genoss ihre neu gewonnene Freiheit? Übel nehmen konnte man es ihr ja nicht.

Das schlechte Gewissen nagte an Sabrina. Sie hatte sich saublöd verhalten und schimpfte sich eine schlechte Freundin. Sie nahm ihr Telefon und wählte Pias Nummer. Nach dem siebten Ton meldete die Mailbox, dass der Anrufer eine Nachricht hinterlassen sollte.

»Pia, es tut mir leid. Sorry, ich hoffe sehr, dass du gleich kommst. Ich bin wach und warte auf dich. Ich koche dir einen Kaffee, und wir reden noch einmal über alles. Sei bitte nicht böse, ich kann mich nur entschuldigen. Mein Versprechen halte ich, dass du hier wohnen kannst. Egal, wie lange.«

Danach ging es Sabrina etwas besser. Pia war bestimmt noch unterwegs, sie hatte so viel nachzuholen. In der gemeinsamen Zeit mit Lukas war sie spätestens um Mitternacht nach Hause gegangen, länger wegzubleiben hatte ihr Lukas nie erlaubt.

Gegen sieben Uhr steigerte sich Sabrinas Sorge ins Unermessliche. So böse konnte Pia doch nicht auf sie sein. Wieder rief sie sie an, wieder gelangte sie nur auf die Mailbox. Ihre Unruhe nahm zu, doch sie hatte keine Zeit. Sie musste sich fürs Büro fertig machen, ihr Chef fand Verspätungen unentschuldbar.

Was sollte sie tun? Schlüssel wieder unter die Matte legen? Sie hatten darüber gesprochen, Pia wusste Bescheid. Tagsüber schien es ihr hingegen zu gefährlich, wenn sie im Büro war. Zwar gab es nicht viel Wertvolles bei ihr zu holen, aber man musste die Einbrecher ja nicht einladen.

Sabrina duschte, zog sich an. Ein letzter Versuch, Pia zu erreichen. Wieder vergeblich. Um acht Uhr ging sie aus dem Haus und fuhr zur Arbeit.

Im Büro hatte sich zum Glück die dicke Luft vom Vortag in Wohlgefallen aufgelöst. Sabrina nahm das als gutes Omen, auch wenn sich Pia noch immer nicht gemeldet hatte. Um zehn Uhr versuchte sie noch einmal, sie zu erreichen. Gegen Mittag hatte sie immer noch nichts von ihr gehört, und ihre Unruhe gewann wieder Oberhand. Als ihr Chef in einem Meeting war, rief sie kurz entschlossen die Polizei an und meldete ihre Freundin als vermisst.

Der Mann am anderen Ende der Leitung beruhigte sie erst einmal. »Das ist doch nicht dramatisch. Sie meldet sich schon. Ihre Freundin wird bestimmt …«

Sie fiel ihm ins Wort. »Nein, so ist das nicht. Sie hat ihren Freund verlassen, weil er sie schlägt. Ich habe Angst, dass er ihr nachspioniert und etwas angetan hat. Es sieht ihr nicht ähnlich, dass sie sich nicht bei mir meldet.«

Immer noch versuchte der Beamte, ihr Anliegen herabzuspielen.

Sabrina begann, ihre Freundin zu beschreiben. »Sie hat braune halblange Haare, sie trug ein eng anliegendes Kleid …«

Die Stimme des Polizisten veränderte sich. Als er sie um einen Moment Geduld bat und sie mit einem Kollegen verband, befielen sie dunkle Vorahnungen.

Der Kollege klang weder beruhigend noch abweisend. Er

stellte sich vor. In ihrer Nervosität verstand Sabrina seinen Namen nicht. Ihre Hand zitterte, als sie erneut Pias Aussehen und ihre Kleidung beschrieb.

»Wir kümmern uns darum«, sagte der Mann und legte auf.

Eine Stunde später rief ihr Chef sie in sein Büro. Als Sabrina sein Gesicht und die zwei fremden Männer neben ihm sah, wusste sie ihre Befürchtungen bestätigt. Sie schloss die Augen. »Was ist mit Pia?«, fragte sie. »Deshalb sind Sie doch hier, oder?« Ohne eine Antwort abzuwarten, fragte sie weiter: »Liegt sie im Krankenhaus? Hatte sie einen Unfall? Das ist alles meine Schuld, ich hätte sie nicht allein lassen dürfen.«

Einer der Männer stellte sich vor. »Kriminalkommissar Hamacher. Wir haben vorhin telefoniert. Ein Zeitungsträger hat in den frühen Morgenstunden eine tote Frau gefunden. Wie es aussieht, ist sie überfallen und erstochen worden. Ihre Handtasche fehlt, kein Telefon, keine Papiere. Sie haben Pia Renner als vermisst gemeldet. Ihrer Beschreibung nach könnte sie es sein. Wir müssten Sie bitten, sich die Tote anzuschauen.«

Sabrina wehrte ab. »Das kann doch gar nicht sein.« Übermüdet, irritiert und voller Sorge um ihre Freundin blickte sie den Mann an. »Sie müssen sich irren.«

Ihr Chef beendete ihr Gestammel. »Gehen Sie, dann haben Sie Gewissheit. Nehmen Sie sich einen Tag Urlaub, oder auch zwei, wenn es nötig ist. Ich brauche Sie konzentriert.«

In diesem Moment wusste Sabrina, dass die Tote Pia war. Die Krankenhäuser hatten keine Patientin aufgenommen, die auf Pias Beschreibung passte. Die Polizisten hingegen hatten eine Leiche. Im Internet, auf Facebook, gab es Fotos von Pia, es war keine Hexerei, eine Tote zu identifizieren. Es ging jetzt einzig und allein darum, dass sie es bestätigte.

5

Lukas' Arm langte automatisch zur Seite, als er erwachte. Er spürte keinen Widerstand, griff zum Kopfkissen, tastete dann tiefer, doch die Leere blieb. Er fluchte, verharrte einen Moment in dieser Position, bevor er sich aufrichtete und zum Wecker schaute. Er erschrak: kurz vor zwölf. Der Chef hatte zum Glück Urlaub, sein Fehlen würde den Kollegen nicht gefallen, war aber nicht weiter tragisch. Deren Unmut bekam er in den Griff.

Er blickte zur Seite. Tatsächlich war der Platz leer.

Pia war bereits aufgestanden und hatte hoffentlich einen starken Kaffee gekocht. Sein Kopf schmerzte bei jeder Bewegung. »Scheiße«, schimpfte er. Wieso sah ihre Seite unbenutzt aus? Hatte sie im Wohnzimmer geschlafen? Er fluchte und schwang seine Beine aus dem Bett. Die rasche Bewegung bereute er sofort. Ein stechender Schmerz durchfuhr ihn, und er blieb auf dem Bettrand sitzen. Langsam ließ er den Oberkörper nach vorn fallen, wobei er seinen Kopf in den Händen hielt.

Erneut verharrte er ein paar Sekunden in dieser Haltung, in der Hoffnung, dass die Kopfschmerzen verschwanden. Vergeblich. Der dumpfe Druck blieb, verstärkte sich, als er endlich aufstand. Augenblicklich gesellte sich Übelkeit hinzu.

»Scheiße«, murmelte Lukas wieder. Undeutlich erinnerte er sich an den gestrigen Tag. Nachmittags hatte er bereits mit den Kollegen ein paar Bier getrunken. Irgendwann war jemand mit einem Selbstgebrannten gekommen. Ab da war es lustig geworden. Satzfetzen von schlüpfrigen Witzen und albernen Männlichkeitsvergleichen und sein plötzliches Verlangen nach Sex hatten ihn nach Hause geführt. Er wollte Sex und wusste, wo er ihn bekommen würde. Pia hatte sich ihm noch nie verweigert, zumindest nicht ernsthaft. Und da sie sich am Vortag gestritten hatten, standen die Chancen für Versöhnungssex gut. Aber dann erwartete ihn etwas, womit er nicht gerechnet hatte.

Pia war zwar zu Hause gewesen, hatte sich aber im Badezimmer eingeschlossen. Was nicht weiter schlimm gewesen wäre – es musste ja nicht immer das Schlafzimmer sein –, doch sie hatte ihm nicht geöffnet. Die ganze Wohnung roch nach Parfüm, einem aufdringlichen süßen Duft.

Nach seiner ersten Wut hatte er versucht, sie mit Schmeicheleien und Komplimenten zu überreden, dann änderte er seine Strategie erneut und brüllte. Letztendlich, als alles nichts nutzte, versuchte er, mit Gewalt die Tür zu öffnen. Das Hämmern mit den Fäusten war ohne Wirkung geblieben, richtiges Werkzeug hatte er nicht gefunden.

Wo war sie nur?, fragte er sich nun. Er hörte keine Geräusche aus der Küche. Dabei massierte er sich mit der Hand Stirn und Schläfen. Was war nach seinem Wutanfall passiert? Er hatte ein Bier getrunken, das letzte im Kühlschrank, und überlegt, wie er mit der Situation umgehen sollte. Und hatte einen, wie er fand, grandiosen Einfall gehabt. Er hatte Pia eingeschlossen, ihren Schlüssel eingesteckt und sich aus dem Staub gemacht. Er war in die nächste Kneipe gegangen, hatte wieder ein paar Bier getrunken, um Pia zappeln zu lassen. Er war sicher gewesen, dass sie umgänglicher sein würde, wenn er wiederkam und sie befreite.

Doch es war alles ganz anders gekommen. Pia war verschwunden, als er zurückkam. Wie auch immer sie das angestellt hatte. In seiner Wut hatte er erst im Badezimmer ihre Schminkutensilien vom Regal gefegt, den Spiegel mit der Faust zertrümmert und dann in der Küche weitergemacht. Dann war er losgezogen, um sie zu suchen. In Bar Nummer drei traf er seine Arbeitskollegen, und ab da verblassten seine Erinnerungen. Irgendwann waren sie in diesem Club gelandet, in dem Männer freien Eintritt hatten. Ab diesem Zeitpunkt lag alles in tiefem Nebel.

Das Einzige, das er ganz real wahrnahm, waren seine Höllenkopfschmerzen, die pelzige Zunge und ein schlechter Geschmack im Mund. Vorsichtig stand er auf und machte sich mit langsamen Schritten auf den Weg in die Küche. Keine Pia. Es sah aus wie gestern. Als er ins Badezimmer lief, trat er in eine Glasscherbe.

»Verflucht!«, brüllte er und untersuchte seinen Fuß. Es war

nur ein kleiner Splitter, den er abwischen konnte, ein kleiner Blutstropfen blieb. Wieso lagen die Spiegelüberreste noch hier? Das würde sie bereuen. Das machte niemand mit ihm. Pia war fürs Aufräumen zuständig.

Ein heftiges Klopfen an der Tür unterbrach seine Überlegungen. Er humpelte zur Haustür, öffnete sie einen Spalt und drehte sich wieder um. Sollte Pia ruhig merken, dass er sauer war.

»Herr Grimm?«

Lukas hielt inne, als er die fremde Stimme hörte. »Ja, was wollen Sie? Wer sind Sie?«, fragte er und registrierte erst jetzt die Uniformen. Polizei?

»Ich hab nichts angestellt. Ich war hier. Viel zu betrunken, um irgendetwas Verbotenes zu tun«, fügte er hinzu. Was war passiert, dass die Bullen vor der Tür standen? Wieder griff er an seinen Kopf und presste die Faust dagegen. Er brauchte dringend eine Kopfschmerztablette.

»Kennen Sie eine Pia Renner?«

»Was soll die Frage? Ja, klar. Wir wohnen hier zusammen. Warum?«

»Ist sie da?«

»Nein, ich weiß nicht, wo sie ist. Was wollen Sie von ihr?«

»Wann haben Sie Ihre Freundin das letzte Mal gesehen?«

»Gestern.«

»Wann gestern?«

»Oh Mensch, was soll das? Kommen Sie rein, ich brauch was gegen die Schmerzen. Dann kann ich auch besser denken. Junggesellenabschied vom Kollegen.« Sein Versuch zu lachen misslang. Der pochende Schmerz in seinem Kopf nahm zu. Erst jetzt sah Lukas, dass der Beamte in der zweiten Uniform eine Frau war.

Pia und er hatten kein Auto, um Falschparken ging es wohl nicht. Er schlurfte in die Küche, immer darauf bedacht, sich nicht zu ruckartig zu bewegen. Er betrachtete die Unordnung. Scheiße, was sollten die Bullen denken? Diese Schlampe, das würde sie bereuen.

Er öffnete einen Hängeschrank nach dem anderen auf der

Suche nach einem sauberen Glas. Im letzten Schrank wurde er fündig, er hätte schwören können, dass die Gläser mal in einem anderen Schrank gestanden hatten. Er griff in eine Schublade und nahm eine Großpackung Brausetabletten heraus. In Ermangelung nichtalkoholischer Getränke füllte er das Glas mit Leitungswasser, wobei er einen kurzen Moment innehielt und sich an die Warnung vor Kolibakterien erinnerte. Er schob die Bedenken zur Seite – es sollte nur für Babys und ältere Menschen gefährlich sein – und schmiss zwei Tabletten in das Glas. Er schloss die Augen und wartete, was die Bullen von ihm wollten.

»Wir müssen Ihnen mitteilen, dass Pia Renner heute tot aufgefunden wurde«, sagte der männliche Part.

Lukas verschluckte sich und begann zu husten. »Was erzählen Sie da?«, brachte er vor, als sich sein Husten beruhigt hatte. »Quatsch, das ist ein Irrtum, eine Verwechslung. Sie verarschen mich.«

Er blickte die Polizisten ungläubig an, wartete, dass der Beamte die Aussage zurücknahm, eine plausible Erklärung abgab, warum man ihm diesen Schrecken einjagte. Er setzte sich auf den einzigen freien Stuhl und schüttelte noch immer den Kopf. »Jetzt sagen Sie schon was. Warum erzählen Sie mir so einen Mist? Was wollen Sie von mir? Wo ist Pia?«

Hatten sich die Polizisten vorgestellt? Lukas versuchte angestrengt, sich an ihre Namen zu erinnern.

Der Mann antwortete, ohne eine Miene zu verziehen, sehr amtlich: »Wie bereits gesagt, Pia Renner wurde in den frühen Morgenstunden tot aufgefunden. Von einem Zeitungsausträger in der Karl-Leiling-Allee. Sie wurde Opfer einer Messerattacke und ist ihren Verletzungen erlegen. Noch einmal die Frage: Wann haben Sie Pia das letzte Mal gesehen? Und wo waren Sie in der Zeit von Mitternacht bis fünf Uhr früh?«

Sehr langsam drang der Sinn der Nachricht an Lukas' Bewusstsein. Pia war die Nacht nicht nach Hause gekommen. Es war hypothetisch möglich, dass die tote Frau Pia war. Aber unwahrscheinlich. »Quatsch, das ist nicht Pia. Was sollte sie denn da gewollt haben?«

»Sie hatten gestern Streit mit Ihrer Freundin? Nicht zum ersten Mal?«

Der Polizist hörte nicht auf zu fragen, gab aber keine Antworten.

Lukas nickte. »Ja, wir haben uns öfter mal gezankt. Aber nie ernsthaft, mehr so gekabbelt. Sie kennen doch den Spruch: ›Was sich neckt, das liebt sich‹.« Lukas feixte. »Und die Versöhnungen waren immer heiß. Aber heute Nacht ist sie anscheinend nicht nach Hause gekommen.« Er wich den Blicken der Beamten aus, schaute in das Wasserglas, in dem sich die Brausetabletten komplett aufgelöst hatten, und nahm einen großen Schluck.

»Herr Grimm, noch einmal. Ich habe Sie gefragt, wo Sie waren.«

»Hab ich doch gesagt«, erwiderte Lukas giftig, mit einem Hauch Angst in der Stimme. »Auf einem Junggesellenabschied. Ein Kollege hat sein Ende der Freiheit gefeiert. Zwischendurch bin ich nach Hause gegangen, weil ich was holen wollte. Danach haben wir in einer anderen Kneipe weitergefeiert.«

»Wo?« Der Polizist bohrte weiter. »Gibt es Zeugen? Wie lange waren Sie da? Wann sind Sie nach Hause gekommen?«

Statt eine Antwort zu geben, zuckte Lukas die Schultern.

»Ihre Freundin wurde überfallen und erstochen. Es gibt Zeugen, die Sie in der Nähe des Tatorts gesehen haben. Noch einmal die Frage: Sind Sie Ihrer Freundin gefolgt? Sind Sie ihr begegnet?«

Lukas erschrak. »Wie kommen Sie denn darauf?«, fragte er. »Jemand hat mich in der Nähe gesehen? Dann weiß er mehr als ich. Wann denn?«

Zum ersten Mal meldete sich die Polizistin zu Wort. »Wir stellen die Fragen, Sie geben Antworten.«

Lukas wurde mulmig. Was sollte er denn antworten? Angestrengt überlegte er, bis sein Kopf zu zerspringen drohte. Endlich gestand er: »Ich weiß nicht, wo ich war, ich kann mich an nichts erinnern.«

»Was heißt, Sie wissen es nicht?«

»Es war wohl ein bisschen viel Alkohol. Wir mussten ordentlich feiern.« Sein Lächeln misslang. »Es kann sein, dass wir noch in dieser Bar in der Industriestraße waren. Aber ich bin mir nicht ganz sicher, um ehrlich zu sein.«

»Welche Bar meinen Sie?«

Bildete sich Lukas das nur ein, oder unterdrückte der Uniformierte ein Grinsen? Der wusste bestimmt, von welchem Laden er sprach.

»Na, die, wo Männer freien Eintritt haben.«

»Daran erinnern Sie sich?«

»Na ja, es war die Rede davon, dass wir dahin gehen, ich bin mir nicht ganz sicher, ob ich da war. Aber das können Ihnen sicher meine Kumpels erzählen. Und die Damen natürlich.« Wieder durchbohrte der stechende Schmerz Lukas' Kopf, und er presste seine Hände gegen die Schläfen, bevor er das Glas leer trank. Die Tabletten zu nehmen, ohne etwas gegessen zu haben, war keine gute Idee. Sein Magen meldete sich, Sodbrennen kündigte sich an. Lukas stieß sauer auf, verzog sein Gesicht. Die Übelkeit nahm zu. Er stand hastig auf, eilte ins Bad und schaffte es gerade noch zur Toilette.

Der Polizist war ihm gefolgt und stand breitbeinig im Türrahmen, während er teilnahmslos zuschaute, wie Lukas sich erbrach. »Ich möchte Sie bitten, uns auf die Polizeiinspektion zu begleiten, wir brauchen Ihre Aussage fürs Protokoll.«

Erneutes Erbrechen.

»Sobald es Ihnen besser geht«, fügte der Polizist hinzu.

Statt zu antworten, würgte Lukas abermals.

***

Weber zog seine Haustür zu und schloss ab. In dem Moment traten aus dem gegenüberliegenden Eingang zwei uniformierte Polizisten, zwischen ihnen sein Nachbar, der furchtbar aussah. Als habe er die ganze Nacht durchgemacht. Weber grüßte mit einem Kopfnicken.

»Ist etwas passiert?«, fragte er neugierig. Leider kannte er keinen der Beamten.

»Sind Sie nicht Herr Weber?«, fragte die Polizistin.

»Ferdinand Weber, Kriminaloberrat außer Dienst, nicht

wahr? Ich kenne Sie von Fotos, die hängen in der Dienststelle in Speyer.«

Weber fühlte sich geschmeichelt, es war ein schönes Gefühl, dass man ihn nicht vergessen hatte. »Ja, genau. Was ist passiert?«, wiederholte er seine Frage. Er war sich sicher, die junge Frau hätte ihm erzählt, was vorging, doch ihr Kollege warf ihr einen eindringlichen Blick zu und schüttelte leicht den Kopf.

»Sommer ist mein Name, Karoline Sommer. Ich freue mich, Sie zu treffen.« Sie sah wirklich so aus, als meinte sie, was sie sagte. »Wir nehmen Herrn Grimm für eine Aussage mit auf die Inspektion. Er ist ein wichtiger Zeuge.«

»In welcher Angelegenheit denn? Hat er seine Freundin dieses Mal krankenhausreif geschlagen?«

Die Blicke, die sich die Beamten zuwarfen, irritierten Weber. Was ging hier vor?

»Wie meinen Sie das?«, fragte Frau Sommer.

»Na, da ging es doch vorgestern wieder zur Sache. Die haben mal wieder lautstark gestritten. Bis sie gestern ihre Koffer gepackt hat.«

»Sie haben sie gesehen? Wann war das?«

»Ja, gegen neunzehn Uhr verließ sie ziemlich aufgedonnert und mit Koffer die Wohnung. Sie wurde von einer anderen Frau abgeholt. Ich habe gesehen, wie sie in das Auto stieg, einen Fiat Cinquecento. Das Kennzeichen habe ich notiert, wird Ihnen sicher weiterhelfen.« Ohne eine Antwort abzuwarten, ging er zurück in seine Wohnung und kam mit einem Zettel zurück. Als er ihn Frau Sommer in die Hand legte, versuchte er es erneut. »Was hat er angestellt? Hat er sie gefunden und verprügelt?«

Die Stimmung veränderte sich. Irgendetwas stimmte hier nicht. Seine Polizistennase nahm Witterung auf. Frau Sommers Tonfall, als sie nach der Uhrzeit fragte, assoziierte er mit einem Vermissten- oder Todesfall. Wo war seine Nachbarin?

»Kollegen, ich bin ein ehemaliger Kriminaloberrat«, sagte er entschlossen. »Jahrelang habe ich in Speyer Verbrechen aufgeklärt, also machen Sie mir nichts vor. Was ist mit dem Mädchen?«

Sommer gab sich einen Ruck. Sie blickte kurz zu ihrem Kollegen, der nun kaum sichtbar mit dem Kopf nickte, und antwortete: »Pia Renner ist erstochen aufgefunden worden. In den frühen Morgenstunden.«

»Und er hat sie umgebracht?«, hakte Weber nach.

Bei diesem Wortwechsel achtete niemand auf Lukas. Er schaute von einem zum anderen, als versuchte er zu begreifen, was hier vorging. In dem Moment, als Weber fragte, ob Lukas ein Mörder sei, riss er sich los und stürmte die Stufen hinunter, rannte aus der Haustür und lief die Straße entlang.

Weit kam er jedoch nicht. Frau Sommer, körperlich und seelisch in einer weitaus besseren Verfassung, eilte ihm hinterher und holte ihn noch auf dem Bürgersteig ein.

Sommers Kollege war ebenfalls hinausgeeilt, und Weber folgte langsam. Wie gern hätte er geholfen, wäre seinem ersten Impuls nachgebend hinterhergelaufen. Bereits beim Gedanken daran schmerzte sein Rücken.

Ungläubig schaute er auf die Szene, die sich ihm vor dem Haus bot. Grimm war leichenblass, sah fix und fertig aus. Bei Frau Sommer hatte sich eine Haarsträhne gelöst, die ihr nun im Gesicht hing.

»Hey«, keuchte sie. »Sie sind festgenommen, Herr Grimm. Da gibt es einige Fragen, die Sie uns auf dem Polizeirevier beantworten müssen.«

Grimm ließ sich mit hängendem Kopf abführen – das Abbild eines gebrochenen Mannes. Kurz bevor er in das Auto einstieg, rief er Weber zu: »Egal, was Sie von mir denken, ich bin kein Mörder. Ich war das nicht, das müssen Sie mir glauben.«

Weber antwortete nicht. Der Polizist bat ihn, bevor auch er ins Auto stieg, die Polizeiinspektion aufzusuchen, um seine Aussage zu Protokoll zu geben.

»Selbstverständlich«, antwortete Weber und blieb so lange auf dem Bürgersteig stehen, bis der Streifenwagen losfuhr.

Erst als er zurück in seiner Wohnung war, begann er über Grimms Worte nachzudenken. Seinen Plan, in die Stadt zu gehen und vor seinem Treffen mit Jeannette noch ein paar Kleinigkeiten zu besorgen, verwarf er. Er brauchte jetzt Ruhe.

Was hatte Grimm gesagt? Er sei unschuldig? Wie oft hatte er das von Verdächtigen gehört? Andererseits: Warum sollte sein Nachbar seiner Freundin aufgelauert und sie erstochen haben? Das passte nicht zu ihm, war nicht sein Muster. Er war ein schrecklicher Kerl, hatte ein lautes, loses Mundwerk, trank zu viel und schlug seine Freundin. Aber mit Vorsatz töten? Er würde mit Christian sprechen müssen, wenn er seine Aussage machte. Christian, der einzige Kollege von früher, mit dem er regelmäßig Kontakt hatte und der ihm helfen würde.

Er bewegte nachdenklich den Kopf hin und her und wünschte sich von ganzem Herzen, seine Louise wäre bei ihm.

6

Webers Magen knurrte. Es wurde Zeit fürs Mittagessen. Statt imaginäre Zwiegespräche mit Louise über den plötzlichen Tod seiner Nachbarin zu führen, würde er mit Jeannette darüber reden. Auf dem Weg zur Wormser Straße wanderten seine Gedanken automatisch zurück zu Pia.

Es war ein seltsames Gefühl, wieder mit einem Verbrechen in Berührung zu kommen – wenn auch nicht direkt. Seinen letzten Mordfall hatte er vor Ewigkeiten bearbeitet. Zu seiner aktiven Dienstzeit verfügte Speyer noch über eine eigene Kriminalpolizei und war nicht wie seit drei Jahren Teil von Ludwigshafen. Damals hatte er alle Morde vor Ort aufgeklärt, auch wenn es nicht sehr viele gegeben hatte. Jetzt war seine Nachbarin tot. Ein junges Mädchen, das er nie gemocht hatte. Ihr Lebensgefährte Grimm war einer, der gern zuschlug, ein Großmaul, Angeber, Schläger. Zuzutrauen wäre ihm ein verunglückter Stoß, eine Aktion im Affekt. Doch ein Auflauern setzte eine Planung voraus, die er Grimm intellektuell nicht zutraute. Außerdem fehlten ihm Kaltschnäuzigkeit und Arroganz, Eigenschaften der meisten Mörder, die er gekannt hatte. Als Kommissar tat man gut daran, seine Gefühle und Erfahrungen nicht gänzlich zu ignorieren.

Ein Blick zur Uhr zeigte ihm, dass er zu spät dran war. Jeannette würde bereits auf ihn warten. Mit ihr verband ihn mittlerweile eine tiefe Freundschaft. Er hatte weder Nichten noch Enkelkinder und freute sich, dass ein junges Mädchen gern mit ihm zusammen war. Junges Mädchen war relativ. In seinem Alter war alles unter vierzig jung.

Er war gespannt, welche Bücher Jeannette für ihn bestellt hatte. Er hatte sie gebeten, noch etwas über Gin herauszusuchen. Wie immer, wenn ihn ein Thema faszinierte, deckte sich Weber gern mit Büchern dazu ein, um abends oder wann es seine Zeit erlaubte, darin zu lesen und sich Wissen anzueignen.

Mittlerweile war er auf vielen Gebieten ein Fachmann.

Zumindest theoretisch wusste er alles über den Porsche 911, Schwarz-Weiß-Fotografie, Wein sowieso, als Pfälzer inhalierte man den quasi mit der Muttermilch, und nun Gin. Er war fasziniert von den verschiedenen Gewürzen, Aromen und deren Kombinationen, mit denen man den Wacholderschnaps versetzte. Anfangs kannte er nur eine Sorte Tonicwater. Doch er hatte gelesen, dass es unzählige Sorten und genauso viele Meinungen darüber gab. Es ging nichts über Studieren, und das tat er gern und ausgiebig, meist allein. Seine Einsamkeit machte sich an solchen Abenden besonders bemerkbar, und der Alkohol half. Das Ergebnis waren mehrere Flaschen Gin in seiner Hausbar, eine Flasche schöner als die andere. Entfernt erinnerten sie ihn an übergroße Parfüm- oder Badezusatzflaschen.

Als er in die Wormser Straße abbog, dachte er wieder an seine Nachbarin Pia. Vielleicht kannte Jeannette sie, sie müssten ungefähr im gleichen Alter sein. Auch wenn sie unterschiedlicher nicht sein könnten. Jeannette war für ihr Alter sehr erwachsen, ein introvertierter Mensch, der sich über Gott und die Welt Gedanken machte. Ihr war kein Gedanke fremd, für sie gab es keine Tabuthemen. In den gemeinsamen Mittagspausen erzählte sie ihm oft von ihren Überlegungen, und er war immer wieder überrascht, wie anders sie die Welt wahrnahm. Ihre beinahe philosophischen Gedankengänge über die Menschen und ihr Verhalten, das Böse in der Welt, die Angst, die in jedem steckte, beeindruckten ihn sehr. Mit ihr diskutierte er Themen, über die man normalerweise nicht redete. Die Gespräche mit ihr halfen ihm, seine Trauer über den Tod seiner Frau zu überwinden. Noch mehr als der Gin.

Als er die Buchhandlung betrat, wunderte er sich mal wieder, wie voll sie war. Jetzt in der Vorweihnachtszeit gab es überall kleine Ablageflächen, auf denen nach Themen sortierte Bücherstapel lagen. Ein Tisch mit Fotobüchern über Speyer durfte nicht fehlen, und natürlich gab es diverse Krimis aus der Stadt und der Region.

Weber war ehrlich: Kriminalromane las er nicht gern. Viele seiner Kollegen sahen das anders, doch ihm graute es vor den schrulligen Personen mit skurrilen Hobbys und vor mysteriösen Mordfällen. Die Realität sah anders aus, wie er aus seiner jahrelangen Erfahrung wusste. Er vertiefte sich lieber in ein Buch über berühmte Persönlichkeiten, in Sachbücher oder Ratgeber.

Eine junge Frau stieß gegen ihn, entschuldigte sich, ohne aufzublicken, und ging weiter. Weber blieb stehen, schaute der Fremden hinterher und schüttelte den Kopf. Warum mussten die Menschen so hektisch sein? Diese Rücksichtslosigkeit, wann hatte sie angefangen? Oder war das schon immer so gewesen und ihm nie aufgefallen? Ein Schlag in die rechte Kniekehle riss ihn aus seinen Überlegungen.

»Aua!«, sagte er stöhnend und wandte sich um.

Eine ältere Dame stand vor ihm, in jeder Hand mehrere Plastiktüten. Sie schwitzte stark, Schweißperlen liefen an ihrer Schläfe entlang, und sie sah sich hektisch um.

Er musste sie einfach fragen: »Haben Sie Angst, dass Ihnen jemand etwas vor der Nase wegkauft oder dass es morgen nichts mehr gibt?«

Die Fremde sah ihn an, als sei er aus dem Nichts aufgetaucht. Sie hatte weder ihn bemerkt noch dass sie ihn mit einer der Tüten touchiert hatte.

»Bitte?« Verwirrt schaute sie ihn an. »Kennen wir uns?«

Weber versuchte, sie mit seinem Blick zur Ruhe zu zwingen. Ihre hastigen, unkontrollierten Bewegungen erinnerten ihn an einen Flummi, der unaufhaltsam hin und her hüpfte. Für ihn nicht zu begreifen.

»Nein, wir kennen uns nicht. Aber Sie haben mich gerade mit einer Tüte am Bein getroffen. Das haben Sie gar nicht gemerkt, oder? Es ist Vorweihnachtszeit, es sollte besinnlich und ruhig zugehen. Sie sind zu hektisch, das ist nicht gesund.«

Die alte Dame sah ihn an, als zweifele sie an seinem Verstand. »Was geht Sie das an? Warum stehen Sie mitten im Weg? Sie sehen doch, was hier los ist.« Sie drehte sich um und ging zum Ausgang.

Weber war irritiert. Wo waren die Vorfreude, die Besinnung auf das Fest der Feste, der Gedanke, anderen Menschen eine

Freude zu bereiten, ein passendes Geschenk für einen lieben Menschen zu finden, geblieben?

In diesem Moment stellte er fest, dass er keine Idee hatte, was er Jeannette schenken sollte. Er wollte ihr zeigen, wie wichtig sie ihm war. Es sollte etwas Persönliches, aber nichts Intimes sein. Natürlich auch nicht zu teuer, damit sie sich ihm gegenüber nicht verpflichtet fühlte. Eine geschmackvolle Kleinigkeit, die zu ihr passte. Eingefallen war ihm bisher jedoch noch nichts.

Ihm fiel eine junge Frau auf, die einen auffälligen bunten Schal mehrfach um ihren Hals gewickelt hatte. Das war es! Einen kurzen Moment überlegte er, sie anzusprechen, wo man ein solches Stück kaufen konnte, verwarf den Gedanken jedoch wieder. Er würde so etwas finden, wenn er sich auf die Suche begab. Glücklich über diese Erleuchtung, nahm er beschwingt zwei Stufen auf einmal, um in den ersten Stock zu gelangen. Was er sofort bereute. Ein Knacken im Kreuzbein, ein heftiger Schmerz. Wann gestand er sich endlich ein, dass er kein junger Spund mehr war?

Mit aufrechter Haltung, tief durchatmend, ging er an den Kochbüchern vorbei. Im Eingang des Cafés blieb er einen Moment stehen und sah enttäuscht, dass sein Stammplatz in der hinteren linken Ecke leer war. Keine Jeannette. An der Theke, wo die Mitarbeiter Platz fanden, war sie auch nicht. War er zu spät? Hatte sie bereits ihre Pause beendet? Erneut schaute er sich um, bis ihm jemand auf die Schulter tippte.

»Entschuldigung, Ferdinand, ich hatte noch eine Kundin.«

Erleichtert drehte er sich um und freute sich wie immer, dass Jeannette ihn mit Vornamen ansprach, auch wenn sie sich ansonsten siezten. Jeannette kam auch ihm leichter über die Lippen als Frau Altmeyer.

»Ich muss mich entschuldigen, ich bin auch zu spät.«

»Da vorn wird unser Platz frei. Ich habe vielleicht einen Hunger! Heute liegt übrigens etwas in der Luft. Haben Sie das auch bemerkt? Die Kunden sind alle extrem genervt, unhöflich und immer in Eile. Haben wir Vollmond?«, fragte Jeannette.

»Ich bin nicht sicher, war nicht vor einer Woche Vollmond?«, entgegnete Weber.

Sie lachte wieder. »Ich muss in meinem Mondkalender schauen, dann wissen wir es.«

Weber war nicht bewusst, dass Jeannette an so etwas glaubte oder sich danach richtete. »Gehen Sie auch nur zum Friseur, wenn der Mond richtig steht? Und gießen Sie Ihre Blumen dann, wenn sie angeblich vom Mond am besten beeinflusst werden?«, fragte er vorsichtig und sah sie irritiert an.

»Sie nicht? Ihr Leben wird besser werden, wenn Sie sich nach dem Mond richten«, konterte Jeannette. »Das ist erwiesen, das müssen Sie probieren! Ihr Leben wird eine ganz andere Richtung einnehmen, glauben Sie mir.«

Fassungslos schaute er sie an. Abgründe taten sich auf. Zum ersten Mal war er in ihrer Gegenwart um eine Antwort verlegen. Er räusperte sich, suchte in ihrem Gesicht nach Anzeichen, dass sie ihn auf den Arm nahm. Vergeblich. Er schluckte erneut.

»Ajo, ich habe das immer für Unsinn gehalten. Aber wenn Sie damit so gute Erfahrung gemacht haben, kann ich es auch mal probieren. Vielleicht hilft es meinen Blumen. Die würden nach jedem Strohhalm greifen, wenn sie könnten. Dass meine Haare wieder wachsen und voller werden, glaube ich nicht.«

Jeannette schaute ihn eindringlich an. Dann bewegten sich ihre Mundwinkel nach oben, die untere Lippe bebte, die Grübchen in ihren Wangen wurden stärker. Sie lachte laut los. »Ach, es war nur ein Spaß. Ich habe mir gerade von einer Kundin anhören müssen, wie sehr der Mond unser Leben beeinflusst. Sie lebt nur nach dem Mondkalender. Plant ihre Arzttermine, ihren Urlaub, ihre Kosmetik- und Friseurtermine danach. Es hat mich einige Überwindung gekostet, ernst zu bleiben. Das war sehr skurril.« Sie lachte wieder. »Jetzt machen Sie nicht so ein Gesicht. Haben Sie auch einen Bärenhunger? Heute gibt es Spaghetti bolognese. Mein Leibgericht, mögen Sie das auch?«

Es dauerte einen Moment, bis Weber verstand, dass er auf ihren Witz hereingefallen war. Unglaublich, das wäre ihm während seiner Dienstzeit nicht passiert. Allerdings hatte er in der Zeit stets mit allem gerechnet. Jeannette wirkte brav und lieb, als könne sie kein Wässerchen trüben. Zum ersten

Mal, seit sie sich kannten, hatte sie sich einen Spaß mit ihm erlaubt, und er wusste nicht, wie er damit umgehen sollte. Eine witzige Geschichte, aber lachen konnte er dennoch nicht darüber. Wenn er ehrlich zu sich war, hatte er noch nie über sich selbst lachen können. Etwas, an dem er arbeiten sollte.

»Ja, mag ich auch gern. Meine Louise hat eine perfekte Bolognese-Soße gekocht, mein absolutes Lieblingsessen.«

»Ich glaube, die können das hier auch sehr gut.«

Sie gaben ihre Bestellung auf, und Jeannette entschuldigte sich, um zur Toilette zu gehen. Das gab ihm Zeit, über sich nachzudenken. Es war offensichtlich: Er brauchte mehr Humor. War das erlernbar? Gab es Bücher darüber? Er würde mal diskret in den einschlägigen Regalen stöbern. »Humor für Dummies«?

Während er allein am Tisch saß, sah er sich um. Die Kuchenauswahl an der Theke sah wieder sehr appetitlich aus. Nicht zum ersten Mal stellte er fest, wie gut ihm die blaue Wandfarbe gefiel. Blau sollte beruhigen, doch davon war in diesem Moment nichts zu merken. Es war unglaublich laut um ihn herum. Die Kunden, meist Frauen, die auf ihren Nebenstühlen Pakete, Taschen und Tüten abgelegt hatten, wirkten gestresst und erschöpft. Eine Frau, er schätzte sie auf Anfang dreißig, die mit einem kleinen Kind am Nebentisch saß, erregte seine Aufmerksamkeit. Das Kind hatte große blaue Augen, blonde Locken und einen wachen Blick. Vor ihm lag ein Brötchen, das es essen sollte. Das Kind hatte andere Pläne.

»Jetzt iss bitte, Hugo. Ich sage das zum letzten Mal.«

Hugo schaute seine Mutter an und nickte. Es war offensichtlich, dass er das Brötchen nicht essen wollte. Mit seinen Fingern begann er, die Kruste abzupellen und das weiche Innere des Brötchens herauszuholen. Er formte winzige Kugeln, die er nebeneinander aufreihte.

»Hugo, ich sage es zum letzten Mal, iss. Sonst sage ich das dem Weihnachtsmann, dann bekommst du keine Geschenke.«

Ferdinand Weber sah die Frau ungläubig an. Was sollte das denn? War das moderne Erziehung, Psychologie?

Hugo ließ sich nicht beeindrucken, pulte weiter in dem Brötchen und formte unbeirrt Kugeln. »Da!«, sagte er dann.

Weber überlegte, ob Hugo den Weihnachtsmann überhaupt kannte. Die Drohung brachte keine Änderung, auch keine sichtbaren Zeichen von schlechtem Gewissen.

»In Afrika hungern die Kinder, Hugo. Denk mal daran«, sagte die Mutter.

Wieder blickte Weber von einem zum anderen. Was sollte aus diesen Kindern werden, die so erzogen wurden? Er taxierte die Frau genauer. Auf den ersten Blick sah sie jung aus, doch als er genauer hinschaute, sah er die Falten unter ihren Augen, um den Mund, auf den Lippen und am Hals. Schon häufig war ihm aufgefallen, dass die meisten Frauen Wert auf die Pflege des Gesichts legten, jedoch Hände und Hals vernachlässigten. Dabei erkannte man dort das Alter am besten.

Eine Spätgebärende, eine, die alles besser machen will und sich einen Tyrannen erzieht, dachte Weber. Aber vielleicht tat er ihr unrecht. Er sollte an seinen Vorurteilen arbeiten und nicht so unfair sein. Wer wusste schon, was hinter der Fassade ihres starren Gesichts steckte.

Zeitgleich mit der Bedienung kam Jeannette zurück. Es roch köstlich.

»Guten Appetit«, wünschte sie ihm, als sie sich setzte. »Haben Sie sich von Ihrem Schock erholt?«

Verwirrt blickte er auf. »Was meinen Sie?«

»Na ja, die Mondgeschichte, Sie haben mich angeschaut, als würde Ihr Weltbild zusammenfallen.«

»In der Tat, ich bin sehr erleichtert, dass das ein Witz war. Aber meine Gedanken sind ganz woanders. Ich habe heute eine schlechte Nachricht bekommen«, sagte er und korrigierte sich sofort. »Das stimmt nicht ganz, mich persönlich trifft es gar nicht, dennoch berührt es mich.«

Jetzt schaute Jeannette neugierig auf.

»Was ist passiert?« Ohne eine Antwort abzuwarten, nahm sie Löffel und Gabel zur Hand und begann, die Spaghetti in die Soße zu tunken und auf dem Löffel zu drehen. Es waren zu viele Nudeln, doch das störte sie nicht. Sie machte den Mund sehr weit auf und schob alles hinein.

Fasziniert betrachtete Weber ihr Kauen, die roten Soßenspritzer, die nun ihr Gesicht zierten, sogar die Nase war betroffen. »Kennen Sie eine Pia Renner?«, fragte er.

Jeannette zog die Nase kraus, verdrehte die Augen nach oben, während sie überlegte. Sie kaute und kaute und schien noch immer nachzudenken. Als ihr Mund leer war, schüttelte sie den Kopf. »Nein, ich glaube nicht. Wer ist das?«

»Meine Nachbarin.«

»Haben Sie mal von ihr erzählt?«

»Ich glaube schon, auch wenn ich keinen Namen genannt habe. Sie war die junge Frau, von der ich vermutete, dass sie von ihrem Freund geschlagen wurde«, sagte er.

»Stimmt, die haben Sie mal erwähnt. Warum sprechen Sie in der Vergangenheit? Hat sie ihn endlich verlassen?«, erkundigte sie sich.

Weber hatte noch immer keine Nudel auf seinem Löffel, während Jeannette erneut drehte und aß.

»So könnte man das auch ausdrücken. Sie ist tot.«

Jetzt hatte er ihre Aufmerksamkeit. Jeannette stoppte das Kauen, sah ihn ungläubig an und sagte etwas, was er nicht verstand.

»Mit dreihundert Gramm im Mund kann ich Sie nicht verstehen, beim besten Willen nicht«, sagte er vorwurfsvoll.

Hastig schlang Jeannette den Inhalt hinunter, zu schnell, denn sie verschluckte sich und bekam einen Hustenreiz. Der Versuch, ihn zu unterdrücken, endete mit tränenden Augen und rotem Gesicht. Aus Furcht vor weiteren Attacken reichte ihr Weber ein Glas Wasser und drängte sie zu trinken.

Hugo vom Nebentisch sah ihnen aufmerksam zu. Das Spiel mit dem Brötchen war vergessen, zumindest aufgeschoben. »So ist es brav, mein Junge. Der Weihnachtsmann sieht alles«, sagte seine Mutter.

Weber schloss genervt die Augen. »Trinken Sie noch einen großen Schluck. Geht es jetzt?«

Dankbar nickte Jeannette. »Ich kann nicht glauben, was Sie sagen! Ihr Nachbar hat seine Freundin umgebracht? In der Wohnung, direkt neben Ihrer? Und Sie haben nichts bemerkt? Als ehemaliger Kommissar? Das glaub ich nicht!«

Ihre Worte schmerzten, trafen ihn mitten ins Herz. Sie sah es wie er selbst. Er war schuldig. Er hätte die Katastrophe ahnen können und handeln müssen. Nur wie?

Er hatte versagt. Die Lust aufs Essen war ihm vergangen, er stocherte mit seiner Gabel in der Soße herum, vermischte die Nudeln damit und rührte den Käse unter. Appetitlich sah es jetzt nicht mehr aus.

Jeannette schob den Teller zur Seite, obwohl er noch halb voll war. »Hat nichts mit Ihnen zu tun. Mir geht es schon seit ein paar Tagen nicht so gut. Ich habe Hunger, und wenn ich dann etwas esse, wird mir schnell übel. Vielleicht geht wieder ein Virus um.«

Sie lehnte sich zurück.

»Um auf Ihre Frage zurückzukommen: Pia Renner ist der Name der Nachbarin? Irgendetwas klingelt doch bei mir. Je mehr ich darüber nachdenke, umso mehr glaube ich mich zu erinnern. Es gab auf unserer Schule eine ganz gute Sportlerin, ein, zwei Klassen unter mir, die so ähnlich hieß.«

Weber legte das Besteck zur Seite. »Ich habe sie nie joggen oder walken gesehen.«

»Das meine ich auch nicht. Wenn, dann war sie eine Turnerin.«

»Und wie soll ich das sehen können? Die wenigsten Turnerinnen üben ihren Sport auf der Straße aus. Oder auf dem Balkon, da hätte ich sie vielleicht bemerkt«, erwiderte Weber.

»Sorry, tut mir leid. Aber es hätte ja sein können, dass Sie ins Gespräch gekommen sind. So von Nachbar zu Nachbar, das macht man doch.«

Er grübelte. Ja, Jeannette würde das sicherlich so handhaben, Pia Renner nicht. Und die Turnerinnen, die er kannte, waren grazile und elegante Personen, die erhobenen Hauptes herumliefen.

Wieder meldete sich sein Gewissen. Niemand läuft mit hocherhobenem Kopf umher, wenn er über längere Zeit Gewalt erfährt. Wie viele Frauen und Mädchen hatte er gesehen, denen das ohnehin geringe Selbstbewusstsein ausgeprügelt worden war?

»Und sie ist wirklich tot?«, fragte Jeannette erneut und unterbrach seine Überlegungen. »Wie ist das passiert? Und wo?«

In sachlichem Ton erklärte er die Fakten, soweit sie ihm bekannt waren. »Sie ist erstochen worden. In den frühen Morgenstunden. Die Kollegen, ich meine natürlich die ehemaligen Kollegen, haben den Freund vorhin mitgenommen. Er wollte fliehen. Der Verdacht liegt nahe, dass er ihr auflauerte und sie erstach.«

»Klingt das für Sie nachvollziehbar? Er lauert ihr auf und trägt ein Messer mit sich herum? In der Hosentasche?«

Weber schaute sie nachdenklich an. Das Gleiche hatte er sich auch schon gefragt. War das Verhalten des jungen Mannes nachvollziehbar? Auch wenn man betrunken war und in einem solchen Zustand seltsame Sachen machte, klang die Geschichte nicht rund.

»Lukas Grimm hat gern und viel getrunken. Ich habe oft erlebt, dass sich die beiden gestritten haben. Unzählige Male hat er sie beschimpft, und ich habe ihr aufgezeigt, wo sie hätte Hilfe bekommen können. Sie wollte nicht. Ich hatte das Gefühl, es sei ihr peinlich, dass meine Frau und ich von den Streitereien wussten. Manchmal hat er so laut geschrien und gebrüllt, dass man jedes Wort auf der Straße verstehen konnte. Ich habe oft gedacht, das nimmt kein gutes Ende.« Ohne Jeannette anzuschauen, nahm er einen großen Schluck Wasser.

»Kein gutes Ende ist untertrieben. Die Frau ist tot. Ein junges Mädchen, jünger als ich. Aber ich bin nicht fair, wenn ich Ihnen Vorhaltungen mache«, gestand sie. »Betroffene müssen Hilfe wollen und annehmen, vielleicht hat sie ihn wirklich geliebt und wollte ihn nicht verlassen. Und vielleicht hat er sie auch geliebt und konnte nicht anders.«

Weber kommentierte das nicht. Er schaute Jeannette an, suchte nach Worten. Schließlich sagte er leise: »Ich hätte es gern verhindert.«

7

»Jetzt gestehen Sie doch endlich. Es ist offensichtlich, dass Sie Ihre Freundin erstochen haben. Sie haben sich am Abend gestritten, und das nicht zum ersten Mal, wenn man den Nachbarn Glauben schenken darf. Und da einer Ihrer Nachbarn ein ehemaliger Kollege von uns ist, besteht kein Grund, daran zu zweifeln. Er beschreibt Sie als gewalttätigen Menschen. Ihre Freundin Pia hat Angst vor Ihnen gehabt. Mehr als einmal lief sie mit blauen Flecken im Gesicht und am Körper herum und erzählte jedem, der es hören wollte oder auch nicht, dass sie sich gestoßen hatte. Die Geschichten, die wir von misshandelten Frauen hören, sind immer die gleichen.«

Lukas sprang vom Stuhl auf. Sofort drückten ihn die kräftigen Arme von Kriminalkommissar Thomas Krist wieder zurück.

»Sie bleiben sitzen.«

Lukas bedeckte für einen Moment seine Augen mit den Händen, ballte sie dann zu Fäusten und legte sie langsam auf den Tisch ab. Endlich begann er zu reden.

»Ja, wir haben gestritten. Mir ist auch mal die Hand ausgerutscht, das gebe ich zu. Aber ich glaube nicht, dass ich mit ihrem Tod etwas zu tun habe. Das müsste ich doch wissen. Oder?«

Krist sah ihn ungläubig an. »Ihr Restalkohol im Blut ergab einen Messwert von zwei Komma acht Promille. Gehen wir davon aus, dass Sie Gewohnheitstrinker sind, vier Stunden geschlafen haben, ist das schon eine enorme Menge zur angenommenen Tatzeit. Selbst für einen geübten Trinker. Da kann man schon mal die Erinnerung verlieren.«

Lukas verschränkte seine Arme auf dem Tisch und bettete seine Stirn darauf. Verzweifelt versuchte er sich zu erinnern. Doch je mehr er nachdachte, desto weniger kamen seine Erinnerungen zurück. Es war wie verhext. Akribisch ging er jede Minute des gestrigen Tages durch, versuchte, sich alle Geschehnisse ins Gedächtnis zu rufen.

»Es war ein ganz normaler Tag. Wir haben ein paar Bier in der Werkstatt getrunken, ein Arbeitskollege hat einen ausgegeben. Junggesellenabschied. Aber die Stimmung war nicht gut, und ich bin nach Hause gegangen.«

Das klang unverfänglich, harmlos. Er sagte dem Beamten nicht, dass er Lust auf Sex gehabt hatte und wütend geworden war, weil sich Pia vor ihm im Badezimmer versteckt hatte. Ebenso verschwieg er seine Idee, sie einzuschließen. Das war auch nicht wichtig. Er fuhr mit seiner Darstellung des Abends fort.

»Ich denke, Pia wollte sich mit einer Freundin treffen, und ich bin noch einmal in die Stadt.« Ab da gab es die ersten Lücken in seinem Gedächtnis, er versuchte zu rekonstruieren. »Ich hab die Kollegen getroffen, Speyer ist ja nicht so groß, habe fünfhundert Euro am Geldautomaten abgehoben. Eigentlich war das Geld für die Miete vorgesehen, aber das interessierte mich in dem Moment nicht. Ich dachte, dass sich Pia doch um den Vermieter kümmern soll. Wir sind dann in diesen Club gegangen.« Lukas lachte auf. »Na ja, das ist ja nichts Ungewöhnliches bei einem Junggesellenabschied, nicht wahr?«

Krist fiel nicht in sein Lachen ein.

Unruhig rutschte Lukas auf dem unbequemen Holzstuhl herum. »Wir haben an der Bar noch ein Getränk zu uns genommen.« Er brach ab. Nun wurde es ganz schwierig. Nebelhafte Bilder. Da war eine Frau, aber ob er was mit ihr hatte, wusste er nicht. Das ging auch niemanden etwas an. Verzweifelt schaute er den Kommissar an. Würde er ihm glauben?

»Sie sind aus dem Haus gegangen, weil Sie wütend waren. Sie haben mit Ihren Kollegen weitergetrunken, in dieser Bar haben Sie alle eingeladen, eine Runde nach der anderen ausgegeben und mit mehreren Frauen, na, wie soll ich es nennen, gefummelt. Sie haben einen zusätzlichen Deckel von dreihundertvierundzwanzig Euro gemacht. Sie geben fast neunhundert Euro an einem Abend in einer Bar aus und können Ihre Miete nicht bezahlen. Was haben Sie sich dabei gedacht? Aber das hat Ihnen immer noch nicht gereicht, stimmt's? Sie fühlten sich nicht als König, denn Sie wollten noch mehr trinken, doch man hat Ihnen nichts mehr gegeben. Sind Sie wütend geworden? Sie sind gegangen, haben sich ein Messer von der Bar genommen, aus einem Impuls heraus? Was haben Sie gedacht? Hatten Sie den Wunsch, jemanden zu verletzen? Sie haben sich auf den Weg nach Hause gemacht und sind Pia überraschend in die Arme gelaufen. So war's doch, nicht wahr? Es kam wieder zum Streit, Sie haben zugestochen und sind dann einfach weitergegangen. Geben Sie es endlich zu!«

Krist hatte sich vor ihm aufgebaut, seine Stimme dröhnte in Lukas' Kopf. Fassungslos vernahm er, was man ihm unterstellte. Konnte das sein? Seine Erinnerungen beschränkten sich auf einzelne Bilder, die wenig Sinn ergaben. Er hatte neben einem der Mädchen, das Champagner trank, oder zumindest ein Getränk, das so aussah, gesessen und etwas gegessen. An laute Musik erinnerte er sich. Er wusste nicht, wie er nach Hause, geschweige denn ins Bett gekommen war. Nur dass er allein aufgewacht war und kurz darauf die Polizei bei ihm vor der Tür gestanden hatte. Sie hielten ihn für einen Mörder. Das Schlimme war, je länger er darüber nachdachte, umso weniger war er überzeugt, dass er es nicht war. Es konnte sein, lag im Rahmen des Möglichen.

So gern würde er den Polizisten helfen, er war bereit, die Wahrheit zu sagen, doch in seinem Kopf befand sich gähnende Leere. Keine Erinnerung an die wichtigen Momente des Abends.

»Vermissen die denn ein Messer?«, fragte er leise. Er war stolz, dass ihm die Frage einfiel. Sie klang logisch, sein Hirn funktionierte wieder.

»Das kann keiner genau sagen. Die Möglichkeit besteht.«

Lag nicht immer ein Messer hinter der Theke, um Zitronen- oder Orangenscheiben zu schneiden? Ein Universalmesser? Lukas musste zugeben, dass die Geschichte so passiert sein könnte, es brachte ihn fast um den Verstand.

»Ich habe Pia noch nie mit einem Messer bedroht. Mir ist schon mal die Hand ausgerutscht, aber …« Er brach ab, es hatte keinen Sinn. »Ich habe sie doch geliebt«, flüsterte er.

Das Reden von Liebe berührte Krist nicht. Wie aus der

Pistole geschossen prasselten die Anschuldigungen und Vorwürfe auf Lukas nieder. Dass er Pia geschlagen und letztendlich die Kontrolle über sich verloren hatte.

»Das ist nicht wahr«, begehrte er auf, »das ist nur passiert, weil ich so eifersüchtig war, weil ich Angst hatte, dass sie mich verlässt …«

Mittlerweile waren die Kopfschmerzen zurückgekommen, heftiger als zuvor. Er bat um eine Tablette, Krist vertröstete ihn. Stattdessen bedrängte er Lukas, wieder und wieder zu erzählen, was passiert war, an was er sich erinnerte. Was er getan hatte.

Es ging nicht. Lukas konnte und wollte nicht mehr. In seinem Kopf hämmerte der Schmerz, sein Magen rebellierte. Oder war es Hunger? »Kann ich vielleicht etwas zu essen bekommen?«, fragte er leise.

Krist verschränkte die Arme vor der Brust und blickte ihn sekundenlang höhnisch an. Sekunden, die Lukas wie eine Ewigkeit vorkamen. Dann ging Krist ohne ein weiteres Wort aus dem Raum. Lukas glaubte, dass er ihm endlich etwas bringen würde. Zumindest hoffte er das. Eine gefühlte Ewigkeit saß er in dem Vernehmungsraum, ohne dass etwas passierte. Niemand kam und versorgte ihn mit Essen und Trinken. Als Lukas seine Verunsicherung kaum mehr aushielt, ging plötzlich die Tür auf, und ein groß gewachsener Mann ohne Uniform betrat den Raum.

»Guten Tag«, grüßte er und stellte sich als Kriminalhauptkommissar Mario Balthasar vor.

Trotz seiner misslichen Lage musste Lukas grinsen. »Sie heißen wirklich Balthasar?« Das Lachen verging ihm, als er den Gesichtsausdruck des Kommissars sah.

»Sie können mir glauben, ich kenne alle Witze über meinen Namen. Jeder glaubt, er sei besonders einfallsreich, vor allem in der Vorweihnachtszeit, noch schlimmer Anfang Januar.«

Lukas entschuldigte sich. »Es war nicht so gemeint, aber Balthasar ist tatsächlich ein ungewöhnlicher Nachname.«

»Zumindest das wissen Sie.«

Lukas war geneigt, sich erneut zu entschuldigen. Er öffnete den Mund, blieb aber stumm. Was sollte es, ihm glaubte doch niemand. Vielleicht war er ein Mörder. Egal, was die Leute über ihn dachten, er hatte Pia geliebt. Deshalb wurde er ja auch so eifersüchtig, er wollte sie für sich allein.

Pia war eine hübsche Frau gewesen. Er musste anfangen, sich der Realität zu stellen. Pia war tot, keine anderen Männer konnten ihr mehr hinterhersehen. Es gab keinen Grund mehr, misstrauisch zu sein. Die Eifersucht war sein Problem gewesen. Da er nicht jeden Mann umhauen konnte, hatte er seine Angst und Unsicherheit an Pia ausgelassen. Dass er wegen Körperverletzung vorbestraft war, legten ihm die Beamten natürlich zum Nachteil aus. Wer sollte es ihnen verdenken? Lukas wusste selbst, dass manchmal die Wut in ihm so groß wurde, dass er sie nur mit Gewalt loswurde.

In einem Antiaggressionskurs hatte er lernen sollen, seinen Zorn zu zügeln. Manchmal halfen die Tipps. Nein, wenn er ehrlich zu sich war, halfen die Übungen immer, wenn er nüchtern blieb. Sein größter Feind war der Alkohol. Andererseits diente er ihm, sich stärker zu fühlen, wenn ihn wieder das Gefühl überkam, die Kollegen seien mehr wert als er selbst. Sein Vater fiel ihm ein. In seinen Erinnerungen entstand ein Bild, wie er vor ihm stand, seinen Arm erhob und immer wieder auf ihn eindrosch. Dabei brüllte er: »Du bist ein Nichts, nichts wert, ein Niemand.«

Dieses Erlebnis hatte sich eingeprägt, für immer auf seine interne Festplatte im Gehirn eingebrannt. Er verstand das nicht, war damit überfordert, und vielleicht hatte sein Vater recht, wenn er behauptete, dass er ein Idiot war. Zu dumm für alles. Er war so froh, als er Pia kennenlernte und sie sich in ihn verliebte. Er konnte sein Glück nicht fassen. Und jetzt war sie tot. Von seiner Hand erstochen?

Das alles konnte er nicht aussprechen. Seine Rechtfertigungen und Entschuldigungen fanden nur in seinen Gedanken statt. Er schüttelte heftig den Kopf, was er augenblicklich bereute. Der Polizist, der ihm eine Tablette besorgen wollte, war noch nicht wiedergekommen.

»Was ist denn nun mit meiner Kopfschmerztablette?«, fragte er leise Kommissar Balthasar.

Der sah ihn an, verzog jedoch keine Miene. »Der Kollege kommt gleich.« Er setzte sich wieder Lukas gegenüber und fragte: »Wollen Sie nicht endlich ein Geständnis ablegen?«

Lukas schaute ihn entsetzt an. »Wie soll ich etwas gestehen, an das ich mich nicht erinnern kann? Ich glaube nicht, dass ich sie erstochen habe. Das muss jemand anders gewesen sein. Machen Sie Ihren Job, suchen Sie Augenzeugen. Warum glaubt mir niemand?«

»Diese Frage ist nicht ernst gemeint, oder? Bei Ihrem Lebenslauf, einer Verurteilung wegen Körperverletzung, vielen Hinweisen, dass Sie Ihre Freundin geschlagen haben, wundert es Sie doch nicht wirklich, dass wir Ihnen die Geschichte mit der Amnesie nicht abnehmen.«

Lukas kaute auf seiner Unterlippe. Was zum Teufel bedeutete das Wort Amnesie?

»Gedächtnisschwund. Nur für den Fall, dass Sie nicht so fit sind, was Fremdwörter angeht.«

Lukas hörte auf zu kauen. Man hielt ihn für blöd, unterbelichtet. Er flüsterte: »Haben Sie überhaupt eine Ahnung, wie schrecklich es ist, nicht zu wissen, was man getan hat? Mir fehlen einige Stunden in meiner Erinnerung. Ich weiß, dass ich heute Morgen aufgewacht bin und Pia vermisst habe. Die ganze Zeit frage ich mich: Hätte ich sie vermisst, wenn ich sie umgebracht hätte? Irgendetwas in meinem Unterbewusstsein müsste mir doch Hinweise darauf geben.«

Balthasar erhob sich wieder. »Unser Gehirn ist ein Mysterium. Dafür braucht es einen Arzt, einen Seelendoktor. Obwohl ich von denen nichts halte. Ist das Ihre Masche? Einen auf unzurechnungsfähig machen?«

Der Kommissar beugte sich zu Lukas hinab, stützte seine Arme auf dem Tisch ab. Sie waren sich so nahe, dass Lukas das Waschmittel riechen konnte.

»Im Übrigen werden wir Ihre Kleidung, die Sie getragen haben, untersuchen. Ich bin sicher, wir finden Spuren von DNS, die Sie überführen.« Balthasar ließ keinen Zweifel aufkommen, dass er ihn für schuldig hielt.

Lukas schüttelte nur den Kopf, blieb stumm. Ihm nutzte kein

Rechtfertigen, Leugnen, sich von den Vorwürfen zu distanzieren. Niemand glaubte ihm. Er würde in Untersuchungshaft kommen, weil dringender Tatverdacht bestand. Man würde ihm einen Pflichtverteidiger zur Seite stellen. Was auch sonst. Er schloss die Augen und hoffte, dass dieser Wahnsinn bald vorbei war.

8

Jeannette suchte in ihrer Handtasche nach dem Haustürschlüssel. Es klapperte, doch er war unauffindbar. Nicht zum ersten Mal ärgerte sie sich über die viel zu große Tasche und ihren Drang, alles aufzuheben und mitzuschleppen. Sie fischte zwei Lippenstifte im gleichen Farbton heraus, einen Apfel, der bereits weiche Flecken aufwies. Ihr Handy, ihr Portemonnaie, eine Kinokarte.

Einen kurzen Moment dachte sie an den Abend, an dem sie mit Jonas im Kino gewesen war, und spürte erneut Wut in sich. Für ihn war die Verabredung der Versuch gewesen, die Beziehung zu kitten. Sie hingegen wusste, dass es zu Ende war, hatte sich aber nicht getraut, es ihm zu sagen.

Jonas war nicht der Mann, mit dem sie bis ans Ende ihres Lebens zusammenbleiben wollte. Ein Problem, da Jonas das ganz anders sah. An jenem Abend vor ein paar Wochen war sie nach dem Kinobesuch weich geworden, hatte die Romantik des Augenblicks genossen und sich fallen lassen. Wie sollte er dann verstehen, dass sie Schluss machen wollte?

Sie stellte ihre Tasche auf den Kopf und hielt endlich ihren Haustürschlüssel in der Hand. Der Arbeitstag in der Buchhandlung war anstrengend gewesen. An die Frau mit dem Mondkalender musste sie immer noch denken, und an Ferdinand Weber. Was für ein liebenswerter, älterer Herr. So einen Opa hätte sie immer gern gehabt. Aber dann wanderten ihre Gedanken zu dem jungen Mädchen, seiner Nachbarin.

Seine Vorurteile gegenüber Pia Renner muteten ihr indes seltsam an. Es schien nicht zu ihm zu passen. Ob das tote Mädchen tatsächlich die Pia war, die sie von früher kannte? Ihre Erinnerungen waren diffus. Ihre Pia war schon immer komisch gewesen, eine, die gern etwas verheimlichte, die immer zu stark geschminkt und zu freizügig gekleidet war. Auch eine, die etwas suchte und nicht fand.

In ihrer Wohnung ließ Jeannette ihre Tasche einfach fallen

und hängte zumindest den Schlüssel auf. Ihr Mantel folgte der Tasche, sie bückte sich, um die Reißverschlüsse ihrer Stiefel zu öffnen, streifte sie ab und ließ sie einfach im Weg stehen.

Jonas hatte keinen Schlüssel zu ihrer Wohnung, und sollte er spontan vorbeikommen, würde sie nicht öffnen. Er war der letzte Mensch, den sie heute sehen wollte. Sie sehnte sich nach Ruhe, einfach nur Ruhe, nach Musikhören und einem heißen Bad mit wohlig duftendem Lavendelschaum zum Entspannen und Beruhigen. Ein Glas Rotwein, und dann über etwas nachdenken, was sie die ganze Zeit verdrängte. Wie konnte sie Jonas klarmachen, dass es keinen gemeinsamen Weg für sie beide gab? Er nahm ihre leisen Zweifel und unterschwellige Kritik gar nicht wahr.

Obwohl er die Veränderung in ihrer Beziehung ebenfalls bemerkt hatte, behauptete er, dass es solche Durststrecken in den besten Partnerschaften gab. Ihr hatten jedes Mal Gegenargumente gefehlt. Außerdem gab es noch etwas anderes, über das sie nachdenken musste. Der Gedanke war so unglaublich, so surreal und dennoch da. Was, wenn das Unmögliche wahr wäre? Müsste sie ihre Beziehung zu Jonas neu beurteilen? Wollte sie das? Und zum wiederholten Mal an diesem Tag schickte sie ein Stoßgebet zum Himmel. Bitte, Schicksal, lass das nicht wahr sein! Ich will das nicht.

Sie ging ins Badezimmer, freute sich, dass sie gestern ihrem Putzwahn nachgegeben hatte und es vor Sauberkeit glänzte. Sie musste nicht erst die Wanne putzen, sondern konnte das Wasser direkt einlaufen lassen. Badeschaum war zur Genüge da. Sie zündete zwei Kerzen an, ebenfalls mit einem beruhigenden Duft, und summte leise eine Melodie. Sie ging zurück in die Küche und überprüfte ihre Weinvorräte. Es lag noch eine Flasche Barolo, ein Geschenk ihrer Chefin, im Regal. »Für eine besondere Gelegenheit«, hatte sie bei der Übergabe gesagt.

Heute war ein besonderer Moment. Heute brauchte sie etwas, um es sich gut gehen zu lassen. Wenn es einem schlecht ging, musste man sich verwöhnen. Das hielt sie schon immer so. Allerdings gestaltete sich die Suche nach dem Korkenzieher schwierig. Normalerweise war Jonas derjenige, der die Flaschen öffnete. Das ließ er sich nicht nehmen. Eigentlich war er ein richtiger Macho, überlegte Jeannette.

Was hatte sie nur an ihm gefunden? Wenn sie ehrlich war, war es genau diese Attitüde von Arroganz und Männlichkeit gewesen, die ihr für eine Weile die große Liebe vorgespielt hatte. Jonas hingegen wollte mehr, er hatte von Verlobung und Hochzeit gesprochen – und Kindern. Sie hatte geschwiegen, aus Gründen, die ihr obskur erschienen. Eine Mischung aus Entsetzen und Sich-geschmeichelt-Fühlen. Kinder! Sie wollte keine Kinder. Niemals, nicht jetzt und auch nicht in drei Jahren.

Und dann hatte sie sich von einer romantischen Kinokomödie blenden lassen und war mit ihm danach in seine Wohnung gegangen – bei ihr war mal wieder nicht aufgeräumt gewesen. Jonas würde nie seine Wohnung verlassen, wenn sie unordentlich war. Er hatte an jenem Abend alle Register gezogen, und sie hatte sich der Stimmung hingegeben. Es ging nicht um Jonas, es hätte irgendjemand sein können.

»Es war aber Jonas, und du bist überfällig«, sagte ihr Unterbewusstsein. Über das, was das bedeuten konnte, wollte sie nicht weiter grübeln. Allein bei dem Gedanken wurde ihr schlecht. Je mehr sie über die Möglichkeit nachdachte, umso mehr Anzeichen nahm sie wahr – oder bildete sie sie sich nur ein? War ihr Bauch nicht schon ein wenig runder geworden? Was bedeutete das Ziehen in der Brust? Auf der Straße begegnete sie auf Schritt und Tritt Schwangeren, Müttern mit Babys, in jedem Anzeigeblättchen wurden Kinderwagen und Babybettchen angepriesen, noch nie waren ihr die vielen Werbespots im Fernsehen mit Kleinkindern aufgefallen.

Sie zog sich aus, ließ ihre Kleidung auf einem Haufen liegen und prüfte vorsichtig die Temperatur des Badewassers. Wie immer war es zu heiß. Sie ließ kaltes hinzulaufen und wirbelte mit ihrem Unterarm das Wasser durch, bis es angenehm temperiert war.

Nackt, wie sie war, goss sie in der Küche den Barolo ins Rotweinglas und ging damit zurück ins Badezimmer. Neben die Wanne hatte sie einen Blumenhocker gestellt, den sie nun als Ablage nutzte. Sie stellte das Glas ab und stieg langsam ins Wasser. Sie schloss die Augen und lehnte sich zurück. Ihr Gesicht verschwand im Schaum, und der angenehme Duft von Lavendel hüllte sie ein.

Jonas. Ihre Gedanken wanderten wieder zu ihm, zu ihrer Beziehung und ihrem Dilemma. Natürlich würde ein Schwangerschaftstest Klarheit schaffen, aber davor hatte sie Angst. Wie schizophren, schimpfte sie sich selbst. Aber solange das Ergebnis nicht feststand, es nur eine Vermutung war, gab es keine Bedrohung für sie und ihr bisheriges und zukünftiges Leben. Sie nahm einen großen Schluck und genoss den vollmundigen Geschmack.

Was, wenn es so war?, überlegte sie weiter. Wie sähen ihre gemeinsamen Kinder aus? Ob sie ihre blauen Augen und braunen Haare bekämen oder eher seine Sommersprossen und seinen leicht roten Schimmer in den Haaren? Sie wollte keine kleinen Jungen, die an Pumuckl erinnerten!

Noch ein Schluck. Dann tauchte sie erneut unter. Wie oberflächlich sie war. Manchmal mochte sie sich selbst nicht. Was wollte sie eigentlich? Kein Kind. Aber wenn du den richtigen Mann triffst, sieht das dann anders aus?, fragte ihr Gewissen. Wie musste der richtige Mann sein? Groß, mindestens einen Meter achtzig. Er sollte dunkle Haare und braune Augen haben, breite Schultern, keine Haare auf der Brust, und er sollte in einem gesunden Maße selbstbewusst sein. Aber auch schwach und romantisch, doch nicht zu viel. Augenblicklich fühlte sie sich … Ja, wie eigentlich? Sie konnte sich doch keinen Mann bestellen. Auch nicht backen. Jonas war meilenweit von ihrer Vorstellung eines perfekten Mannes entfernt, das hatte sie von Anfang an gewusst.

Was hatte sie an ihm gemocht, als sie ihn kennenlernte, was war das, was sie faszinierte? Sie brauchte nicht lange, um die Antwort zu finden. Er hatte Humor, Witz und war anders als die Männer, mit denen sie täglich in Berührung kam. Er brachte sie zumindest zum Lachen, war intelligent, und sein Ordnungssinn war eine Herausforderung. Sie, die Chaotin, und Jonas, der Perfektionist. Sie hatte alle Schwierigkeiten gemeistert, der Reiz war verflogen. Das war das Problem – endlich hatte sie es erkannt.

Jonas war kein schlechter Mensch. Aber es reichte nicht, nicht für eine langjährige Beziehung, schon gar nicht für eine Familiengründung. Sie war nicht die Richtige für ihn, irgendwann würde er es auch einsehen. Er hatte eine Frau verdient, die sein Kümmern, sein Sorgen zu schätzen wusste.

Er musste ihre Entscheidung akzeptieren. Sie würde auf jeden Fall Schluss machen, selbst wenn sie schwanger sein sollte. Er musste nichts von dem Kind wissen. Ist das fair?, fragte sie sich augenblicklich. Was ist schon fair, beantwortete sie die Frage. Sollte sie wegen dieses einen schwachen Moments ihr ganzes Leben lang büßen? Das war auch nicht fair. Das war ungerecht.

Klär doch erst mal ab, ob du schwanger bist, führte sie den inneren Monolog weiter, bevor du solch weitreichende Entscheidungen triffst. Für und Wider abwägen, die Methode half immer, bei jedem Problem. Auf ihre Fähigkeit, Situationen zu analysieren, war Jeannette immer sehr stolz gewesen. Warum gelang es ihr im Moment nicht? Sie wusste noch nicht einmal, ob es überhaupt ein Problem gab. Warum machte sie sich jetzt schon verrückt? Gut, dachte sie, morgen gehe ich in die Apotheke.

Mit diesem Entschluss tauchte sie erneut ab. Während sie im warmen Lavendelwasser versank, überlegte sie, dass sie eigentlich beziehungsunfähig war. Oder lag es wirklich nur daran, dass sie den Richtigen noch nicht gefunden hatte? Einen, der sie verstand. Mit dem sie lachen und schweigen konnte. Denn Schweigen war etwas, das Jonas ein Gräuel war.

Er verstand nicht, dass sie nach einem langen Arbeitstag keine Lust zu reden hatte. Sie fand Stille angenehm, brauchte sie, um sich zu spüren. Dann mochte sie weder Radio noch Fernsehen – und schon gar keine Gespräche. In dieser Stimmung nervte Jonas stets mit seinen Fragen. »Hast du was? Was ist los mit dir? Habe ich dir etwas getan? Was kann ich tun, damit es dir besser geht?«

Jede dieser Fragen war gut gemeint, kam jedoch bei ihr

nicht gut an. Wenn sie ihn an solchen Abenden bat, nicht zu kommen, stand er spätestens zwei Stunden später mit einem Blumenstrauß, etwas zu essen oder einer Flasche Wein vor der Tür. Anfangs hatte es ihr gefallen, doch dann hatte sie schnell gemerkt, dass er immer gegen ihren Willen agierte. Es strengte an, seine Geschenke, seine Fürsorge anzunehmen.

Manchmal will man nicht, dass es einem gut geht, dachte Jeannette. So wie jetzt, jetzt wollte sie in ihrem Selbstmitleid und ihrer Trauer versinken.

Die Gespräche mit Ferdinand mochte sie hingegen sehr, der nervte auch nicht am Abend, wenn sie entspannen wollte. Sie stellte fest, dass sie und Ferdinand sich sehr ähnlich waren, auch wenn der Altersunterschied immens war. Vielleicht war das das Geheimnis, warum sie sich so gut verstanden.

Sollte sie ihm von ihrer Befürchtung, schwanger zu sein, erzählen? Würde er sie verstehen können? In diesem Fall war sie sich nicht sicher. Ein derartiges Problem besprach man eher mit der besten Freundin. Aber sie hatte keine, sie hatte noch nie eine beste Freundin gehabt. Sie hatte mit den typischen Mädchenfragen nichts anfangen können, hatte nicht mit Puppen gespielt, hasste die Farbe Rosa, und sie mochte es nicht, in eine Schublade gesteckt zu werden. Vor allem wollte sie nicht ständig ihre Handlungen erklären müssen.

Was sollte man auch antworten? Weil ich es will? Weil es für mich richtig ist? In meinen Augen gibt es keine andere Möglichkeit? Das wären ihre Antworten gewesen, aber jedes Mal, wenn sie so reagierte, war das Diskussionspotenzial riesig. Sie hatte keine Lust zu diskutieren. Ihr Standpunkt war ihre Meinung, und die war unumstößlich.

Sie machte ihre eigenen Erfahrungen, und wenn sich daraus eine andere Meinung ergab, dann war sie bereit, ihre Einstellung zu ändern. Sie selbst fand es reflektiert und intelligent, diese Auffassung zu vertreten. Nur stieß sie damit immer wieder an die Grenzen Andersdenkender. Meist fand Jeannette diese Leute zu engstirnig, zu begrenzt in ihrem Denken, eine wohlwollende Umschreibung von zu dumm. Dumme Menschen mied sie, sie brachten sie an den Rand des Erträglichen. Mit solchen

Menschen zu diskutieren, versetzte sie in einen Zustand von Schockstarre, vor allem, wenn sie die anderen Sichtweisen und Überzeugungen nicht fassen, geschweige denn begreifen oder nachvollziehen konnte.

Ich bin anders, stellte sie mal wieder fest.

Das Gedankenkarussell begann von vorn. Nein, Ende!, befahl sie sich. Ich mache Schluss mit Jonas, gehe in die Apotheke und werde, wenn dieses bestimmte Problem existiert, eine Entscheidung fällen. Wenn es so weit ist.

Sie nahm den letzten Schluck Rotwein und ärgerte sich, dass sie die Flasche in der Küche hatte stehen lassen.

9

In der Weinstube in der Nähe des Altpörtels fanden Weber und Hartmut einen leeren Tisch am Ende des Gastraums.

»Hier können wir in Ruhe quatschen. Möchtest du auch eine Schorle? Oder einen Ruländer?«, fragte Weber.

»Keine Schorle, ich nehme den Ruländer.« Hartmut ging zur Theke, bestellte die Getränke. Als er zurückkam, stellte er seinem Freund den Schoppen hin und betrachtete lächelnd sein übervolles Weißweinglas. »Ich liebe die Pfalz.« Er nahm Platz. »Na dann schieß mal los. Jetzt in Ruhe, nur wir zwei. Wie ist es dir ergangen?«

Weber drehte das Dubbeglas, fasste immer wieder mit Daumen und Zeigefinger in die Einbuchtungen. »Es ist nicht viel passiert. Eigentlich habe ich dir schon alles erzählt. Louise hast du ja gekannt. Sie hatte sich auf meine Pensionierung gefreut, wir wollten so viel gemeinsam machen. Doch dazu sollte es nicht kommen. Sie wurde krank, Krebs, es ging ganz schnell.« Er starrte weiterhin auf sein Glas, das er noch immer drehte. »Seitdem versuche ich, die Zeit rumzukriegen, suche immer wieder ein neues Hobby, lese viel. Im Moment interessiere ich mich für Gin.«

»Gin?«, fragte Hartmut erstaunt. »Whisky könnte ich verstehen, Wein sowieso, Käse vielleicht auch. Aber Gin?«, wiederholte er, als wäre es etwas Unanständiges.

Gegen seinen Willen musste Weber lachen. »So exotisch ist das gar nicht. Es ist der neue Trend. Zumindest hat mir das mein Verkäufer erzählt.«

Hartmuts Lachen war nicht ganz so laut wie sonst. »Ganz im Ernst, was soll er sonst erzählen?«

»Ich hätte auch Whisky gekauft.«

»Lass uns erst mal auf unser Wiedersehen anstoßen.«

Nachdem sie einen großen Schluck genommen hatten, fragte Weber: »Wie ist es dir ergangen? Es tut mir leid, dass deine Frau gestorben ist. Auch Krebs?«

Hartmut schüttelte den Kopf. »Ein Unfall. Hilde ist die Treppe hinuntergefallen, während ich nicht da war. Ich hätte sie retten können, wenn ich früher nach Hause gekommen wäre. Doch sie hat zu lange gelegen, und jede Hilfe kam zu spät.«

Weber wusste nichts zu erwidern. Hilflos nahm er noch einen Schluck seiner Weißweinschorle. »Und deine Tochter? Seid ihr euch jetzt näher?«

Hartmut blieb still, schaute seinen Freund eindringlich an.

»Unsere Familie ist ziemlich verkorkst. Hilde hat alles zusammengehalten. Zumindest haben wir uns alle ein paarmal im Jahr gesehen. Sie hat unserer Tochter alles durchgehen lassen. Heute glaube ich, das war falsch. Fakt ist, dass Sybille und ich seit der Beerdigung nicht mehr miteinander gesprochen haben. Mit Melanie habe ich ein gutes Verhältnis. Sie hat ja früher bei uns gewohnt, ist erst später zu ihrer Mutter gezogen. Ich liebe sie, sie ist ein Charakterkopf und macht immer ihr eigenes Ding. Mir imponiert das, meine Tochter findet sie schwer erziehbar. Sybille findet aber alles immer schwierig, und seit ihr Mann sie verlassen hat, ist sie noch schlimmer geworden.«

»Wenigstens hast du eine Enkelin. Darum beneide ich dich. Aber ich habe auch jemanden kennengelernt. Eine junge Frau.«

Hartmut blickte ihn skeptisch an. »Herzlichen Glückwunsch, ich weiß nur nicht, ob ich dich richtig verstehe. Hast du ein Verhältnis mit einer Jüngeren?«

»Ach du meine Güte«, erwiderte Weber, »du verstehst mich völlig falsch. Kein Verhältnis, aber die junge Frau verbringt mit mir ihre Mittagspause. Mehr ist da nicht, alles ganz unschuldig.«

»Warum verbringt sie mit dir ihre Mittagspause? Was hast du ihr versprochen? Oder gezahlt?«, entgegnete Hartmut süffisant.

Weber irritierte die Reaktion. »Was du denkst! Nein, das ist ganz anders. Ich koche nicht gern für mich allein, und deshalb gehe ich mittags zu ›Osiander‹. Kennst du die Buchhandlung in der Wormser Straße? Seit 2005 sind die dort. In ihrem Café gibt es täglich wechselnde Mittagsgerichte. Von Spaghetti bis zu Suppen und Salaten, für kleines Geld. Vielleicht hast du mal Lust, mitzukommen? Dann lernst du Jeannette kennen. Sie arbeitet dort, und jeden Mittag reden wir miteinander. Das ist wunderbar.«

»Wie alt ist sie?«, wollte Hartmut wissen.

»Was geht dich das an? Es ist wirklich harmlos, ganz unschuldig«, echauffierte sich Weber.

»Ich glaub dir ja, musst dich nicht aufregen. Es klingt nur merkwürdig.«

Weber nahm erneut einen großen Schluck von seiner Weinschorle. »Ich glaube, das ist nur für Leute mit schmutziger Phantasie merkwürdig«, sagte er dann. Das hatte er befürchtet. Auf frühere Bekannte treffen war nicht automatisch einfach.

Es blieb still, jeder starrte in sein Glas. Wie so oft, wenn man sich nach langer Zeit wiedertraf, gab es diesen Moment, in dem man nicht wusste, was man sagen sollte. Am Tag ihres unerwarteten Wiedersehens hatte es so ausgesehen, als hätten sie sich jede Menge zu erzählen. Jetzt war sich Weber nicht mehr sicher. Wenn Hartmut fragen würde »Und sonst?«, dann würde er gehen.

Hartmut hob seinen Kopf, schaute Weber ernst an. »Auch wenn man viel gemeinsam erlebt hat, kann man die Zeit nicht zurückdrehen«, sagte er. »Unsere Freundschaft war schon besonders. Ich kann mich an den Abend erinnern, als wir vier zum ersten Mal in den Mai getanzt haben.« Seine Augen blitzten.

Weber spürte eine große Erleichterung. Keine Verlegenheitsfloskel. Stattdessen die Erinnerung an einen besonderen Abend, mit Louise und Hilde. Damals war er unschlüssig gewesen, ob er zur Polizei gehen sollte, und Hartmut hatte ihn darin bestärkt, dass der Beruf die richtige Wahl für ihn war. Umso unverständlicher fand er es, dass Hartmut irgendwann hingeschmissen hatte.

»An den Abend hab ich schon ewig nicht mehr gedacht. Das waren noch Zeiten«, sagte er. Wehmut schwang in seinen Worten mit. Er war in dem Alter, in dem man glaubte, zumindest behauptete, dass früher alles besser gewesen sei. Er war aber auch kritisch genug, zu sehen, dass das nicht stimmte. Jede Zeit hatte ihre guten wie auch schlechten Momente. Das war schon immer der Lauf der Dinge gewesen.

»Du weißt, dass ich deine Ansage nicht vergessen kann«, antwortete er gerührt. »Ohne dich wäre ich wahrscheinlich in irgendeinem Büro gelandet und ziemlich unglücklich geworden. Aber warum bist du aus dem Polizeidienst ausgeschieden? Für mich kam das ziemlich unerwartet.«

Hartmut antwortete nicht sofort, schaute seinem Kumpel eindringlich ins Gesicht und verschob gedankenverloren den Bierdeckel. »Ach Quatsch«, sagte er dann, »deshalb habe ich das jetzt nicht erwähnt. Und in meiner Schuld stehst du überhaupt nicht, das hast du schon fünfmal wiedergutgemacht. Wie es unter Freunden eben so ist. Wäre schlimm, wenn wir alles nach Jahrzehnten gegeneinander aufwiegen müssten. Ich musste nur gerade daran denken, es war eine schöne Zeit. Ich bin etwas wehmütig. Oder einfach nur alt. Die Knochen tun weh, der Bauch wird runder, die Haare werden weniger und die Ansprüche ans Leben auch. Mir hätte es gereicht, wenn ich mit Hilde den Rest meines Lebens hätte verbringen dürfen. Noch nicht einmal mit großen Reisen oder spektakulären Aktivitäten. Einfach nur den Alltag mit ihr erleben. Gemeinsam kochen, gemeinsam essen, gemeinsam schlafen. Gemeinsam reden, gemeinsam spazieren gehen, mehr habe ich nicht mehr vom Leben erwartet, es hätte mir gereicht. Jetzt? Ich habe eine Tochter, die nicht mit mir redet, deren Leben ich nicht verstehe, eine Enkelin, deren Verhalten ich zwar auch nicht immer verstehe, die mich aber zumindest liebt. Und ich sie. Was können wir noch vom Leben erwarten? Es ist schön, dass du jemanden getroffen hast, mit dem du die Mittagszeit verbringen kannst. Das ist nicht selbstverständlich, und man sollte es dementsprechend würdigen. Ein wenig beneide ich dich darum.«

Weber schaute seinen Freund erstaunt an. Sein sentimentaler Redefluss kam unerwartet, das hatte er ihm nicht zugetraut. Aber seine Worte hatten die Atmosphäre verändert. Das Fremde zwischen ihnen war verschwunden, die Nähe wieder fühlbar. Auch wenn er keine Antwort auf die Frage nach seinem Ausscheiden bekommen hatte. Um weiterzubohren, schien im Moment nicht der richtige Zeitpunkt zu sein.

»Da sagst du etwas Wahres. Ich genieße die Zeit mit Jeannette sehr, aber heute hätte ich mich fast mit ihr gestritten.« Weber erzählte von dem Tod seiner Nachbarin und den Vorwürfen, die Jeannette ihm gemacht hatte. Er berichtete von seinen Versuchen, der Frau zu helfen, und der bitteren Erkenntnis, dass er nicht hatte helfen können. Mit immer größer werdenden Augen hörte Hartmut zu.

»Ein Mord in Speyer? Du gehst auch von einer Beziehungstat aus?«

»Alle Hinweise deuten darauf hin, dass ihr Freund der Täter war. Mehr habe ich von meinen ehemaligen Kollegen nicht erfahren, die müssen sich zurückhalten. Da nutzt auch mein Status als ehemaliger Kriminaloberrat nicht. Aber irgendwie bin ich skeptisch, das passt nicht zu dem Mann. Er trinkt zu viel, ist in dem Zustand gewalttätig und unberechenbar. Aber dass er mit dem Vorsatz, sie zu töten, ein Messer eingesteckt und ihr aufgelauert hat, das glaube ich beim besten Willen nicht.«

»Na, Hauptsache wir haben keinen Serienkiller hier im Ort. Das wäre eine Katastrophe für den Tourismus, so kurz vor Eröffnung des Weihnachtsmarkts. Wo ist das passiert?«

»In der Karl-Leiling-Allee. Ihre Freundin wohnt dort. Sie kam gerade aus einem Hotel. Hatte ein… einen anderen Mann kennengelernt. Vorher war sie wohl im ›Club 16‹.«

Hartmut zuckte zusammen. »Bist du sicher? Melanie arbeitet in dieser Bar.«

Weber sah überrascht auf. »Echt? Sie kellnert nebenbei? Hattest du nicht erzählt, dass sie Erzieherin werden wollte?«

Der Freund nickte. »So war der Plan gewesen, ist anders gekommen. Sie hat einen schlechten Schulabschluss gemacht, keinen Ausbildungsplatz bekommen. Und jetzt jobbt sie abends. Ich warte, dass sich irgendwann in ihrem Kopf ein Schalter umlegt und sie erkennt, dass man etwas tun muss, wenn man Geld verdienen will.«

»Es ist ja auch Arbeit, und keine leichte, was sie jetzt macht. Man erwirbt Menschenkenntnis, kann man für alles brauchen.«

»Aber was sind das für Perspektiven? Sie kann doch nicht

ihr ganzes Leben lang in einer Bar arbeiten. Ich habe mir für mein Enkelkind etwas anderes gewünscht.«

»Auch darüber kannst du nicht mit deiner Tochter reden?«

»Wie gesagt, unser Verhältnis ist schlecht. Und Melanie behauptet, dass ihr die Arbeit Spaß macht und sie sich so tagsüber um ihre Mutter kümmern kann.«

Weber schaute seinen Freund eindringlich an. So langsam wurde das Bild klarer. Wenn er sich richtig erinnerte, war seine Tochter eine labile Frau, mit der es immer wieder Schwierigkeiten gegeben hatte.

»Hast du noch andere Enkel?«

»Ja, die leben bei ihrem Vater. Wir haben wenig Kontakt. Es sind komplizierte Familienverhältnisse. Soweit ich weiß, hat der Mann wieder geheiratet, die Kinder sind alle aus dem Gröbsten raus. Ich weiß nicht, was er ihnen erzählt hat, aber sie wollen mit uns nichts zu tun haben. Irgendwas habe ich falsch gemacht, nur Melanie verlässt mich nicht. Um sie drehen sich meine ganzen Sorgen.« Er schaute auf die leeren Gläser. »Ich bestelle noch zwei, oder?«

Weber nickte. »Ajo.« Er blickte seinem Freund nach, als er zur Theke ging, kurz mit dem Wirt sprach, sich dann umdrehte und ihm Zeichen gab, dass er die Toilette aufsuchen wollte.

Weber dachte über das Gespräch nach. Man konnte es drehen und wenden, wie man wollte, alt werden – mit allem, was dazugehört – war nichts für Feiglinge.

»Was macht denn deine Schreiberei?«, fragte er, als Hartmut zurückkam. »Du klangst nicht so begeistert, als ich dich danach gefragt habe.«

Hartmut trank einen großen Schluck des trockenen Weißweins und holte tief Luft. »Wie ich bereits sagte, habe ich mich mit meinem Buch nicht mit Ruhm bekleckert. Ich war so stolz, als sich ein Verlag für mein Manuskript interessierte. Die Gewissheit, meine Geschichten bald zwischen zwei Buchdeckeln wiederzufinden, erfüllte mich mit einem unendlichen Glücksgefühl. Damals hatte ich keine Ahnung, wie der Buchmarkt funktioniert. Mir erschienen die Bedingungen des Verlags fair. Ich durfte entscheiden, wie mein Buch aussehen sollte.

Ich wählte einen roten Leineneinband mit farblich passendem Kapitelband, Lesebändchen und getöntem Papier. Ich hatte mal einen Gedichtband, den ich liebte, und der sah genauso aus. Es wurde ein dünnes Buch mit dem Titel ›Die Stunde der Elwedritsche‹, kostete damals fünfundzwanzig Deutsche Mark, und niemand wollte es haben. Um den Verkauf anzukurbeln, habe ich sogar in Werbemittel investiert und passende Schlüsselanhänger anfertigen lassen. Hat alles nichts genutzt. Ein Flop, obwohl ich mich schon als neuen Stern am Schriftstellerhimmel sah. Das Kapitel ist abgeschlossen. Ich habe gelernt, dass Verlage, die an ein Manuskript glauben, kein Geld vom Autor verlangen. Es war mir eine Lehre. Jetzt nehme ich mir Zeit und schreibe an einem Roman. Ich hatte ja erzählt, dass ich versuche, mein Leben in einen gesellschaftskritischen Roman zu verpacken. Ich habe viel erlebt, kann gut schreiben. Wollen wir doch mal sehen, ob ich es nicht bei einem großen Verlag unterbringen kann.«

Weber hörte aufmerksam zu. Von Jeannette wusste er einiges über den Buchmarkt. Er hoffte sehr, dass sich Hartmut nicht in etwas verrannte. Andererseits hatte er genug Selbstvertrauen, um es schaffen zu können. »Das klingt gut, und ich bin gespannt«, sagte er. »Aber was anderes: Was hältst du davon, wenn wir morgen Mittag gemeinsam in der Buchhandlung essen gehen? Jeannette wird sich freuen, dich kennenzulernen.«

Hartmut nickte begeistert. »Gern. Mir geht es ja ähnlich, allein kochen und essen macht keinen Spaß. Weißt du, was es morgen gibt?«

Weber dachte einen Moment nach, antwortete dann: »Ich glaube, Kürbissuppe.«

»Na, hoffentlich wissen die Köche, was sie tun. Mit Kürbissuppe bin ich kritisch. Die darf nicht zu flüssig, aber auch nicht zu breiig sein. Wenn die nichts ist, lade ich dich zu mir ein, damit du mal eine vernünftige Kürbissuppe kosten kannst.«

»Das ist ein Wort.«

Der Wein wirkte. Weber fielen weitere Anekdoten von früher ein, in denen Hartmut eine Rolle gespielt hatte. Der Abend verging wie im Flug, bis die Freunde erschrocken feststellten, dass sie die einzigen Gäste in der Bar waren. Der Wirt wischte und putzte schon seit ein paar Minuten, es war offensichtlich, dass er schließen wollte.

»Ich glaube, wir sollten uns auf den Weg machen«, sagte Weber. »Aber von nun an sehen wir uns öfter, oder?«

»Worauf du dich verlassen kannst. Ein Mann, ein Wort!«, bestätigte Hartmut.

10

Melanie strich zärtlich über das Buch. Sie mochte den roten Leineneinband. Sie erinnerte sich genau, wie ihr Großvater sich dafür entschieden hatte. Sein erstes Buch, nach seinen Vorstellungen. Der Verlag hatte immer wieder beteuert, was für wunderbare Geschichten er rund um den bekanntesten Vogel der Pfalz geschrieben habe, die Elwedritsche. Nicht nur die regionalen Buchhändler würden ihm das Buch aus den Händen reißen, es würde ein grandioser Erfolg! Der Verlag hatte eine groß angelegte Werbekampagne und sogar einen Auftritt auf der Frankfurter Buchmesse versprochen. Herrliche Aussichten.

Melanie hatte fasziniert zugeschaut, wie ihr Opa gerechnet hatte. Kosten und zu erwartende Gewinne auf einem Blatt Papier gegenübergestellt und sich in froher Erwartung die Hände gerieben hatte.

Die Realität hatte ganz anders ausgesehen, die Ernüchterung folgte ein paar Wochen später. Opa hatte dreitausend in rotem Leinen eingebundene Bücher in seinem Arbeitszimmer eingelagert. Die Buchhändler reagierten verhalten. Selbst wenn einer drei Stück nahm, geschah das nur auf Kommission. Das Buch selbst war voller Rechtschreibfehler, wie er von einer Buchhändlerin erfuhr. Der Auftritt auf der Frankfurter Buchmesse war eine Katastrophe gewesen. An dem Stand des Verlages hatte er lesen dürfen, doch keiner der vorbeieilenden Besucher war stehen geblieben und hatte ihm zugehört. Dabei hatte ihr Opa eine wunderbare Stimme. Als Melanie bei ihren Großeltern lebte, hatte er ihr jeden Abend vorgelesen.

Sie schlug das Buch auf und las die Widmung: »Für H. und M.« H stand für Hilde, ihre Oma, das M für Melanie. Und handschriftlich hatte er noch hinzugefügt: »Du warst meine liebste Zuhörerin.«

Ihr Großvater hatte die eine spezielle Elwedritsche erfunden, die er Elwe nannte, ihren persönlichen Glücksvogel, dessen Abenteuer ihren eigenen Erlebnissen sehr ähnlich waren und immer gut ausgingen. Mutmachergeschichten, weil sie so traurig gewesen war. Ihre Elwe lebte allein im Pfälzer Wald, hatte ihre Eltern verloren und irrte umher, um sie zu finden.

Melanie lächelte. Sie hatte sich so ähnlich gefühlt, ihre Mama wollte sie nicht bei sich haben, hatte sie zu Opa und Oma abgeschoben. Die alten Leute taten alles für sie, wobei sie ihrem Opa näher als ihrer Oma war. Obwohl die ihr sogar ein Kuscheltier genäht hatte, das den Pfälzer Nationalvogel darstellte. Heute musste sie sagen, dass ihre Großeltern das Beste waren, das ihr passiert war. Wie viele Nächte hatte sie mit der Elwe im Arm im Bett gelegen und in sie hineingeweint?

Melanie legte das Buch zur Seite und schaute zur Uhr. Es wurde Zeit, dass sie für ihre Mutter kochte. Sie hatte an einen Nudelauflauf gedacht. In ihrer winzigen Küche füllte sie Wasser in einen großen Topf und gab einen Teelöffel Salz hinzu. Während sich das Wasser erhitzte, nahm sie den Inhalt des Kühlschranks in Augenschein. Einen Nudelauflauf machte sie immer dann, wenn sie viele Reste verarbeiten musste. Sie hatte von ihrer Oma gelernt, nichts wegzuwerfen, und das half ihr, mit dem wenigen, das sie hatte, zurechtzukommen.

Der Verdienst aus der Bar reichte für Miete und Essen. Große Sprünge konnte sie nicht machen, aber das wollte sie auch gar nicht. Jeden Abend nahm sie ein paar Lebensmittel aus der Bar mit nach Hause und konnte zumindest dafür sorgen, dass ihre Mutter einmal am Tag eine warme Mahlzeit bekam. Statt Nudeln eigneten sich auch wunderbar Reis oder Polenta als Auflauf. Wichtig war in der Tat nur die dicke Schicht Käse, die sie zum Schluss darübergab, bevor sie die Form in den Ofen schob.

Warum mache ich das eigentlich?, fragte sie sich nicht zum ersten Mal. Dankbarkeit, die sie sich von ihrer Mutter erhofft hatte, gab es nicht. Oft meckerte sie, weil die Bemühungen ihrer Tochter nicht ihren Ansprüchen genügten. Dann äußerte sie Wünsche, die Melanie nicht erfüllen konnte. »Ich hätte mal wieder Hunger auf Fisch oder Steak.«

Mutters Worte taten weh. Sie fühlte sich angegriffen und versuchte, ihre Kochkünste zu rechtfertigen, sprach von Sparsamkeit und Wiederverwertung. Ihre Mutter hatte dafür nur ein müdes Lächeln übrig. Sie lehnte sich dann zurück und schwärmte von früher. Es war immer das Gleiche, Melanie kannte die Story auswendig.

»Mein Michael war ein Schöngeist und ein Gourmet. Er liebte feine und besondere Speisen, die sorgfältig zubereitet und akkurat angerichtet wurden.«

Solche Erzählungen sorgten für einen furchtbaren Stich in Melanies Herz. Ihre Mutter wirkte entrückt, ihre Augen bekamen einen Glanz, der anders war als der Blick, wenn sie zu viel getrunken hatte. Sie schwärmte von leckeren Rezepten, die sie gekocht hatte. Von kompliziert klingenden Gerichten wie Bœuf Stroganoff, Filet Wellington oder Ente a l'orange.

»Es gab immer Nachtisch für die Kinder, und einen kochte ich extra für Michael, den er am Abend zu sich nahm«, erzählte ihre Mutter. »Er liebte Pudding oder auch mal eine Crème brulée.«

Die Gerichte kannte Melanie nicht, sie war mit Saumagen, Grumbeere und anderen typisch Pfälzer Gerichten aufgewachsen, die genauso lecker waren und ohne jeglichen Schnickschnack auskamen. Mutters Erzählungen klangen nach Familienidyll, heimelig und gemütlich, hatten nichts mit dem zu tun, wie sie jetzt lebte. Auffällig war, dass sie immer in der Vergangenheitsform von Michael sprach, als wäre er gestorben. Vielleicht kam sie leichter damit klar, wenn sie sich einredete, er sei tot. Er war nicht tot, er war gegangen. Mit einer Jüngeren war er zusammengezogen, und kurz darauf hatten sie die Kinder zu sich geholt.

Melanie hatte alles hautnah miterlebt. Ihr größter Wunsch, eine richtige Familie zu haben, mit Vater, Mutter und Geschwistern, war in Erfüllung gegangen – und für kurze Zeit war sie glücklich gewesen. In ihren Träumen hatte sie es sich rosig ausgemalt, Mitglied einer richtigen Familie zu sein. Wie so oft lagen Traum und Wirklichkeit weit voneinander entfernt. Ihre drei Brüder fanden sie blöd und ließen es sie jederzeit merken. Sie grenzten sie aus, lachten über sie und ihre Versuche, sich anzubiedern. Ihre Mutter kochte nicht, entgegen ihren Erzählungen, öffnete nur Dosen und bereitete Mikrowellengerichte zu. Sie ließ sich gehen, lag meist auf dem Sofa herum. Der Haushalt verwahrloste zunehmend.

Melanie hatte alles versucht, um die Familie nicht auseinanderbrechen zu lassen. Mit Putzen und Kochen, Waschen und Bügeln, alles neben der Schule, oft bis tief in die Nacht. Sie war ihrer Mutter immer eine gute Zuhörerin gewesen, ohne zu merken, dass bereits zu dem Zeitpunkt alles den Bach hinunterging. Sie war nur zu jung gewesen, um das zu bemerken, zu jung, um es aufzuhalten. Ihren Großeltern gegenüber tat sie so, als sei alles in Ordnung.

Der Abend, als Michael zu ihr kam und sagte, er müsse mit ihr wegen ihrer Mutter sprechen, hätte ihr die Augen öffnen können. Doch sie war so von dem Wunsch nach einer heilen Welt besessen, dass sie vor Unangenehmem die Augen verschloss. Sie hatte Michael sehr gemocht. Er war immer nett zu ihr, machte häufig Witze. Er roch stets gut. Ob sie sich denn wohlfühle, hatte er sie gefragt. Sie war damals zwölf Jahre alt gewesen, bemüht, alles richtig zu machen. Sie war aufgeregt gewesen, hatte Angst, dass er sie wegschicken würde, wenn sie etwas Falsches sagte.

»Deine Mutter hat Probleme, das siehst du ja sicherlich auch.«

Sie hatte genickt, natürlich hatte sie es gesehen. Ihre Mutter war oft launisch, schlief viel, roch häufig ekelig und sprach undeutlich.

»Sie ist so stolz auf dich, dass du schon so groß bist und sie tatkräftig unterstützt, ihr so viele Dinge abnimmst«, hatte Michael gesagt, und Melanie hatte vor Stolz geglüht. Dafür nahm sie gern die ganze Arbeit auf sich und tat, was Michael sich wünschte.

»Für mich hat sie auch immer weniger Zeit«, hatte er hinzugefügt. Sie hatte nicht sofort verstanden, was er meinte. Doch er hatte ihr gezeigt, was er wollte, seine Hose geöffnet, ihre kleine Hand dorthin geführt und ihr vorgemacht, was ihm guttat. Ein paar Wochen später war Michael gegangen, und sie fühlte sich schuldig.

Noch heute errötete sie, wenn sie an ihre Naivität dachte.

Das Nudelwasser brodelte, und sie schüttete den Inhalt einer ganzen Packung Fusilli hinein. Sie rührte mit einem Kochlöffel um und sah zu, wie die gedrehten Nudeln darin schwammen. Nach exakt acht Minuten goss sie diese in ein Sieb und schreckte sie mit kaltem Wasser ab. Die Probenudel hatte den richtigen Biss, Melanie nickte zufrieden, gab noch Mais, eine Dose Tomaten, ein paar getrocknete Kräuter hinzu, bevor sie zum Schluss alles mit Salz und Pfeffer abschmeckte. Als sie in der hinteren Ecke im Kühlschrank eine geöffnete Packung gekochten Schinken fand, schnitt sie die Scheiben in kleine Stückchen und fügte ihn ebenfalls hinzu. Dann rieb sie eine Ecke Gouda und legte den Käse häufchenweise auf die Pracht, bevor sie die Form in den vorgeheizten Backofen schob.

Melanie schrak auf, als es klingelte. Wer konnte das sein? Sie erwartete niemanden, hatte nichts bestellt. Und die Paketboten hatten es aufgegeben, zu fragen, ob sie bei ihr Päckchen, die für die Nachbarn bestimmt waren, abgeben durften. Sie sagte immer Nein. Sie wollte mit denen nichts zu tun haben.

»Wer ist da?«, fragte sie durch die verschlossene Tür.

»Ich.«

Ihr Opa Hartmut. Sie öffnete. »Komm rein, ich koche gerade«, begrüßte sie ihn und drehte ihm den Rücken zu. »Zieh aber die Schuhe aus.«

Ein Standardsatz. Sie sagte das immer, zu jedem, der sie besuchen kam, obwohl ihr Opa es hasste, seine Schuhe auszuziehen. In Melanies Vorstellung nahm man den Schmutz der Straße mit den Schuhen auf und verteilte ihn im Wohnraum. Da half kein Abstreifen auf der Schmutzmatte, die Schuhe durften die Fliesen nicht betreten. Ordnung und Sauberkeit waren Melanie wichtig. Wenn alles um sie herum im Chaos versank, konnte sie sich auf ihr sauberes Zuhause verlassen.

»Du bist wie deine Oma«, bemerkte Hartmut. »Du hast viel von ihr.«

Melanie nickte. »Ja, sie war eine gute Lehrerin.«

»Es riecht gut, was hast du gekocht? Reicht es für zwei?«, fragte er.

Sie zögerte. Wenn sie zwei Portionen von dem Auflauf nahm, sah es nicht mehr gut aus. Ihre Mutter mochte das nicht, redete dann davon, dass sie Reste bekam.

Hartmut bemerkte ihr Zögern und lenkte sofort ein. Er wusste, dass sie für Sybille kochte. »War nur ein Scherz, eigentlich habe ich keinen Hunger«, sagte er und nahm auf einem der schmalen Hocker Platz. »Wie geht es dir?«, begann er die Unterhaltung.

»Wie meinst du das?«

»Wegen des Überfalls. Ich habe gerade erst davon gehört. Ich mache mir Sorgen, habe Angst um dich. Die Tote war doch bei euch im Club, oder irre ich mich?«

»Ach, das meinst du. Ja, die war auch im Club. Eine von diesen Aufgetakelten.«

»Über Tote redet man nicht so. Hast du sie denn auch persönlich gekannt?«, fragte Hartmut.

Anstatt zu antworten, öffnete Melanie die Backofentür einen Spalt und schaute hinein. Heiße Schwaden drangen heraus. Sie fluchte. »Nein«, gab sie endlich zu. »Ich kannte sie nicht näher. Aber diesen Typ kenne ich zuhauf. Herausgeputzt, kurze Kleider, hohe Schuhe, tiefes Dekolleté. Geschminkt wie ein Paradiesvogel. Und dann sitzen sie albern kichernd herum und trinken einen Sekt oder Prosecco und lachen den nächstbesten Mann an. Schauen nicht, ob er einen Ehering trägt, das ist ihnen ganz egal. Ich finde diese Frauen widerlich.«

»Bist du damit nicht etwas zu streng?«, beschwichtigte Hartmut seine Enkelin.

»Nicht wirklich. Du musst mal vorbeikommen und sie dir anschauen. Ganz furchtbar. Dieses Gekicher und das alberne Geschwätz hängen mir aus den Ohren raus.«

Hartmut sah ernst drein. »Warum machst du nichts anderes, wenn es dir so zuwider ist? Willst du bis ans Ende deines Lebens in so einer Bar arbeiten?«

Melanie verdrehte genervt die Augen. »Fängst du schon wieder damit an. Nein, das will ich nicht bis ans Ende meines Lebens machen, aber im Moment ist es eine angenehme Art, Geld zu verdienen. Und ich kann mich um Mutter kümmern.«

Jetzt lag es an Hartmut, seine Augen zu verdrehen. »Deine Mutter ist alt genug, sie sollte auf sich selbst aufpassen können. Außerdem bin ich noch immer da, ich unterstütze sie auch.«

»Das will sie aber nicht, das weißt du. Was soll aus ihr werden, wenn ich nicht täglich nach ihr schaue?«

»Noch mal, deine Mutter ist alt genug. Vielleicht würde es helfen, wenn sie allein wäre. Sie hat ein Alkoholproblem, das weißt du auch. Aber solange ihr Leben funktioniert, wird sie nichts ändern. Süchtige muss man fallen lassen. Sonst geht das nicht, sie sehen keinen Grund für eine Änderung. Wenn deine Mutter so weitermacht, säuft sie sich zu Tode.«

Hartmut hatte bisher stets vermieden, so deutlich zu werden. Es schmerzte ihn, die Traurigkeit in Melanies Augen zu sehen.

»Warum trinkt sie so viel? Nur weil so ein Weibsstück ihren Michael weggenommen hat. Wäre er bei ihr geblieben, wäre es nicht so weit gekommen. Sie hat nur noch mich, und ich werde nicht weggehen«, sagte Melanie stur.

Hartmut blieb stumm. So oft hatten sie schon darüber gesprochen, wie es mit Sybille weitergehen könnte. Doch Melanie sah keinen Grund für eine Veränderung. Sie kümmerte sich rührend um ihre Mutter. Hartmut wusste auch, dass seine Tochter das nicht würdigte, ganz im Gegenteil. Sie behandelte Melanie wie einen Fußabtreter, wie eine Bedienstete. Er musste zugeben, mittlerweile verstand er weder seine Tochter noch seine Enkelin. Sein Blick fiel auf den Wohnzimmertisch.

»Du hast das Buch herausgesucht? Liest du manchmal darin? Seltsam, ich habe vorhin darüber gesprochen. Was habe ich mich über den Tisch ziehen lassen mit dieser Aktion. Was tut man nicht alles in seiner Eitelkeit. Bloß um mal sagen zu können: Ich habe ein Buch geschrieben.«

Melanie lächelte ihn an. »Ich kann mich sehr gut an diese Zeit erinnern. Ich fand es großartig, mit meinem Schriftsteller-Großvater angeben zu können. Das Buch ist wunderschön, mit wundervollen Geschichten. Ich liebe es noch immer. Und die Elwe hab ich auch noch.«

»Nein wirklich? Das Schmusekissen, das dir Oma genäht hat? Ach, das ist so lange her.«

Melanie ging zu ihrem Schrank. Sie holte das bräunliche Stofftier mit dem langen Schnabel und den großen Augen heraus. Mit der Zeit hatte ihre Elwe ganz schön gelitten. Einige Nähte waren aufgegangen und legten ihr Innenleben frei. Zauberwatte hieß das weiße Zeug, und Melanie hatte sich immer über diesen Namen gewundert.

Dass die Elwe zaubern konnte, wusste sie ohnehin. Zumindest hatte sie es als Kind immer geglaubt. Schuld daran waren die vielen Geschichten, die ihr Großvater sich ausgedacht hatte. Die Elwedritsche lebten im Unterholz im Wald. Sie waren scheue Tiere, eine Mischung aus Hühnern und Gänsen. Erst viel später hatte sie verstanden, dass die Geschichten rund um das Pfälzer Nationaltier Spaß waren. Im Internet gab es sogar ein YouTube-Video über solch eine Jagd. Die Jäger mussten, um ihren Geruch für die Elwedritsche zu neutralisieren, Weinschorlen trinken. Melanie trank keinen Alkohol, er schmeckte ihr nicht. Außerdem hatte sie im Laufe der Jahre während ihrer Arbeitszeit genug Menschen gesehen, die zu viel intus hatten. Der völlige Kontrollverlust erschreckte sie. Vor allem Frauen wurden mit zunehmender Promillezahl peinlich. Sie konnten auf ihren High Heels nicht mehr richtig gehen, viele zogen die Schuhe einfach aus und liefen barfuß oder in ihren dünnen Feinstrumpfhosen herum. Es dauerte nicht lange, bis sich Laufmaschen bildeten.

Hinter dem Tresen hatte sie häufig Gelegenheit, diese Frauen zu beobachten. Kamen sie sehr akkurat in den Laden, waren sie spätestens nach drei Stunden nicht mehr wiederzuerkennen. Die Augen glasig und rot unterlaufen, die Wimperntusche verschmiert, die Haare durcheinander oder strähnig herunterhängend, unkontrollierte Bewegungen vollführend und beinahe unverständliches Genuschel von sich gebend. Widerlich.

»Wir haben dich wirklich gern bei uns gehabt, das weißt du, oder?«, riss ihr Großvater sie aus ihren Gedanken.

»Wie kommst du jetzt darauf?«, erwiderte sie. »Natürlich weiß ich das. Mir ging es gut bei euch, wahrscheinlich besser, als es mir bei meiner Mutter gegangen wäre. Ich habe vieles gelernt, was ich heute gebrauchen kann.«

Es klang kein Vorwurf in ihren Worten, keine Ironie. Auch wenn Hartmut seine Enkelin liebte, blieb sie ihm doch fremd. Zumindest mochte sie ihn auch, im Gegensatz zu seiner Tochter. Warum die ihn hasste, konnte er sich beim besten Willen nicht erklären. Vor langer Zeit hatte er aufgegeben, nach dem Warum zu fragen.

Vielleicht hätte eine harte Hand bei Sybille bessere Ergebnisse gebracht als das ständige Kritisieren seiner Frau. Er hatte sich in seine Arbeit geflüchtet, um nicht zu Hause zu sein. Weil er weder die Wutausbrüche und Heulerei seiner Tochter noch Hildes Schreierei, die vergeblich versuchte, ihre Tochter in den Griff zu kriegen, ertrug.

»Um noch einmal auf die Tote zurückzukommen. Man hat ihren Freund verhaftet. Er soll ein aggressiver Mensch sein, der sie schon häufiger geschlagen hat. Mein alter Kumpel Ferdinand wohnt im selben Haus wie er und hat mitbekommen, dass er gewalttätig war. Er hat ihr sogar einen Zettel mit der Adresse eines Frauenhauses gegeben. Natürlich ist sie nicht hingegangen. Vielleicht würde sie sonst noch leben. Er fühlt sich schuldig, was ich gut nachvollziehen kann. Sie muss in etwa in deinem Alter gewesen sein, oder?«

»Ich hätte sie älter geschätzt«, sagte Melanie. »Mag an dem Make-up liegen. Ist das so ein Expolizisten-Gehabe, dass man sich für alles verantwortlich fühlt? Was hätte er denn tun sollen? Wenn jemand nicht will, kann man nichts machen. Hast du mir übrigens gerade selbst erzählt, wegen Mutter. Solange sie nicht will, wird sich nichts ändern. Und so lange ich kann, werde ich sie unterstützen. Sie hat es schwer genug. Vielleicht kriegt sie auch so die Kurve. Ich finde, es ist schon etwas besser geworden.«

Hartmut dachte an das letzte Gespräch mit seiner Tochter und schüttelte den Kopf. Aber das konnte er Melanie nicht erzählen. Sie würde es nicht hören wollen. Nichts wurde besser mit Sybille, ganz im Gegenteil. So, wie er es sah, war es schlimmer als je zuvor. Früher hatte sie nur abends getrunken, heute begann sie schon nachmittags. Auch wenn sie die Flaschen vor ihm versteckte, wusste er Bescheid.

»Gehst du weiter arbeiten? Oder kannst du dir Urlaub nehmen?«, fragte er.

»Wieso soll ich mir Urlaub nehmen? Der Mörder ist doch gefasst«, sagte Melanie gelassen.

»Dennoch denke ich, dass es sicherer ist, wenn du abends nicht zu Fuß gehst. Ich spendiere dir das Taxigeld, wenn du mir versprichst, es zu nutzen.« Er kramte in seinem Portemonnaie und legte einen Fünfzig-Euro-Schein auf den Tisch. »Bitte versprich es mir. Nimm ein Taxi.«

»Okay, okay, versprochen.« Melanie steckte den Schein in ihre Hosentasche und freute sich. Sie dachte gar nicht daran, die paar Meter mit einem Taxi zu fahren. Aber das Geld konnte sie gut gebrauchen.

Plötzlich schrak sie auf. Ein unangenehmer Geruch breitete sich aus.

»Scheiße«, rief sie, »mein Auflauf!« Sie rannte zum Ofen, öffnete die Tür und fluchte erneut. An einigen Stellen färbte sich der Käse gefährlich dunkel. Melanie wusste bereits jetzt, was ihre Mutter dazu sagen würde.

»Das ist doch nicht schlimm«, sagte ihr Großvater. »Ich esse das gern so. Ansonsten sieht es sehr gut aus. Nudelauflauf mit Mais und Tomaten?«

Melanie nickte. Sprechen konnte sie nicht, ein Kloß saß in ihrem Hals. Sie schluckte. Fieberhaft überlegte sie, wie sie das retten konnte. Wenn sie die Hälfte des Auflaufs in eine kleinere Form packte, sähe es so aus, als sollte es so sein. Das war des Rätsels Lösung. Und es hatte den Vorteil, dass sie jetzt mit ihrem Großvater die andere, verbrannte Hälfte essen konnte.

»Möchtest du wirklich etwas davon?«, fragte sie. Sie sah die Freude in seinem Gesicht, wie er nickte und lächelte.

»Ich habe Kohldampf, gern.«

Auch Melanie lächelte. Akribisch teilte sie den Auflauf in zwei Hälften. Aus dem Schrank holte sie eine kleine Auflaufform und legte die eine Hälfte hinein. Es passte perfekt. Dann nahm sie zwei schmale kleine Teller und richtete für ihren Großvater und sich selbst jeweils ein Viertel an. Sie achtete darauf, dass sie die dunklere Ecke bekam.

Wie zu erwarten, nahm ihr Großvater den Teller an sich und behauptete, dass er das sehr gern aß.

Soll er doch, dachte Melanie. Gleichzeitig überlegte sie, wie sie ihn wieder loswurde, damit sie früh genug bei ihrer Mutter war. »Heute noch was vor, Opa?«, fragte sie. Sie sah an seinem Gesicht, dass er verstand.

»Ich gehe gleich nach dem Essen. Es schmeckt übrigens wirklich gut. Du bist eine gute Köchin.«

Melanie strahlte.

»Und eine tolle Frau. Ich hoffe, du weißt das«, fügte er hinzu.

11

Hartmut schloss gut gelaunt die Tür zu seinem Apartment in der Seniorenresidenz auf. Der Besuch bei Melanie war erfreulich verlaufen. Es tat gut, zu sehen, dass sie mitten im Leben stand, und er beglückwünschte sich zu seiner Entscheidung, zurück nach Speyer zu ziehen, um sich öfter mit ihr zu treffen.

Wohnen in einem Altersheim, dachte er, als er eintrat. So weit ist es mit mir gekommen. Er, der immer das Familienleben hochpries, der mit sich selbst nichts anfangen konnte, war derjenige, der nun allein in einer Altersresidenz lebte.

Er schaute sich in seinem Ein-Zimmer-Apartment um und stellte zum wiederholten Male fest, wie sehr es einem Hotelzimmer glich. Der gravierendste Unterschied war, dass er ein paar Möbel aus seinem Haus mitgenommen hatte. Eigentlich waren sie viel zu groß. Gekauft für ein lichtdurchflutetes großes Wohnzimmer, wirkten die beiden Ledersessel und die Ledercouch viel zu wuchtig. Trennen konnte er sich trotzdem nicht von seinem Besitz. Nicht weil er geizig war, sondern weil er Verschwendung hasste. Die Versuche, den Rest seiner Möbel einer gemeinnützigen Einrichtung in Karlsruhe zu spenden, waren kläglich gescheitert. Die Besichtigung seiner Möbelstücke mit dem Gutachter war ihm lebhaft in Erinnerung geblieben. Hartmut war der irrigen Meinung gewesen, dass die sich freuen würden, wenn sie etwas umsonst haben konnten. Die Realität sah anders aus. Der Mann hatte alle Möbelstücke mit einem skeptischen Blick überprüft und in den meisten Fällen mit dem Kopf geschüttelt.

»Wie alt sind die Sessel? Fünfzehn Jahre?«

Hartmut hatte genickt, einen untergründigen Vorwurf gespürt und geglaubt, die Sessel verteidigen zu müssen. »Diese Qualität übersteht auch noch die nächsten fünfzehn Jahre. Die Garnitur war sehr teuer, und der Federkern ist immer noch in Ordnung.«

Er hatte keine Antwort bekommen und im Schlafzimmer wieder eine Abfuhr erfahren. »So etwas will heute keiner mehr.«

»Auch wenn man nichts hat?«, hatte Hartmut entgegnet und daran gedacht, wie er mit Hilde angefangen hatte. Als er mit ihr zusammengezogen war, hätte er sich gefreut, wenn ihm jemand ein paar Möbelstücke angeboten hätte. Sie hatten mit nichts begonnen, aber davon wollte heute niemand mehr etwas hören. Am Ende der Besichtigung hatte der Mann einen kleinen Beistelltisch und vier Küchenstühle mitgenommen und sich mit einem knappen Kopfnicken verabschiedet.

Nach dem Erlebnis hatte Hartmut lange überlegt, ob er seine Tochter anrufen sollte. Um sie zu fragen, ob sie irgendetwas aus dem Haushalt haben wollte, etwas, das ihr am Herzen lag. Eine Erinnerung an ihre Mutter, ihre Kindheit oder irgendetwas in der Art. Tatsächlich hatte er zum Hörer gegriffen, innegehalten, gehadert, sich vorgestellt, wie sie reagieren würde, und den Gedanken verworfen. Wahrscheinlich war der Umweg über seine Enkelin wie immer der bessere Weg gewesen. Melanie kannte das. Sie konnte ihm die Ablehnung von Sybille verkaufen, dass es nicht mehr verletzte. Letztendlich hätte er es sich sparen können, natürlich wollte Sybille nichts.

Während er sich in seiner Küche auf die Suche nach etwas Essbarem machte – Melanies Auflauf war so verbrannt gewesen, dass er etwas brauchte, um den schlechten Geschmack zu neutralisieren –, grübelte er weiter über seine Tochter.

Er wusste nicht, an welchem Punkt die Beziehung zu ihr in die Brüche gegangen war. Irgendwann war es vorbei gewesen. Er hatte sie angeschaut und gedacht: Wer ist diese Person? Das ist unmöglich meine Tochter, mein Fleisch und Blut.

Wie viele Gemeinsamkeiten konnte man im Laufe der Jahre verlieren? Es erschreckte ihn, doch ändern konnte er nichts daran. Er hatte für sich beschlossen, die Fürsorge, die er eigentlich seiner Tochter geben sollte, auf seine Enkelin zu übertragen. Die konnte es gebrauchen und zeigte sich zumindest etwas dankbar.

Wie so oft, wenn er an diesem Punkt seiner Überlegungen angekommen war, fragte er sich, was er und seine Frau in der Erziehung falsch gemacht hatten. Sie hatten ihrer Tochter, ihrem einzigen Kind, ein Zuhause gegeben. Er war mit ihr spazieren gegangen, hatte mit ihr im Wald Tiere beobachtet, hatte sie behütet und beschützt. Hilde hatte darauf geachtet, dass die Kleidung sauber und adrett war und sich Sybille nie irgendwo schämen musste. Sie hatten dem Bild von Vorzeigeeltern entsprochen. Waren auf allen Elternabenden, Schulfesten und Veranstaltungen gewesen. Egal, wo es galt, sich einzubringen, man konnte auf sie zählen.

Doch Sybille hatte sich immer weiter entfernt. Selbst die Geburt von Melanie hatte keine Änderung gebracht. Mit sechzehn Jahren schwanger zu werden und mit siebzehn Mutter zu sein, war eine enorme Stresssituation gewesen. Sybille wusste noch nicht einmal, wer der Vater war. Eine Situation, die sie irgendwie gemeinsam durchgestanden hatten – mehr oder weniger gelassen.

Sybilles Reaktion hatte ihn zutiefst verunsichert. Sie hatte getan, als ginge sie das alles nichts an, sie nahm sich nicht zurück, trank trotzdem mit Freundinnen Alkohol und ging feiern. Alle Appelle verpufften, verliefen im Sand. Er erinnerte sich noch gut an die nächtelangen Diskussionen mit seiner Frau, was sie denn nun machen sollten. Über den Vater schwieg sich Sybille standhaft aus. Ohne Scham, ohne eine Spur von schlechtem Gewissen. Da war sie ihm nicht unähnlich.

Er dachte an seine Anfänge in Koblenz und das Ereignis, das ihn die Polizeilaufbahn gekostet hatte. Wie bitter, dass es so geendet hatte, allerdings hatte er nie ein schlechtes Gewissen gehabt. Zumindest war er Hilde ein guter Mann gewesen, darauf hatte er stets geachtet. Mit ihr zusammen hatte er das Haus umgebaut. Es war genug Platz vorhanden gewesen, um Sybille mit zwei eigenen Räumen, einer kleinen Kochzeile und einem Badezimmer ein Stück Autonomie zu geben. Das Jugendamt hatte die Idee ebenfalls akzeptiert. Alles war gut beziehungsweise hätte gut werden können. Der einzige Mensch, der nicht mitspielte, der sich an keine Regeln hielt, war Sybille. Sie wollte nicht, sie hatte kein Interesse. Weder an dem Kind noch am Muttersein.

Anfangs erschreckte es Hartmut. Dann fand er immer neue Entschuldigungen für seine Tochter. Sie war noch zu jung. Sie musste erst in ihre Mutterrolle hineinwachsen. Es war alles zu neu für sie. Der Hormonwandel war auch für ein junges Mädchen eine große Umstellung.

Seine Frau hatte früher als er gesehen, wie Sybille tatsächlich war: ein egoistisches Ding. Sie übergab dankend die Erziehung Melanies in die Hände ihrer Eltern. Muttergefühle kamen nie auf. Als Hartmut das begriffen und viel später akzeptiert hatte, setzte er alles daran, seiner Enkelin ein gutes Leben zu bieten. Alles, was er glaubte, bei Sybille verkehrt gemacht zu haben, machte er bei Melanie anders.

Die Frage nach der Schuld jedoch blieb. Im Zweifel lag sie immer bei den Eltern. Sybille hatte so wenig von ihm oder seiner Frau. Er korrigierte seine Gedanken. Das stimmte so nicht. Sie hatte nur alle schlechten Eigenschaften von ihm und seiner Frau übernommen. Er wusste, dass auch er kein Musterknabe war. Er war ebenfalls egoistisch, mochte es, anderen zu befehlen, sie zu bevormunden. Nicht von ungefähr kam der Wunsch, Polizist zu werden, und später, als er für sich dort keine Perspektive sah und alles hinwarf beziehungsweise hinwerfen musste, wollte er Berufsschullehrer werden. Das ließ ihm, anders als der Beruf Polizist, Zeit, sich um Melanie zu kümmern. Seine Beziehung zu ihr bedeutete ihm viel, und er wollte die Kontrolle über ihre Entwicklung behalten, damit er notfalls agieren konnte, sollte sie in eine falsche Richtung abzweigen. Er wollte alles besser machen.

Wie anders schien das Leben von seinem alten Freund gelaufen zu sein. Er hatte Karriere gemacht. Als Kriminaloberrat war er in den Ruhestand getreten. Verdient?, fragte Hartmut sich jetzt. War er neidisch? Vielleicht setzte sein Kumpel andere Prioritäten. Wäre Melanie nicht gewesen, wer weiß, bis wohin es ihn gebracht hätte. Aber diese Gedanken waren müßig.

Letztendlich hatte Ferdinand nicht viel mehr Glück gehabt als er. Seine Pläne, nach seinem aktiven Dienst mit seiner Frau um die Welt zu reisen, waren auch nicht aufgegangen. Und jetzt aß er jeden Mittag in einer Buchhandlung und suchte Anschluss bei einer viel zu jungen Buchhändlerin.

Hartmuts Gedanken wanderten wieder zu seiner Tochter. Wie sah sie ihn? Was sah sie in ihm? Manchmal glaubte er, sie hasste ihn. Dabei war er sich keiner Schuld bewusst. Er hatte immer nur für alle das Beste gewollt. Doch er musste der Realität ins Auge sehen. Sybille war eine kranke Frau, mit Hang zu Männern, die ihr nicht guttaten. Er war froh, dass der Schwiegersohn weg war, die Scheidung war schmutzig verlaufen. Was für ein Glück, dass sie das kleine Haus von ihrer Tante geerbt hatte und wenigstens mietfrei wohnen konnte. Sie hatte ein Dach über dem Kopf. Wo würde sie sonst leben? Auf der Straße? Unter der Brücke am Rhein? Würde sie bettelnd auf der Maximilianstraße oder vor der Post stehen? So oft dachte er an diese Möglichkeit, wenn er durch Speyers Innenstadt ging.

Damals, als Sybille ihren Michael kennengelernt hatte, schlugen zwei Herzen in seiner Brust. Zumindest schien der Mann vernünftig zu sein. Die beiden zogen zusammen, zwei Monate später war sie dann wieder schwanger. Dieses Mal wurde geheiratet, natürlich zahlte Hartmut die Hochzeit. Ohne Mitspracherecht – wäre es nach ihm gegangen, hätte seine Tochter kein weißes Hochzeitskleid getragen. Vielleicht hatte sie recht, wenn sie ihn spießig nannte. Für ihn war die Hochzeit ein Alptraum gewesen, er lebte in ständiger Angst, dass sie Melanie wiederhaben wollte.

Doch er irrte sich. Sie sagte ihren Eltern, sie wolle mit ihrem Mann und dem Kind erst einmal lernen, wie sich Familie anfühlt. Der Satz traf ihn tief, und verstanden hatte er ihn auch nicht.

Und dann kam dieser Tag im April, an dem Sybille und Michael um eine Unterredung baten. Er wusste, dass es Zeit war, Abschied zu nehmen. Melanie war zwölf Jahre alt, das dritte Kind Sybilles gerade drei. Hartmut vermutete, dass Melanie herhalten sollte, um die Familie zu retten. Er ließ sie gehen, und es tat ihm weh, zu sehen, welche Freude die Aussicht, bei der Mutter zu leben, in ihr auslöste.

Er sah mit Besorgnis, wie sich Melanie veränderte. Sie trafen sich einmal in der Woche zum Zoobesuch, und dabei horchte er sie vorsichtig aus. Er spürte, dass Melanie nichts erzählen durfte. Sie wurde dünner, ernster, lachte kaum noch. Mit ihren zwölf Jahren kochte sie, wenn sie aus der Schule kam, das Essen für ihre Geschwister. Jeder Versuch, Sybille zu überreden, dass die Kinder zu ihm und seiner Frau kommen sollten, blieb vergeblich.

Mehr als einmal überlegte Hartmut, das Jugendamt einzuschalten, doch letztendlich verließ ihn der Mut. Er hatte nicht die Kraft, gegenüber einer Behörde zuzugeben, dass er als Vater versagt und auch als Großvater eine Niete war. Er ließ die Dinge laufen und half, wenn Not am Mann war.

Es kam, wie es kommen musste. Michael lernte eine andere Frau kennen, verließ Sybille und nahm seine Kinder mit. Melanie blieb mit ihrer Mutter allein. Er sah zu, wie sich seine Tochter dem Alkohol hingab. Am frühen Abend lag sie sturzbetrunken auf dem Sofa und schlief. Mehr als einmal hatte er versucht, Melanie zu sich zu holen, doch sie hatte sich in den Kopf gesetzt, ihre Mutter nicht zu verlassen.

Auf Melanie würde er aufpassen, irgendwann würde sie ihren Weg finden. Dann würde sie eine Ausbildung beginnen. Vielleicht bekäme sie ja auch Lust, zu studieren, um einen ganz anderen Weg einzuschlagen? Sie war so stark! Nur manchmal fürchtete er sich vor dieser Stärke, die sich oft in Sturheit verwandelte. Wenn sich Melanie einmal etwas in den Kopf gesetzt hatte, zog sie es durch, gegen alle Widrigkeiten, auch gegen ihr eigenes Wohlergehen. Er musste ein waches Auge auf sie haben, damit sie keinen Schaden nahm. Dabei hoffte er stets, dass sie diese Kraft irgendwann in eine andere Richtung lenken konnte. Zur Abwechslung mal auf etwas Positives wie eine Weiterbildung. Oder dass sie doch noch das Abitur nachholen und vielleicht – er wagte gar nicht, daran zu denken – ein Studium beginnen würde.

Was hab ich nur für eine Familie!, dachte er. Eine alkoholkranke Tochter, eine schwierige Enkelin – aber ich gebe die Hoffnung nicht auf.

Sein Magen meldete sich wieder. Im Vorratsschrank fand er eine Dose Thunfisch. Er schälte eine Zwiebel, schnitt sie in kleine Würfel und gab sie in eine Schüssel. Dazu kamen Thunfisch, Schmand und ein Becher saure Sahne, ein wenig Salz und Pfeffer, Kräuter und Paprika. Die Lust am Kochen hatte Melanie von ihm, wie so vieles.

»Alles könnte einfacher sein«, seufzte er. Warum war es in anderen Familien so viel leichter, sah so viel harmonischer aus? Er war ein ganz normaler Mann, Hilde eine herzensgute Frau gewesen, die es allen hatte recht machen wollen. Vielleicht war das der Fehler.

Er fand noch einen Rest Brot, schnitt eine Scheibe ab und legte sie in den Toaster. Wein dazu?, überlegte er, schüttelte den Kopf und füllte den Wasserkocher. Tee war besser. Seit er in der Seniorenresidenz lebte, versuchte er, seinen Weinkonsum zu reduzieren. Nicht ganz einfach in der Pfalz, doch in ihm steckte die Angst vor der Sucht. Hatte Sybille von ihm die Neigung zum Trinken? Er verneinte das entschieden, er glaubte nicht, dass Trinksucht vererbbar war, auch wenn es anderslautende Untersuchungen gab.

Melanie hätte bei ihnen bleiben müssen. Seiner Frau hatte ihr Fortgehen den Lebensmut genommen. Tief in seinem Inneren – er musste es zugeben – machte er Sybille für den Tod seiner Frau verantwortlich. Hilde war nicht einfach so eine Treppe hinuntergefallen. Wenn sie sich nicht ständig Sorgen um ihre Tochter hätte machen müssen, wäre sie aufmerksamer gewesen und sicher nicht gestürzt. Wäre er früher zu Hause gewesen, hätte er sie retten können.

Er setzte sich in den Sessel, schaltete den Fernseher an und stellte den Teller auf den Tisch. Es lief eine Unterhaltungsshow, er wusste nicht, worum es ging, doch die bunten Bilder, das Klatschen und Lachen der Zuschauer beruhigten ihn. Er stand noch einmal auf, holte den Tee, setzte sich wieder hin und legte die Füße auf den Tisch. Es gab auch Vorteile, wenn man allein lebte.

Während Günther Jauch einem unsympathischen jungen Mann Fragen stellte, dachte Hartmut an seinen Kumpel, den er so unerwartet wiedergetroffen hatte. Vielleicht ergab sich die Möglichkeit, dass man sich öfter sah. Für den morgigen Tag hatten sie sich zum Essen verabredet. Er war gespannt, was der Mittagstisch im »Osiander« anbot. Und wie sich die Freundschaft entwickelte.

12

Es war kalt. Ein eisiger Wind wehte, und Mona überlegte, ob sie die Kapuze aufsetzen sollte. Zwar wäre dann ihre Frisur vollständig ruiniert, aber das sollte jetzt egal sein. Paul hatte sie den ganzen Abend mit perfekt sitzenden Haaren gesehen, jetzt im Dunkeln würde er nicht mehr darauf achten. Wo blieb er denn? Dauerte es so lange, die Rechnung zu bezahlen? Nervös wechselte sie von einem Bein auf das andere.

Die Kälte durchdrang die Ledersohlen ihrer Pumps, kroch die Nylonstrumpfhose hoch. Zum Glück trug Mona Unterwäsche, auch wenn der Hauch von Spitze nicht wärmte. Sie nestelte am Reißverschluss ihres Parkas, doch der war widerspenstig. Ich brauche unbedingt eine neue Jacke, dachte sie. Doch dafür fehlte ihr im Moment das Geld. Ein neuer Freund, ein großzügiger Freund, würde helfen.

Ihre letzte Beziehung hatte sie mit einem verheirateten Mann gehabt, der sein schlechtes Gewissen mit kleinen Geschenken beruhigt hatte. Paul trug ebenfalls einen schmalen goldenen Ring an der rechten Hand, sie hatte nicht gefragt, doch es war offensichtlich, dass er verheiratet war. Das störte sie keinesfalls. Ganz im Gegenteil, das waren ihr die Liebsten.

Sie spürte eine Bewegung hinter sich und drehte sich um. »Das hat ja lange gedauert. Was ist los, Paul? Ist etwas passiert?«

»Es tut mir leid, ich bring dich gern ein Stück nach Hause oder nehme dich mit dem Taxi mit. Aber die Idee, den Rest der Nacht miteinander zu verbringen, ist nicht so gut. Ich kann das nicht, das ist eine Schnapsidee. Ich hab eine Frau, Kinder.«

Mona konnte nicht glauben, was sie hörte. Das durfte nicht wahr sein. Sie holte sich hier in der Eiseskälte eine Blasenentzündung in der Erwartung von gutem Sex und dem Beginn einer noch besseren Beziehung. Und jetzt das? Das schlechte Gewissen eines braven Familienvaters? In den letzten Stunden hatte das aber ganz anders ausgesehen. Oder hatte sich ihr Aussehen massiv verschlimmert? War sie tatsächlich so unattraktiv?

»Ich …« Ihr fehlten die Worte. Was erwiderte man in solch einer Situation? Die Abfuhr tat weh. Wann war ihr so etwas das letzte Mal passiert? Sie spürte, wie sich zu ihrer Enttäuschung Wut mischte. Was bildete sich der Kerl ein? Die letzten drei Stunden hatte sie damit verbracht, ihn zu bezirzen. Und jetzt machte er einen Rückzieher, die Zeit hätte sie besser verbringen können. Es gab andere eroberungswillige Männer, sie hatte aufs falsche Pferd gesetzt.

»Geh nach Hause, ich komm schon klar«, entgegnete sie. »Vielleicht sieht man sich irgendwann mal.« So sauer war sie schon lange nicht mehr gewesen. Sie drehte sich auf dem Absatz um und machte sich zu Fuß auf den Heimweg. Einige andere Nachtschwärmer drangen ebenfalls nach draußen und grölten herum. Darauf hatte sie keine Lust, sie wollte allein sein.

Morgen würde sie beginnen abzunehmen, die drei Kilo am Bauch, die sie zu viel hatte, mussten weg. Außerdem müsste sie mal über Hyaluron und Botox nachdenken. Die tiefen Falten um Mund und Nase ließen sie älter aussehen. Und wenn man etwas dagegen machen konnte, sollte man es tun. Ihr Aussehen war ihr Kapital. Nur wenn sie gut aussah, konnte sie Männer erobern, einen Sponsor für ihren Lebensunterhalt finden. Ihr Gehalt als Bäckereifachverkäuferin reichte weder für eine große Wohnung noch für schöne Klamotten, auf die sie viel Wert legte.

Sie beschloss, ihr Abnehmprogramm hier und jetzt mit einem Fußmarsch zu starten. Vor Wut spürte sie die Kälte nicht mehr und führte ihr inneres Zwiegespräch über Männer und ihre Manieren weiter fort. Auf nichts konnte man sich mehr verlassen. Noch nicht einmal mehr auf hohe Schuhe, kurze Röcke, großen Ausschnitt und Push-up-BHs. Pauls Frau hingegen war zu beneiden.

War sie das wirklich? Nicht zum ersten Mal stellte sich Mona die Frage, ob sie das auch wollte. Ein Leben in einem Vorstadtreihenhaus, Kinder, Hausarbeit, irgendein Ehrenamt und warten, dass der Mann nach Hause kam? Wäre das ein Leben für sie? Energisch schüttelte sie den Kopf. Nein, das wollte sie nicht. Zwar gefiel ihr das Leben als Bäckereifachverkäuferin auch nicht, aber das hieß ja nicht, dass es so bleiben würde. Noch war sie jung genug, alle Möglichkeiten standen ihr offen. Irgendwann würde sie den Mann schon treffen, der genug Geld verdiente, um ihr ein schönes Leben zu bereiten. Manchmal musste man einfach nur Geduld haben.

Sie nestelte wieder an ihrem Reißverschluss und blieb stehen. Endlich bekam sie die Jacke zu. Erleichtert atmete sie auf und sah auf ihre Uhr. Gleich drei, dachte sie. In fünf Minuten war sie zu Hause. Sie sehnte sich danach, die Schuhe auszuziehen und sich ins Bett zu legen. Und eigentlich war es ganz schön, heute allein zu schlafen.

Plötzlich hörte sie ein Geräusch hinter sich. Ob Paul es sich anders überlegt hatte? Sie drehte sich um, sah aber nichts.

»Hallo?«, rief sie.

Stille.

Nervös beschleunigte sie ihre Schritte. Vor ein paar Tagen war doch in Speyer eine Frau überfallen und erstochen worden. Aber der Täter war ihr Freund gewesen, so hatte es in der Zeitung gestanden, und der saß jetzt im Gefängnis.

Es gibt hier keinen Serienmörder, beruhigte sie sich. Es war bestimmt ein Tier. Eine streunende Katze, ein Eichhörnchen. Sind Eichhörnchen nachtaktiv?, dachte sie automatisch, und ihre Nervosität nahm zu. Trotz ihrer Zuversicht begann ihr Herz zu rasen, ein mulmiges Gefühl breitete sich in ihrem Inneren aus. Normalerweise kannte sie keine Angst. Sie riss sich zusammen, streckte den Brustkorb raus, hob den Kopf, um Selbstbewusstsein zu demonstrieren. Ihre große Klappe hatte ihr schon oft geholfen. Wenn sie anfing zu schreien, schlug sie jeden in die Flucht.

Ein weiteres Geräusch ließ sie zusammenzucken, erneut drehte sie sich um. Jetzt sah sie eine Gestalt, so groß wie sie, eingehüllt in einen dicken Mantel, Mütze und Schal, die zielstrebig, den Kopf nach unten haltend, auf sie zukam. Noch jemand, der schnell nach Hause wollte? Sie ging zur Seite, um Platz zu machen, verlangsamte ihre Schritte, um die Person vorbeizulassen.

Ehe sie sichs versah, war die Gestalt bei ihr und blieb stehen, ohne ein Wort zu sagen. Mona suchte nach Erkennungsmerkmalen. War der Vermummte ein Bekannter, der sie erschrecken wollte? Vom Gesicht war nichts zu erkennen, nur zusammengekniffene Augen blitzten über dem Schal hervor. Sie wollte gerade fragen, was los sei, ob es ein Problem gebe, als sie etwas in der Hand des Fremden aufblitzen sah. Noch bevor sie schreien konnte, spürte sie einen Stich in der Brust.

Verwundert blickte sie an sich hinunter, sah ein Messer mit Holzgriff, das in ihr steckte. Ihre Hände versuchten, danach zu greifen, hatten aber keine Kraft mehr. Sie spürte keine Schmerzen, nur eine plötzliche Kälte. Ihr Versuch zu sprechen misslang, sie brachte nur ein Röcheln und Krächzen heraus.

Ungläubig schaute sie auf die Gestalt, die zwei Schritte zurückgegangen war und sie beobachtete. Wer war das? Wer wollte ihren Tod? Warum gab es keine Erklärung? Warum musste sie sterben? Hier? Jetzt?

Ihre Knie gaben nach, sie sank in Zeitlupentempo zu Boden. Bevor ihr Körper den kalten Boden berührte, hatte ihr Herz aufgehört zu schlagen.

13

Jeannette sprang aus dem Bett und rannte zur Toilette. Doch zu viel Rotwein? Sie hatte nur ein Glas getrunken. Ihre Übelkeit erinnerte sie daran, dass sie noch immer ein nicht geklärtes Problem hatte. Natürlich war sie nicht in der Apotheke gewesen. Sie hatte Hunderte Ausflüchte gefunden. Jonas hingegen hatte sie sich bis auf ein Telefonat erfolgreich vom Hals gehalten, und die Arbeit in der Buchhandlung half ihr, sich abzulenken.

Heute jedoch würde sie sich krankmelden. Noch so einen Tag wie gestern ertrug sie nicht. Es waren nicht nur das Stehen und die Kundenwünsche, die ihr zu viel wurden. Sondern die Hitze, die sie in sich trug, und der Stress, wenn fünf Leute an der Kasse standen und unruhig von einem Bein aufs andere traten.

»Können Sie mir das als Geschenk einpacken? Getrennt.«

Dann kam das Maulen der nächsten Kunden, die länger warten mussten, weil die Kollegin gerade keine Zeit hatte, einzupacken. Noch schlimmer war es, wenn sie in der Kochbuchecke nahe dem Café stand. Zurzeit schien ihre Nase empfindlicher zu sein als sonst, denn sie nahm jeden Geruch aus der Küche wahr – und die machten selten Appetit. Aber das war nichts Ungewöhnliches, erst vor ein paar Wochen hatte sie sich einen Magen-Darm-Virus eingefangen. Wenn etwas in der Luft war, nahm sie es mit.

Sie schaute in den Spiegel und erschrak. Dunkle Ringe unter den Augen ließen sie ungesund erscheinen. Wenn ihre Chefin sie so sehen würde, würde sie sie nach Hause schicken. Kein Kunde würde ihr auch nur ein Buch abkaufen.

Sie spülte ihren Mund aus, fühlte sich danach jedoch kein bisschen besser. Sie schleppte sich zum Telefon und wählte die Handynummer ihrer Vorgesetzten. Wie nicht anders zu erwarten, sprang die Mailbox an.

»Hallo, hier ist Jeannette, ich habe mir wieder einen Magen-Darm-Virus eingefangen. Ich kann heute nicht kommen, sonst stecke ich noch alle anderen an. Ich gehe gleich zum Arzt und melde mich dann. Alla.«

Jeannette wusste, dass ihre Vorgesetzte nicht begeistert sein würde. Ihr Ausfall würde den Einsatzplan ein weiteres Mal durcheinanderbringen, doch das war jetzt ihr kleinstes Problem.

Die Praxis ihres Hausarztes befand sich in direkter Nachbarschaft. Vormittags nahm er Patienten ohne Termin an. Es war noch früh. Jeannette fühlte sich weder ausgeschlafen noch fit und beschloss, sich noch einmal hinzulegen. Es reichte, wenn sie erst um zehn zum Arzt ging.

Kaum lag ihr Kopf auf dem Kissen, schlief sie ein. Erst als das Telefon klingelte, wachte sie auf. Eine Stunde hatte sie tief und fest geschlafen, es wurde Zeit, aufzustehen.

Es klingelte erneut. Verflucht, dachte Jeannette, wer ist das? Ihre Chefin? Sie stand zu schnell auf, sodass ihr schwindelig wurde. Sie hielt den Kopf in ihren Händen und wartete, bis sie wieder klar sah. Der Anrufer hatte aufgegeben, Jeannette atmete durch. Sie ging ins Bad und duschte ausgiebig, ihr eigener Geruch ekelte sie an. Ihre Bewegungen waren langsam und kontrolliert. Alles dauerte länger als gewohnt.

Jogginghose und ein Sweatshirt waren ihre Wahl, sie verzichtete auf jegliches Make-up. Ihre Haare band sie zu einem Pferdeschwanz. Sie zog die Turnschuhe an und nahm die Daunenjacke vom Haken. Erneut brach ihr der Schweiß aus. Waren das die Folgen der Magen-Darm-Grippe? Aber warum war ihr nur schlecht? Sie verbot sich jegliche Spekulation, der Arzt würde es herausfinden.

Sie musste nicht lange warten. Die Arzthelferin kannte sie und zog sie vor. Es hat auch etwas Gutes, wenn man so schlimm aussieht, dachte Jeannette. Der Arzt begrüßte sie, bat sie, Platz zu nehmen.

»Wo drückt der Schuh? Wieder der Magen? Wenn ich mir erlauben darf zu sagen: Sie sehen schlimm aus.«

Jeannette nickte. »Mir geht es nicht gut, mir ist übel, gestern Abend und heute Morgen musste ich mich übergeben. Ich glaube, es ist erneut eine Magen-Darm-Grippe. Etwas Falsches gegessen habe ich nicht, ich habe kaum Appetit.«

Dr. Müller lachte. »Sie werden doch nicht schwanger sein?«

Jeannette schaute ihn entgeistert an. »Ich …« Sie brach ab, wusste keine Entgegnung. Ihren Verdacht so lapidar aus dem Mund eines Arztes zu hören, brachte sie aus dem Gleichgewicht. Mit aller Kraft versuchte sie, die Vorstellung nicht an sich heranzulassen. Dennoch blieb ein mulmiges Gefühl im Magen.

Dr. Müller schaute sie eindringlich an. »Haben Sie einen Schwangerschaftstest gemacht?«

Jeannette schüttelte den Kopf.

»Ich untersuche Sie jetzt, dann sollten wir auf jeden Fall den Test machen, bevor wir irgendwelche Medikamente gegen Übelkeit geben. Gehen Sie zu Anja an der Rezeption. Dann schauen wir mal.«

In Jeannettes Gedanken herrschte Chaos. Schwanger zu sein wäre eine Katastrophe. Sie sah sich nicht als Mutter. Ein Kind war für sie einfach nicht vorstellbar. Und schon gar nicht von Jonas. Ganz im Gegenteil, seit Wochen überlegte sie, ob er der Richtige für sie war oder ob sie ihn verlassen sollte. Sie war noch nie ein entscheidungsfreudiger Mensch gewesen. Und im Moment fehlte ihr die Kraft, sich mit Jonas auseinanderzusetzen. Er sah ihre Beziehung mit ganz anderen Augen. Er wollte sie heiraten, und das wollte sie auf gar keinen Fall.

Anja schaute sie mitleidig an. »Du Ärmste«, sagte sie. »Das kriegen wir schon hin. Alles wird gut.«

Jeannette hörte nicht zu, ließ alles über sich ergehen, tat, was von ihr verlangt wurde.

»Setz dich noch einen Moment ins Wartezimmer. Gleich wissen wir mehr«, sagte Anja mit sanfter Stimme.

Es kam Jeannette wie eine Ewigkeit vor, bis sie wieder in einen der Behandlungsräume gerufen wurde.

Dr. Müller lächelte sie an. »Herzlichen Glückwunsch, der Test ist positiv.«

Jeannette hörte seine Worte, weigerte sich jedoch, sie zu verstehen. Das passierte nicht ihr, das war ein böser Traum, aus dem sie gleich erwachen würde. Das konnte nicht sein, der Test war abgelaufen. Da gab es sicher auch Haltbarkeitsdaten.

»Der Test muss falsch sein«, sagte sie schwach. »Das kann nicht sein.«

»Die unbefleckte Empfängnis ist etwas länger her, und auch sie ist umstritten. Das Ergebnis ist zu nahezu einhundert Prozent richtig. Natürlich wird Ihnen Ihre Frauenärztin das bestätigen können. Aber ich bin sicher, dass Sie keine Magen-Darm-Grippe haben«, erwiderte Dr. Müller.

Jeannette erhob sich. »Danke.« Sie hörte nicht mehr, was Dr. Müller noch alles sagte, wie in Trance verließ sie die Praxisräume. Schwanger. Ein Baby. Von Jonas. Sie schüttelte den Kopf, das durfte nicht sein, konnte nicht sein. Sie dachte an den Abend, als sie aus dem Kino gekommen waren. Konnte aus diesem einen Mal etwas so Existenzielles wie ein Kind entstehen? Natürlich, antwortete ihr Verstand. Es war nur das eine Mal, dachte ihr inneres Kind. Wie sollte es jetzt weitergehen?

In dem Moment, als sie ihre Haustür aufschloss, klingelte erneut ihr Handy. Sie blickte auf das Display: Jonas. Sie drückte auf »Ablehnen«. Mit ihm konnte sie jetzt nicht reden. Wieder rebellierte ihr Magen, sie rannte zur Toilette und übergab sich. Was sollte sie jetzt tun? Mit wem konnte sie darüber sprechen? Ihre Mutter war der falsche Ansprechpartner, Jonas erst recht. Er würde ihr sicherlich einen Heiratsantrag machen, den sie keinesfalls annehmen konnte.

Du machst jetzt einen Termin bei deiner Frauenärztin, ermahnte sie sich, vielleicht war der Schnelltest fehlerhaft, und Dr. Müller hatte sich vertan. Sie rief in der Buchhandlung an und teilte mit, dass sie den Rest der Woche krankgeschrieben sei. Das gab ihr Zeit. Als Nächstes rief sie in der Frauenarztpraxis an.

»Ich …«, sie brach ab, begann von Neuem. »Ich brauche jetzt … also ich meine ganz schnell, frühestmöglich einen Termin.« Das Unmögliche auszusprechen fiel ihr schwer. »Ich glaube, ich bin … also es sieht aus … als ob ich …« Sie holte tief Luft. »Ich bin schwanger.« Es war heraus, sie hatte es gesagt.

Die Stimme am Telefon bat sie, am nächsten Morgen um acht Uhr zu kommen. Es sei jemand abgesprungen. Ob ihr das recht sei.

»Natürlich«, antwortete Jeannette. Dann setzte sie sich auf ihr Sofa und tat nichts. Ihre Gedanken schlugen Kapriolen. Bitte lass es nicht zu, ich darf nicht schwanger sein. Alles ist ein großer Irrtum, alles wird gut. Sie legte sich hin, sah fern, ohne wahrzunehmen, was sie schaute, und schlief zweimal kurz ein. Als es dämmerte, ging sie in die Küche, öffnete den Kühlschrank, ohne etwas herauszunehmen. Ihr Magen meldete Hunger, doch sie wusste nicht, auf was. Eis? Eine Scheibe Brot mit Schokoladencreme? Mindestens einen Zentimeter dick. Schokoküsse? Dafür müsste sie einkaufen gehen, das schreckte sie ab. Gleichzeitig verursachte ihr der Gedanke ans Essen Übelkeit.

In der Nacht wurde sie mehrmals wach, schweißgebadet, verfolgt von Alpträumen. Sie träumte von Windeln und Fläschchen und von Jonas.

Er hatte am Abend noch zweimal versucht, sie anzurufen, sie hatte nicht abgehoben. Seine SMS ignorierte sie. Sicherheitshalber hatte sie ihre Klingel abgestellt, bevor sie zu Bett ging. Jonas gab nie auf.

Am Morgen stand sie auf, duschte und kleidete sich sorgfältig an. Vielleicht war dieser Tag ein ganz entscheidender in ihrem Leben. Als sie die Haustür öffnete, lag ein Blatt Papier unter der Matte. »Bitte: Wir müssen reden!«

Es war die richtige Entscheidung gewesen, die Klingel abzuschalten. Jonas hätte sie gestern nicht gegenübertreten können. Vor allem: Was hätte sie ihm sagen sollen?

Sie fuhr mit dem Auto zu ihrer Frauenärztin, eine halbe Stunde zu früh. Sie legte ihr Versichertenkärtchen auf den Tresen der Rezeption, nannte ihren Namen und sagte, dass sie einen Termin habe. Nur kurz überlegte sie, ob sie den Grund für ihr Hiersein nennen sollte, doch es kam ihr nicht über die Lippen. Wenn sie es nicht laut aussprach, war es nicht wahr.

Kein Baby, kein Baby. Dieses Mantra wiederholte sie gedanklich. Alles um sie herum schien undeutlich, wie im Nebel versunken. Sie vermied den Blick auf die Wände, die mit Babyfotos plakatiert waren. Sie vernahm kein Wort der anderen Wartenden, nahm eine Zeitschrift vom Stapel, absichtlich eine

Autozeitschrift, die wohl für die wenigen männlichen Besucher in dieser Praxis gedacht war. Sie wollte kein Mutterglück, keine süßen Babygesichter sehen. Ihr gegenüber saß eine junge Frau, nur wenig älter als sie. Ihrer Fülle nach stand sie kurz vor der Geburt. Die Frau sah glücklich aus, während sie fortwährend ihren Bauch streichelte.

Jeannette wurde wieder übel. Sie versteckte ihr Gesicht in der Zeitschrift und schaute sich die Fotos von getunten Rennwagen an. Dabei versuchte sie den Eindruck zu erwecken, dass sie den Text läse, doch die Buchstaben tanzten vor ihren Augen. Sie blätterte die Seiten durch und schmiss die Zeitschrift auf den Tisch, als sie aufgerufen wurde. Ihr Aufstehen glich einer Flucht. Weg von den Schwangeren, weg von den Babys.

Obwohl sie beinahe eine Stunde in der Praxis zubrachte und viele Informationen erhielt, erinnerte sie sich nur an den einen Satz: »Sie sind schwanger.« Jeder einzelne Buchstabe pochte in ihrem Kopf, sie hatte alles über sich ergehen lassen. Die Untersuchung, die Belehrung, die Möglichkeiten. Offenbar hatte sie normal gewirkt, sonst hätte die Ärztin nicht weiter mit ihr gesprochen, Jeannette konnte sich nur an nichts mehr erinnern. Sie stand unter Schock, anders konnte sie sich das nicht erklären. Schwanger – gab es etwas Schlimmeres in ihrer Situation?

Sie setzte sich ins Auto und starrte auf das Lenkrad. Minutenlang. Ihr Kopf war ein Vakuum, da, wo gerade noch Hunderte Gedanken gleichzeitig kreuzten, herrschte nun Leere. Sie bemerkte den Staub auf der Ablage, den Schmutz auf den Scheiben, die schiefe Halterung für das Handy, mit dem sie navigierte. Angespannt saß sie auf dem vorderen Drittel des Autositzes und spürte, wie ihr Rücken schmerzte. Sie versuchte, ihre Muskeln zu lockern, und lehnte sich an. Die Anspannung blieb, die Schmerzen verschwanden. Ihr wurde kalt.

Sie musste mit jemandem reden, und wieder einmal fiel ihr auf, dass sie niemanden zum Reden hatte. Ihre Eltern wohnten an der Ostsee, ihre Mutter litt an beginnender Demenz, und Jeannette freute sich jedes Mal, wenn sie sich an ihren Namen erinnerte. Sie hatte keine Geschwister – und richtige Freunde auch nicht. Bekannte ja, Arbeitskollegen, mit denen sie hin und wieder ausging. Über Privates redete man selten, und über dieses spezielle Problem schon gar nicht.

Ferdinands Nachbarin fiel ihr ein. Wieso blieb man bei einem Mann, der einen schlug und schlecht behandelte? Aus Angst vor dem Alleinsein? Lieber einen gewalttätigen Freund als gar keinen? Oder hatte sie in ihm etwas gesehen, was für andere versteckt blieb? Sie schien kein sympathischer Mensch gewesen zu sein, noch nicht einmal der Kommissar hatte sie gemocht. Konnte man so allein sein?

Ja, kann man, beantwortete sie die Frage.

Der einzige Mensch, der ihr einfiel und mit dem sie vielleicht über ihr Problem reden konnte, war ihr väterlicher Freund. Er hatte als Kommissar alles gesehen, alles gehört, ihm war nichts fremd.

Sie holte tief Luft und startete endlich den Motor. In die Buchhandlung konnte sie nicht, sie war krankgeschrieben, sie musste ihn irgendwo anders treffen. Aber erst einmal brauchte sie Schlaf. Schlafen, die Augen schließen und in eine andere Welt eintauchen, alles vergessen, zumindest für eine kurze Zeit.

14

»Wieder eine Frauenleiche. Überfallen, ausgeraubt und erstochen. Das gleiche Vorgehen, der gleiche Modus Operandi. Das gleiche Tatwerkzeug, wieder ein Allzweckmesser mit dreizehn Zentimeter langer Klinge und Wellenschliff. Sehr scharf. Die Stichverletzung ist identisch. Meiner Meinung nach derselbe Täter. Wir halten den Falschen fest, Lukas Grimm war es nicht.«

Kriminalhauptkommissar Mario Balthasars Mimik sagte alles über seine Gefühle, als er die Erkenntnis seinen Kollegen mitteilte. Über den Frust, einen Unschuldigen festgesetzt zu haben, über die Befürchtungen, einen Mehrfachtäter in Speyer frei herumlaufen zu haben, und über die Furcht, dass er ein weiteres Mal zuschlug. »Zumal«, fuhr er fort, »es auf seiner Kleidung keinerlei Blutspuren von Pia Renner gibt.«

Eine Weile sagte niemand ein Wort, bis Kriminalhauptkommissar Christian Hamacher als Erster das Ergebnis kommentierte. »Mensch, und das, kurz bevor der Weihnachtsmarkt losgeht. Ludwigshafen ist einverstanden, dass wir in Speyer die SOKO ansiedeln. Der Täter wird aus Speyer oder der näheren Umgebung kommen. Wir haben die Tasche des ersten Opfers im Speyerbach gefunden. Es fehlt nichts, im Portemonnaie sind noch zwei Zwanzig-Euro-Scheine, ein Fünfer und Klimpergeld. Dem Täter ging es nicht um die Beute.«

»Täter oder Täterin«, fügte Lena Brinkmann hinzu. »Man kann bei dieser Art Verletzung auch von einer Frau ausgehen. Die Größe des Täters wird auf circa einen Meter fünfundsiebzig geschätzt. Plus/minus fünf Zentimeter.«

Einige der Anwesenden verdrehten die Augen.

»Für mich bedeutet Täter nicht, dass er männlich sein muss. Sondern es ist der Überbegriff und kann selbstverständlich auch weiblich sein.« Balthasar nervten diese Diskussionen mit der jungen Kollegin. Er war für die Gleichberechtigung, aber jedem Wort eine weibliche und männliche Endung zu geben, fand er albern und unnütz wie einen Kropf. »Danke, Kollegin.

Der Einfachheit halber sage ich jetzt nicht jedes Mal Täter oder Täterin, sondern belasse es bei Täter, einverstanden? In unseren Köpfen ist durchaus angekommen, dass es auch Frauen gibt, die Menschen ermorden. Ich bin kein Politiker, der bei jeder Begrüßung Kollegen und Kolleginnen oder Genossen und Genossinnen sagt. Dafür fehlt mir schlicht die Zeit. Wir befinden uns auf Mörderjagd und führen keinen Geschlechterkampf. Das Thema ist für mich erledigt.«

Dann fügte er noch an: »SOKO Messer ist übrigens der Name.«

»Ziemlich einfallslos, oder?«, bemerkte Lena Brinkmann, die bei der Belehrung der Gender-Thematik die Lippen aufeinandergepresst hatte.

»Sie können sich ja als Kommissarsanwärterin einen guten Ruf erwerben, indem Sie besonders kunstvolle Namen für SOKOs erfinden, wenn da Ihr Fokus liegt und Sie darin Handlungsbedarf sehen. Wir anderen kümmern uns um das Überführen und Fassen von Tätern.«

Das wirkte. Brinkmann zog einen Schmollmund und blieb stumm.

Balthasar nahm das mit einem Kopfnicken wahr und fuhr fort: »Meiner Meinung nach müssen wir Lukas Grimm freilassen. Er kann es nicht gewesen sein. Wir haben keinen hinreichenden Tatverdacht.«

Es blieb eine Weile ruhig, niemand wagte den Gedanken auszusprechen, den alle hatten. Die zweite Frauenleiche, wieder erstochen, wenn auch an einem anderen Ort.

»Wir haben die Aussage eines Augenzeugen. Demzufolge kam sie aus dem ›Club 16‹. Wir vermuten, dass sie zu Fuß nach Hause in die Zeppelinstraße gehen wollte. Ist eigentlich nicht weit.«

»Was läuft die denn nachts allein durch die Gegend? Hätte ich mich nicht getraut«, sagte Brinkmann.

»Wieso? Der Täter war gefasst, es waren doch alle der Meinung, dass es Lukas Grimm war. Die große Frage bleibt, ob es ein Trittbrettfahrer ist oder ob wir es mit einem Serienmörder zu tun haben. Die erste Möglichkeit scheidet nahezu aus. Zu viele Ähnlichkeiten, die nicht an die Öffentlichkeit gelangt sind. Wir müssen Grimm laufen lassen. Ein Geständnis kriegen wir sowieso nicht.«

Wieder meldete sich Hamacher zu Wort. »Die Ärzte sind sich einig, dass er nicht simuliert. Die Amnesie ist echt.«

Balthasar klatschte in die Hände. »Es gibt viel zu tun. Ermittlungsarbeit. Wer war das Opfer, familiäres Umfeld, Arbeitsplatz, gab es in der Vergangenheit Probleme mit jemandem, hatte sie einen Freund, Geliebten oder beides? Mit wem war sie im ›Club 16‹? Und so weiter. Los geht's.«

***

Lukas Grimm trat in die Sonne. Sein Anwalt hatte ihm noch auf die Schultern geklopft und ihm alles Gute gewünscht. Auf seine Frage, ob Pias Mörder gefasst sei, hatte er nur eine juristische Erklärung bekommen, dass es keinen dringenden Tatverdacht mehr gab, deshalb sei die Untersuchungshaft aufgehoben. Das hieße aber nicht, dass er aus dem Schneider sei.

»Aber für die zweite Tat haben Sie das perfekte Alibi. Für den Fall, dass Sie sich an nichts erinnern.«

Die Bemerkung hatte Lukas mitten ins Herz getroffen, doch vielleicht hatte er es verdient. Solange er nicht wusste, wer für Pias Tod verantwortlich war, gab es immer noch die Möglichkeit, dass er ein Mörder war.

Er wusste nicht, was er jetzt machen sollte. Er bezweifelte, dass er in der Schreinerei willkommen war. Musste er sich jetzt arbeitslos melden? Er sollte nach Hause gehen, schauen, was die Post hergab, vielleicht fand er eine Lösung, wie es weitergehen könnte.

Seinem Drang, sich in eine Kneipe zu setzen und ein Bier zu trinken, dummes Zeug mit dem Wirt zu quatschen, den Tag an sich vorbeiziehen zu lassen und alles zu vergessen, gab er nicht nach. Er musste sich der Realität stellen. Das Trinken hatte ihn in eine üble Situation gebracht. Er musste zugeben, dass er ein Problem hatte, das er endlich beim Namen nennen sollte. Alkohol. Trank er Alkohol in Maßen, war nichts zu befürchten. Aber manchmal war nur ein einziges weiteres Bier oder ein Schnaps zu viel, und in ihm veränderte sich etwas. Er wurde erst wütend, dann unberechenbar. Er schlug zu, um anderen wehzutun. Im Grunde, und das war ihm in den letzten drei Tagen klar geworden, wollte er sich selbst bestrafen. Weil er zornig auf das war, was er aus seinem Leben gemacht beziehungsweise nicht gemacht hatte. Er dachte an seine Lehrer, die alle der Meinung gewesen waren, in ihm stecke mehr. Er müsse nur etwas dafür tun.

Er war immer den einfachsten Weg gegangen. Sich anstrengen? Für die Schule lernen? Es hatte immer irgendwie gereicht, um durchzukommen. Bewerbungen schreiben? Er doch nicht. Ein einziges Mal hatte er es versucht und eine Absage kassiert. Dann hatte ein Bekannter ihm einen Job angeboten – ohne diesen ganzen Blödsinn. Kein Zeugnis, kein Anschreiben, nichts. Das Geld stimmte, zumindest reichte es ihm für seine Bedürfnisse. Die Bedenken der Menschen um ihn herum, die es natürlich nur gut meinten, ignorierte er. Warum sollte er sich sein Leben so schwer machen, wenn es auch einfach ging. Er wollte Spaß, er lebte jetzt, und mit diesen ganzen Dingen wie Rente, Altersversorgung und dem anderen Mist wollte er nichts zu tun haben.

»Nicht meine Baustelle«, sagte er immer, wenn ihm jemand damit kam. Er fiel niemandem zur Last, sollten sie ihn doch in Ruhe lassen.

Als er den Job verloren hatte, hatte er zum ersten Mal gefühlt, dass die anderen vielleicht recht haben könnten. Eine Woche lang war er arbeitslos gewesen. Aber er konnte nicht lange schlafen, er war schon immer jemand gewesen, der körperlich arbeiten wollte und musste. Das machte ihm Spaß. Ein Bürojob wäre das Allerschlimmste für ihn. In der einen Woche, die er ohne Arbeit gewesen war, hatte er bereits morgens seine Tour durch die Stadt begonnen. Dabei hatte er Pia kennengelernt, die in einem der kleinen Büdchen Brezeln verkaufte. Sie gefiel ihm, hatte ordentlich Holz vor der Hütte, eine schlanke Figur und tolle Augen. Er flirtete mit ihr, und das anfängliche Zögern stachelte ihn nur noch mehr an.

In derselben Woche bekam er den Job in der Schreinerei, und er erzählte Pia davon. Sie freute sich für ihn, bedauerte aber, dass er sie nicht mehr besuchen kommen konnte. Es folgten Verabredungen für Abendessen, Spaziergänge, Treffen im »Rheinstrand« und in einem der vielen Biergärten. Pia gab ihm das Gefühl, dass sie ihn mochte, ließ ihn jedoch nicht ran. Er musste sich anstrengen, sie zu erobern, was unbekannt für ihn war. Als sie nach drei Wochen endlich mit ihm die Nacht verbrachte, wollte er nur noch mit ihr zusammen sein. Kurz darauf fanden sie eine bezahlbare Wohnung in der Diakonissenstraße und zogen zusammen. Obwohl alles gut lief und er eigentlich glücklich sein konnte, trank er immer mehr.

Die Jungs in der Schreinerei machten es ihm einfach, jeden Nachmittag nach der Arbeit wurde getrunken. Ein Kasten Bier stand immer in der Ecke. Dann kamen die Russen und der Wodka dazu, und irgendwie hatte er die Kontrolle über sein Leben verloren. Der Wodka bekam ihm nicht. Immer öfter, wenn das Leben nicht nach seinen Wünschen verlief und vor allem Pia nicht so reagierte, wie er wollte, wurde er wütend. So furchtbar wütend, dass er manchmal Angst vor sich selbst bekam.

Aber damit war jetzt Schluss. Er würde keinen Tropfen mehr trinken, um seinen Zorn zu betäuben. Auch wenn jetzt im Moment der Drang nach einem Bier riesig war. Es war ein Trugschluss, dass der Alkohol die Trauer erträglicher machte, spätestens nach dem Rausch sorgte der Kater dafür, dass die Verzweiflung noch gewaltiger wurde. Die Vergangenheit war nicht zu ändern, die Zukunft hingegen konnte er gestalten.

Er war kein Tier. Ihm wurde bewusst, dass er noch nicht eine Träne vergossen hatte. Seine Augen brannten gefährlich, seine Stimme versagte den Dienst, wenn er an Pia dachte, doch gleichzeitig spürte er eine unbändige Wut auf sich selbst. Mit seinen unerträglichen Saufeskapaden hatte er sie aus dem Haus getrieben, deshalb war sie ihrem Mörder in die Arme gelaufen. Und doch hatte man ihn in der Nähe des Tatorts gesehen …

Er klopfte sich mit der flachen Hand gegen die Stirn. Wenn er sich wenigstens erinnern könnte, was er in der Zeit dort gewollt hatte. Vielleicht hatte er sogar etwas gesehen. Unbewusst, aus dem Augenwinkel. Die Polizisten hatten alles versucht, sein Erinnerungsvermögen zu aktivieren. Hatte er seinen Verstand versoffen? Wie viele Zellen starben während eines Vollrauschs? Irgendwo hatte er das mal gelesen, aber dann einfach den Gedanken beiseitegeschoben. Jetzt war er sich nicht mehr sicher, ob da nicht doch was dran war.

Mit langsamen Schritten ging er zum Bahnhof. Er würde jetzt nach Hause fahren, sich der Realität stellen. Ein Muss, wollte er sein Leben in den Griff bekommen. Sonst könnte er sich direkt einen Strick nehmen oder vor den nächsten Bus laufen. So war sein Leben nichts wert.

Er hatte Zweifel, dass die Polizei ernsthaft nach Pias Mörder fahndete. Auch wenn sie ihn freigelassen hatten, glaubte er in den Augen der Beamten gelesen zu haben, dass sie ihn für schuldig hielten. Er musste die Wahrheit über Pias Mörder herausfinden. Das war er ihr schuldig.

15

Es roch nach Bohnen und Chili. Der Duft zog von der Küchenzeile ins Wohnzimmer. Melanie schimpfte. Die Dunstabzugshaube verdiente den Namen nicht, manchmal vermutete sie, dass die den Dampf nur verwirbelte, statt ihn nach außen zu transportieren.

Es war bereits Nachmittag. Wenn sie ihre Mutter in einem halbwegs ansprechenden Zustand erleben wollte, musste sie sich beeilen. Gleichzeitig fragte sie sich, warum sie das eigentlich machte. Sollte es nicht umgekehrt sein? Dass sich eine Mutter um die Tochter kümmerte?

Irgendwann hatte sie aufgegeben, darüber nachzudenken, die Gründe zu hinterfragen, Antworten zu finden. Ihr ganzes Leben hatte sie gewartet, dass sie ihrer Mutter nahekommen konnte, Zeit mit ihr verbringen durfte. Teil einer ganz normalen Familie wurde, mit Vater, Mutter und ihr als Kind. Wie viele Nächte hatte sie wach gelegen, geträumt, mit ihrer Mutter auf den Spielplatz zu gehen oder von ihr in den Kindergarten gebracht zu werden. Oder mit ihr über den Weihnachtsmarkt zu schlendern. Das waren alles Dinge, die sie nie erlebt hatte.

Ihr Opa hatte versucht, versuchte es auch heute noch, Ersatz zu sein. Als ihre Mutter sie endlich zu sich genommen hatte, hatte sie wider Erwarten keine Zeit für sie gehabt. Aber auf Opa war Verlass. Er war jeden Sonntag aus Karlsruhe gekommen und hatte etwas mit ihr unternommen. Entweder gingen sie ins »Bademaxx« zum Schwimmen oder ins Technikmuseum, und er erklärte ihr die Schiffe und Flugzeuge. Noch heute erinnerte sie sich daran, wie er vor einem alten Motorrad längere Zeit stehen geblieben war und ihr erzählt hatte, dass er dieses Gefährt als junger Mann auch gefahren war. Ihm zuliebe war sie mitgegangen, hatte ihn angelächelt und so getan, als wenn sie seine Vorlieben teilen würde. Sie konnte sich noch sehr genau erinnern, dass sie lieber mit ihrer Mutter etwas unternommen hätte. Dass sie keinen Vater hatte, war ihr bewusst. Er war weg und kein netter Mann, das hatte ihre Mutter ihr irgendwann einmal erzählt.

Im Grunde genommen war das Leben ihrer Mutter eine ganz simple Geschichte. Sie war schwanger geworden, leider viel zu jung, und völlig überfordert gewesen, ein Kind großzuziehen. Sie hatte es Melanie getauft – und ihren Eltern gegeben. Vielleicht war das anfangs auch richtiger gewesen, dachte Melanie oft.

Bei ihren Großeltern hatte sie wenigstens dreimal am Tag eine Mahlzeit bekommen, hatte immer saubere Wäsche und ein eigenes Zimmer. Dazu wurde sie mit Kuscheltieren und anderem Spielzeug überhäuft. Ihr Großvater ließ es sich nicht nehmen, ihr jeden Abend eine Geschichte vorzulesen. Er begeisterte sich für die Pfälzer Sagen. Er erfand immer neue Geschichten aus dem Pfälzer Wald. Sie erinnerte sich gern an die Elwedritsche. Immer wieder musste Opa ihr erzählen, wie der obskure Vogel aussah. Er hatte viel Phantasie, erfand ein schillerndes Fabelwesen, kombiniert mit magischen Fähigkeiten. Der Vogel half guten Menschen, die unverschuldet in Not geraten waren. Damals träumte Melanie oft, dass auch ihr ein Vogel half, wenn sie in brenzlige Situationen geriet. Geholfen hatte er ihr nur insoweit, als dass sie für einige Momente der Wirklichkeit entfliehen konnte.

Als ihre Mutter einen neuen Mann kennenlernte und Melanie ihrem Ziel, einer richtigen Familie anzugehören, sehr nahe kam, verblasste der Vogel.

Noch heute sah sie ihre Mutter mit ihrem neuen Freund auf Opas schwarzer Couch sitzen. Mama war aufgekratzt gewesen, hatte anders ausgesehen, viel gelacht, und ihr Bauch war sehr dick gewesen. Erst sehr viel später hatte Melanie verstanden, dass wieder ein Kind unterwegs war.

Und noch viel später hatte sie begriffen, dass für sie dort kein Platz war. Sie bekam drei Geschwister und sah der Familie aus der Ferne zu. Sie konnte Opa und Oma keinen Vorwurf machen, sie hatten ihr Bestes gegeben. Aber die Sehnsucht, die sie in sich hatte, ließ sich nicht mit Kuscheltieren und Gute-Nacht-Geschichten stillen.

Als Zwölfjährige erfüllte sich endlich Melanies Traum: Sie durfte bei ihrer Mutter einziehen. Damals hatte sie nicht begriffen, warum ihre Mutter oft im Bett lag und manchmal nicht zu verstehen war. Also strengte sie sich an, um sie zu entlasten und sich unentbehrlich zu machen. Zu dieser Zeit stand sie sehr früh auf und bereitete für ihre Geschwister das Frühstück. Sie schickte sie in den Kindergarten und zur Schule, kam meistens selbst zu spät. Aber das machte ihr nichts aus. Abends kochte sie auf Vorrat, damit ihre Geschwister am nächsten Tag nach der Schule etwas zu essen hatten. Melanies Glaube, dass ihre Mutter irgendwann wieder gesund werden würde, ließ sie durchhalten.

Gesund war sie bis heute nicht.

Als ihr Mann sie verließ und die Kinder mitnahm, ging es noch weiter bergab. Opas Versuche, sie aus der Misere herauszuholen, ihr zu helfen, misslangen. Melanie beschloss, die Schule nach der zehnten Klasse zu beenden, um sich um ihre Mutter zu kümmern. Ohne Ausbildungsvertrag, ohne Aussicht auf regelmäßiges Einkommen. Sie jobbte in einem Café, später in einer Kneipe. Natürlich war ihr Großvater damit nicht einverstanden gewesen, doch hatte er nichts dagegen machen können.

Melanie rührte in dem Topf, um zu verhindern, dass die Bohnen am Boden festpappten. Sie probierte und schüttelte nachdenklich den Kopf. Irgendetwas fehlte, doch sie kam nicht darauf, was. Salz war genug darin, vielleicht etwas Paprika und Pfeffer. Sie würzte nach und rührte erneut um. Noch ein Löffel zum Probieren, dann nickte sie zustimmend. So war es perfekt. Noch besser würde es nach erneutem Aufwärmen schmecken.

Irgendwann war das Zusammenleben mit ihrer Mutter unerträglich geworden, und Melanie hatte sich mit der Hilfe ihres Großvaters eine kleine Wohnung in der Nähe gesucht, um sich weiter um sie kümmern zu können. Egal, was geschehen war, sie fühlte sich ihrer Mutter verpflichtet. Sie sorgte für sie, wie sie es von klein auf gemacht hatte. Damals lag es an ihr, die Familie zusammenzuhalten. Sie hatte sich alle Mühe gegeben, alles, was in ihren Kräften stand, getan. Dennoch hatte sie nicht verhindern können, dass Michael gegangen war.

Manchmal glaubte sie, dass es ihre Schuld war, dass sie ihm kein gutes Zuhause gegeben hatte, es ihm nicht wohnlich und heimisch genug gemacht hatte. Stets begleitete sie das schlechte Gewissen, dass sie diejenige gewesen war, die in diese Familie eingedrungen war. Sie war von außen gekommen, war sie eine Bedrohung?

Nächtelang hatte sie wach gelegen und darüber nachgedacht. Sie hatte gesehen, wie sich ihre Mutter mit Michael gestritten hatte, wie sie bis nachts am Küchentisch diskutiert und getrunken hatten. Meist ging er irgendwann, und ihre Mutter schlief ein. Oft am Tisch, den Kopf auf ihre Unterarme gelegt. Speichel triefte aus ihrem Mund, und sie schnarchte laut. Melanie hörte alles, sie konnte nicht anders. Ihr Zimmer lag neben der Küche, die Wände waren dünn, und sie hatte jedes Wort verstanden.

Sie hörte die Träume ihrer Mutter, ganz woanders neu anzufangen, und Michael, auch ein ewiger Träumer, unterstützte sie darin.

Die Angst von damals war heute noch präsent. Sie wollte nicht, dass ihre Familie auseinanderbrach, sie wollte keine Veränderung. Alles sollte so bleiben, wie es war, dafür nahm sie viel in Kauf. Sie versuchte alles.

Und deshalb hatte sie Michael auch nicht weggeschickt, als er eines Nachts in ihr Zimmer kam und sich in ihr Bett legte. Er hatte sich schließlich dafür eingesetzt, dass sie zu ihnen kommen durfte. Irgendwie hatte sie sich ja erkenntlich zeigen müssen.

Sie biss sich auf die Unterlippe, wie so oft, wenn sie von ihren Erinnerungen heimgesucht wurde, während sie das Chili in eine Edelstahlschüssel füllte. Für sich selbst behielt sie nur eine Portion. Ein Blick zur Uhr, halb drei, jetzt wurde es Zeit. Ihre Mutter brauchte etwas zu essen, sonst vertrug sie den Alkohol noch schlechter.

Vielleicht konnte sie mit ihr reden, über die Überfälle, über die toten Frauen. Sie stellte sich vor, wie sie ihr gestehen würde, dass sie Angst hatte, dass ihr etwas zustoßen könnte. Ihre Mutter wäre die einzige Person, die sie davon abhalten konnte, weiter im Club zu arbeiten. Rasch brachte sie die Küche wieder in Ordnung, spülte die Konservendosen mit Wasser aus, bevor sie sie in den gelben Sack steckte. Dabei überlegte sie, was sie gern von ihrer Mutter hören würde. Ein einziger Satz würde genügen. »Kind, ich habe Angst um dich, bleib mir zuliebe zu Hause.«

Elf Wörter, die ihr reichen würden.

Während sie den benutzten Kochlöffel, die Messer und den Topf unter fließendem Wasser abwusch, schrie sie auf einmal vor Schreck auf. Blut tröpfelte in die Spüle, vermischte sich mit dem Wasserstrahl und zauberte Muster auf den Edelstahlboden. Melanie hatte den Stich mit dem Messer nicht bemerkt, auch jetzt spürte sie keinen Schmerz. Sekundenlang starrte sie auf den Schnitt. Dann bohrte sie mit der Spitze des Messers tiefer in die Wunde, bis sich die Tropfen in ein Rinnsal verwandelten. Es tat nicht weh, was sie am meisten verwunderte.

Nur das Wissen, dass ihre Mutter sich nie um sie sorgen würde, verursachte ihr einen Stich, der weitaus mehr schmerzte.

16

Lukas stand bewegungslos in der Küche und starrte aus dem Fenster. Er konnte noch immer nicht glauben, dass Pia tot war und nie wieder hier kochen würde. Verzweifelt versuchte er, sich an den Abend, an dem er sie das letzte Mal gesehen hatte, zu erinnern. Manchmal schien er kurz davor zu sein. Doch sobald er fokussierte, bereit war, sich zu stellen, verschwand alles in einem dichten Nebel. Der Abend, an dem Pia verschwand, war aus seinem Gedächtnis gestrichen. Es blieb die Frage nach dem Warum. Hatte er etwas so Schreckliches getan, dass sich sein Unterbewusstsein weigerte, das anzunehmen? Er schüttelte den Kopf, wies den Gedanken vehement zurück.

Die Vorstellung, Pia mit einem Messer aufzulauern und sie zu erstechen, schien unmöglich. Sein Gefühl sagte ihm, dass er das nicht getan hatte. Zumindest glaubten das jetzt auch die Polizisten, die ihm bei den Vernehmungen zugesetzt hatten. Zuletzt hatte er beinahe doch den Glauben an sich verloren und gedacht, er sei ein Mörder. Irgendwie war es ja so, auch wenn er nicht zugestochen hatte.

Er musste dringend mit ihrer Freundin sprechen. Sabrina wusste sicherlich mehr, und Lukas hoffte inständig, dass sie mit ihm reden würde. Vielleicht ergab sich eine Erklärung, was sie in diesem Club zu suchen gehabt hatte. Allein. Warum war Sabrina nicht bei ihr geblieben?

Ein Scheppern lenkte ihn von seinen Gedanken ab.

Der Nachbar von gegenüber, dieser Exbulle, brachte Altglastüten vor die Tür. Trug er die Verantwortung für seine Vernehmung? Er nutzte den Ausdruck sehr bewusst, denn sein Anwalt hatte ihm klargemacht, dass man ihn nicht als Zeugen vernommen hatte, sondern als Tatverdächtigen. Zeugen wurden befragt, Verdächtige vernommen. Sicherlich hatte der Nachbar den Beamten von den Streitereien zwischen ihm und Pia erzählt. Konnte man ihm nicht übel nehmen, Lukas hätte es genauso gemacht.

Er drehte sich um und schaute auf die leeren Flaschen in der Küche. Ein paar Bierflaschen standen auf der Arbeitsfläche, einige leere Schnapsflaschen lagen in einer Holzkiste. Von den Weinflaschen ganz zu schweigen. Hatte er das alles getrunken? Er bekam Angst vor sich selbst.

Er wusste, was er tun sollte. Und dennoch verharrte er in seiner Position, unfähig, sich zu bewegen, endlich den ersten Schritt zu tun. Warum war er so, wie er war? Wieso stand er sich selbst immer im Weg und boykottierte alles, was gut in seinem Leben war? So wie Pia. Er hatte seine Freundin behandelt wie den letzten Dreck.

Sein Entschluss stand fest. Er würde nie wieder trinken. Auch wenn der Alkohol half, das Gedankenkarussell zur Ruhe zu bringen, die kritischen Fragen zum Leben, zur Arbeit, zur Zukunft in den Hintergrund zu stellen und die Realität halbwegs zu ertragen. Doch zu welchem Preis?

Endlich gab er sich einen Ruck, gedanklich und körperlich. Er machte einen Schritt zur Arbeitsplatte, griff eine der Wodkaflaschen, drehte den Schraubverschluss auf und goss den Inhalt in das Spülbecken. Angewidert verzog er die Nase. Es roch ekelig, sein Magen krampfte sich zusammen. Wider Erwarten war es eine Genugtuung, zuzusehen, wie der Alkohol im Ausguss verschwand. Es fühlte sich an, als würden mit dem Ausschütten des Alkohols alle negativen Gedanken verschwinden.

Er griff zur nächsten Flasche, wiederholte das Prozedere. Er stellte die leeren Flaschen auf den Tisch, begann, die Schubladen aufzureißen, auf der Suche nach den Abfallsäcken für Glas. Er fand sie im Vorratsraum. Bei jeder Handbewegung dachte er an Pia. Er konnte das Geschehene nicht rückgängig machen, aber er konnte ihr Andenken in Ehren halten. Das wollte er von nun an tun.

Im Vorratsraum entdeckte er weitere Spirituosen. Geburtstagsgeschenke von seinem Chef. Eigentlich zu schade, um sie zu entsorgen, doch für Kompromisse war kein Platz. Wenn er sie nicht wegwarf, würde er sie in einem einsamen und verzweifelten Moment trinken. Und dann? Würde er dann tatsächlich zum Mörder werden? Was wusste er, was in seinem Gehirn vorging, zu welch seltsamen und verwirrten Gedanken und Taten er fähig war? Das durfte er nicht riskieren. Nie wieder wollte er einen Filmriss erleben.

Das Gefühl, für einen Moment zu glauben, Pias Mörder zu sein, hatte etwas in ihm verändert. Was etliche Gespräche mit seinem Vater, mit Lehrern, selbst mit seinem Chef nicht geschafft hatten, hatte Pias Tod bewirkt.

Er schloss die Augen, sie brannten gefährlich, doch wieder kamen keine Tränen. Er war ein Idiot, ein Versager, ein Kretin. Er hatte nicht verdient zu leben, während seine Freundin in einem dunklen Grab lag. Umgeben von Dunkelheit, Erde, Würmern und anderen Tieren. Es gab nur dann Erlösung für ihn, wenn er herausfand, was in der Nacht tatsächlich passiert war.

Die Polizisten hatten ihm in groben Zügen erzählt, was sie ermittelt hatten. Den Rest kannte er aus Zeitungsartikeln. Verstehen konnte er es dennoch nicht. Seine Freiheit hatte er nur einem zweiten Überfall zu verdanken. Eine weitere junge Frau, in Pias Alter, war tot. Auch daran fühlte er sich schuldig.

In seinem Kopf formte sich der Gedanke, dass der zweite Täter durch die Berichterstattung über Pia auf die Idee gekommen war, seiner Freundin aufzulauern. Er hatte das den Polizisten erzählt und es kurz darauf bereut. Noch immer dröhnte ihm der Satz in den Ohren: »Haben Sie jemanden bezahlt, der den zweiten Überfall arrangiert?« Dass diese Idee nicht weiterverfolgt wurde, verdankte er der Tatsache, dass er keinerlei Kontakte zur Außenwelt gehabt und niemanden informiert haben konnte.

Er setzte seine Aufräumaktion fort. Er brauchte vier grüne Säcke, um die Flaschen zu verstauen, und stellte sie vor die Wohnungstür, um sie später auf die Straße zu bringen. Dann packte er die Pfandflaschen in den Weidenkorb und stellte sie neben die Plastiktütenparade. Wie oft hatte Pia das gemacht? Er hatte all ihr Tun als selbstverständlich empfunden, war nie auf die Idee gekommen, dass etwas anders sein müsste. Sie hatte gewusst, was er brauchte, was er mochte. Er musste nie um etwas bitten, sie hatte gekocht, was er mochte, sie hatte das Waschmittel benutzt, das er liebte, es gab nichts, was er bemängeln musste.

Er sah sich um, es sah schon besser aus. Doch noch immer stapelte sich das Geschirr von dem Tag, als er in Untersuchungshaft musste, auf der Arbeitsplatte. Er begann, das Wasser ins Spülbecken laufen zu lassen, und gab ein paar Spritzer Spülmittel hinzu. Tränen sammelten sich in seinen Augen. Die ersten Schritte zu seiner Veränderung eingeleitet zu haben, bewirkte, dass er loslassen konnte. Er schluchzte und stützte sich auf die Arbeitsplatte. Langsam ließ er sich auf den Boden gleiten und brach weinend zusammen.

Wie lange er dort gehockt hatte, wusste er nicht. Irgendwann versiegte der Tränenstrom. Er trocknete seine Augen mit der Hand, nahm ein Stück Küchenpapier, um sich die Nase zu putzen, und begann zu spülen. Er nahm das schmutzige Geschirr, tauchte es in das Wasser ein und bearbeitete kraftvoll jeden Teller, jede Tasse und jedes Besteckteil mit der Spülbürste. Zum Abtropfen stellte er es auf das pinkfarbene Abtropfgitter. Pink. Damals hatte es Streit gegeben, als Pia damit gekommen war. Er hatte gesagt, dass er kein Pink in der Wohnung duldete. Sie hatte widersprochen, war so ausgelassen gewesen, kam von einem Einkaufsbummel mit ihrer Freundin Sabrina. Sie hatte gelacht, ihr lautes, befreiendes Lachen, das ansteckend gewesen war, sah so glücklich aus. Sie sagte, dass es ein wunderbarer Farbtupfer in der düsteren Wohnung sei und er sich daran gewöhnen würde.

Er hatte ohne Vorwarnung zugeschlagen. Eine harmlose Ohrfeige. Wie immer hatte er seine Kraft unterschätzt und sich gewundert, warum sie gegen die Wand getaumelt war. Er hatte sich umgedreht und war ins Schlafzimmer gegangen. Hatte den Fernseher angestellt, Fußball geschaut und war dabei eingeschlafen. Ein ganz normaler Abend. Am nächsten Morgen war er aufgestanden, ins Badezimmer gegangen, später in die Küche. Er war stolz, jeden Morgen pünktlich aufzustehen – egal, wie viel er getrunken hatte oder wie spät er ins Bett gegangen war. Pia hatte ihm immer den Kaffee bereitet, ihm Brötchen geschmiert und ihn ansonsten in Ruhe gelassen.

Er mochte so früh nicht reden, brauchte die Stille, um sich auf den Tag vorzubereiten. In der Schreinerei musste er keine weltbewegenden Entscheidungen treffen. Aber er musste sich den Kollegen gegenüber behaupten. Die richtigen Erwiderungen auf flotte Sprüche finden, das kostete Kraft, er war immer auf der Hut, er durfte sich keine Blöße erlauben. Jeder Fehler kostete Respekt. Er hatte sich eine Stellung erkämpft, die er nicht freiwillig hergab. Da waren hartgesottene Sprüche an der Tagesordnung, Schwäche durfte man nicht zeigen. Er war ein Macher. Ein Anführer. Er brauchte die Anerkennung, die Bewunderung.

Bei Pia konnte er manchmal loslassen, aber in letzter Zeit hatte er Angst gehabt, dass sie ihn nicht mehr ernst nehmen würde. Jedes Mal, wenn er Schwäche erlaubte, hatte er Pia unterdrücken müssen. Zeigen, wo der Hammer hängt, hatte er in der Werkstatt immer erzählt. Mehr nicht. Aber alle wussten, was er meinte. Er war der Mann im Haus.

Während er Teller für Teller abwusch, lächelte er. Wenn Pia ihn jetzt sehen könnte. Akribisch achtete er darauf, dass er einen Teller nach dem anderen ordentlich in die Abtropfrillen stellte. Einige Verkrustungen waren so fest, dass er kräftig schrubben musste, um sie aufzulösen. Eine neue Erfahrung, seine Kraft zu nutzen, um nichts kaputt zu machen. Auch in der Schreinerei war er derjenige, der nichts neu erschuf, sondern die Hilfsarbeiten für alle anderen erledigte.

Hilfsschreiner – das Wort sagte alles und sah nicht vor, dass man Möbelstücke kreierte. Wenn man ihn lassen würde, dachte er oft, hätte er sicherlich etwas Tolles hergestellt. Er war davon überzeugt, die anderen leider nicht. Als er die Idee mal seinem Chef unterbreitete, hatte der schallend gelacht. Lukas war wütend gewesen, hatte sich beim Feierabendbier in der Werkstatt nichts anmerken lassen. Und hatte sich überreden lassen mitzukommen.

»Da gibt es Mädchen. Hübsche Mädchen«, hatte Paule gesagt, und der Chef meinte, die erste Runde ginge auf ihn. Für Lukas war es der erste Besuch in der »FKK-Bar« gewesen.

Eigentlich war es eine ganz normale Bar, nur dass die Mädchen, die bedienten, etwas offenherziger gekleidet und besonders nett waren. Lukas gefiel das. Er hatte sich wie ein echter Mann gefühlt, sie gaben ihm das Gefühl, er sei etwas Besonderes. An dem Abend hatte er einen halben Monatslohn dort ausgegeben. War das der Anfang vom Ende gewesen? Pia hatte er erklärt, dass der Chef seine Stunden gekürzt hatte.

Wieder hielt er inne und versuchte, die Tränen zurückzuhalten. Das Geschirr war sauber. Er blickte auf den Boden, er sollte saugen und putzen. Wieder brauchte er ein paar Minuten, um die Gedanken in die Tat umzusetzen. Auf der Suche nach dem Staubsauger stolperte er über das Altglas und beschloss, erst einmal die Säcke vor das Haus zu stellen.

Als er zurückkam und in die Wohnung gehen wollte, öffnete Herr Weber von gegenüber die Tür. Er war ausgehfein, wie Lukas bemerkte, und der letzte Mensch, den er jetzt sehen wollte.

Sie schauten sich eindringlich an, niemand sagte etwas, bis Weber kurz nickte. »Es ist ein zweiter Mord passiert.«

Lukas verzichtete auf eine Erwiderung, wagte auch nicht, in Webers Gesicht zu blicken. Seine Augen brannten, Weber würde glauben, vom Alkohol. Würde er an seiner Stelle auch.

»Deshalb hat man Sie laufen lassen?«

Lukas brummte etwas.

»Es tut mir leid«, sagte Weber. Was genau ihm leidtat, sagte er nicht. Lukas fragte nicht. Es war nicht wichtig.

»Ich trinke nicht mehr«, sagte er plötzlich. Der Satz hing in der Luft.

Weber blickte auf. »Gute Entscheidung.«

»Ja.«

Weber, der einen Regenschirm in der Hand hielt, zögerte, weiterzugehen. Die Situation war absurd.

Lukas drehte sich zu seiner Wohnungstür und versuchte, den Schlüssel ins Schloss zu stecken. Er zitterte, brauchte drei Anläufe, bis er endlich aufschließen konnte. Im Türrahmen drehte er sich noch einmal um. »Ich weiß, dass ich schuldig bin. Ich kann nicht ändern, was passiert ist, aber ich kann *mich* ändern. Das bin ich Pia schuldig. Und Sie«, seine Stimme wurde lauter, »Sie müssen den Mörder finden. Das sind *Sie* ihr schuldig.«

Weber schaute erstaunt auf, verzog keine Miene, drehte sich um und ging wortlos aus dem Haus.

Lukas knallte die Tür ins Schloss, lehnte sich erschöpft an und schloss die Augen. Er atmete tief durch. Sein Blick fiel auf den Boden. Weitermachen, befahl er sich, raffte sich auf und suchte den Staubsauger. Er wusste wirklich nicht, wo der normalerweise war, da er ihn noch nie benutzt hatte. Im Schlafzimmer wurde er fündig, in einer Lücke zwischen Wand und Kleiderschrank. Er schüttelte den Kopf über seine Unwissenheit. Die nächste Herausforderung bestand in der Inbetriebnahme. Es dauerte, bis er verstand, dass sich das Kabel erst auf Knopfdruck löste.

Der Sauger war ein gebrauchtes Stück von Pias Mutter, hatte bereits ein paar Jahre auf dem Buckel und war sehr laut. Jetzt verstand Lukas, warum Pia sich einen neuen Sauger gewünscht hatte. Dafür gäbe er kein Geld aus, hatte er immer gesagt.

Er hätte es ja auch nicht gehabt, gab er nun kleinlaut zu. Er saugte akribisch die komplette Wohnung, nahm sogar die Teppichbürste ab und reinigte mit dem Rohr die Ecken auf dem Boden und an der Decke. Als er fertig war, setzte er sich völlig erledigt auf das Sofa.

Es war so still. Weder Radio noch Fernseher liefen im Hintergrund. Die absolute Lautlosigkeit bedrückte ihn, er nahm die Fernbedienung zur Hand und drückte auf eine Taste. Es lief eine Kochshow im Fernsehen – normalerweise hätte er auf der Stelle umgeschaltet, doch heute war nichts normal. Es war der erste Tag seines neuen Lebens. Veränderungen standen an, er wollte andere Wege gehen. Warum nicht auch mal eine Show im Fernsehen laufen lassen, für die er sonst nur Spott übrig gehabt hätte. Vielleicht lernte er etwas dabei, essen musste er schließlich auch.

Glücklicherweise war der Kühlschrank noch voll mit Lebensmitteln. Dass Pia kein Bier gekauft hatte, empfand er als glückliche Fügung. Und im Geheimversteck im Eisschrank befanden sich drei Einhundert-Euro-Scheine, der Notgroschen. So unmittelbar nagte er nicht am Hungertuch.

Die ungewohnte Tätigkeit des Aufräumens und Saubermachens half, seiner Hilflosigkeit ein Ventil zu geben, verhinderte aber nicht seine Gedankenflut.

Die Polizisten hatten ihm nicht erzählt, warum Pia allein im »Club 16« gewesen war. Er musste unbedingt mit Sabrina sprechen und hoffte von ganzem Herzen, dass sie mit ihm reden würde.

Er dachte an seinen Chef, der nichts mit ihm zu tun haben wollte. Die Kollegen würden nicht anders reagieren. Wie sollte er vorgehen, damit Sabrina ihm nicht sofort die Tür vor der Nase zuschlug? Die Taktik, sie persönlich aufzusuchen, war sicher besser, als zu telefonieren. Er musste nur die Zeit bis zum Nachmittag totschlagen, vor fünf würde er sie nicht erreichen.

Er zuckte zusammen, als es klingelte. Beim letzten Mal, als es unerwartet geklingelt hatte, war er verhaftet worden. Langsam erhob er sich und schlich zur Tür. Jetzt bereute er, dass er Pias Drängen nicht nachgegeben und eine Sicherheitskette angebracht hatte.

Bevor er öffnete, holte er noch einmal tief Luft. Zehn Zentimeter. Weiter öffnete er nicht, bis er sah, wer vor ihm stand. Er kam nicht dazu, etwas zu sagen, denn Sabrina drängte sich energisch an ihm vorbei.

»Gut, dass du da bist. Dachte schon, du bist irgendwo in einer Kneipe.«

Lukas war völlig perplex. »Sa… Sabrina!«, stotterte er. »Das ist irre. Du wirst es nicht glauben, aber ich habe gerade an dich gedacht. Ich muss mit dir reden.«

Abrupt drehte sie sich um. »Du musst mit mir reden? Worüber?«

Er schloss die Tür und bat Sabrina ins Wohnzimmer. »Bitte setz dich.« Er blieb stehen und wechselte unruhig von einem Bein auf das andere. »Sabrina, es tut mir alles sehr leid. Aber ich habe Pia nicht umgebracht. Das musst du mir glauben.«

»Wenn ich glauben würde, dass du ein Mörder bist, wäre ich dann hier?«

Er blieb stumm. Er wollte fragen: Was willst du dann von mir? »Niemand will etwas von mir wissen, alle lassen mich fallen, und du, ausgerechnet du, suchst den Kontakt zu mir?«

Er hatte den letzten Satz laut gedacht, Sabrina schaute ihn eindringlich ein, es lag etwas in ihrem Blick, das er nicht deuten konnte.

»Du riechst nicht nach Alkohol. Hier ist es aufgeräumt. Bist du das gewesen? Oder hast du schon eine Neue?«

Entsetzt antwortete er: »Was denkst du von mir? Ich … Ich trinke nicht mehr. Ich habe jeden Tropfen Alkohol weggeschüttet, das Altglas entsorgt, gespült und gesaugt. Zum Putzen bin ich noch nicht gekommen. Aber es wird.« Nach einer Pause sagte er: »Sie fehlt mir. Auch wenn ich sie nicht umgebracht habe, fühle ich mich schuldig an ihrem Tod. Wir haben uns gestritten. Ich habe etwas gemacht, das ich sehr bereue.«

»Ich habe sie im Stich gelassen. Wäre ich bei ihr geblieben …«, erwiderte Sabrina. Sie sprach ihren Satz nicht zu Ende.

»Ich will herausfinden, was passiert ist«, entgegnete Lukas. »Warum war sie allein im ›16‹? Hattet ihr euch gestritten?«

»Ein Kaffee wäre jetzt gut«, sagte Sabrina, anstatt auf seine Frage zu antworten.

Lukas zögerte einen Moment. »Ja natürlich. Ich denke, das kriege ich hin.« Er ging in die Küche und schaute sich suchend um.

Sabrina war ihm gefolgt und lächelte, als sie ihn so hilflos sah. »Oder soll ich? Ich kenne mich besser aus.«

»Nein. Aber wenn du weißt, wo alles ist, kannst du es mir sagen. Ich habe noch nie Kaffee gekocht.«

»Sie hat extra für dich aufgebrüht, weißt du das? Lukas mag ihn so am liebsten. Und es riecht so toll, hat sie gesagt. Sie hat dich wirklich geliebt. Sonst hätte sie dir nicht immer wieder verziehen und dich schon viel früher verlassen. Ich habe es nie verstanden, aber sie hat in dir etwas gesehen, das mir verborgen geblieben ist.«

Sabrina zeigte ihm, wo der Kaffee stand, wies mit dem Finger auf den Wasserkocher und holte aus dem Schrank den weißen Porzellanfilter.

»Der ist von meiner Oma«, sagte er.

»Ich weiß«, antwortete Sabrina. Es glitzerte gefährlich in ihren Augenwinkeln. Sie holte ein Taschentuch aus ihrer Tasche und schnäuzte sich verstohlen.

Lukas widmete sich dem Wasserkochen, setzte eine Filtertüte ein und gab vier Löffel Kaffeepulver hinein. »Das ist richtig, oder? Pro Tasse einen Löffel und einen für die Kanne?«

»Korrekt«, sagte Sabrina. Ihre Stimme klang rau, sie räusperte sich. Endlich begann sie zu erzählen. »Ich habe der Polizei gesagt, dass ich müde war. Deshalb bin ich früher gegangen. Aber das stimmt nicht ganz.«

Lukas blickte auf, wartete, dass sie weitersprach.

»Ich hatte einen furchtbaren Tag. Stress im Büro, Streit mit einer Kollegin und dann noch Ärger mit meinem Chef, weil ich Mist gebaut hatte. Ich habe Pia immer gesagt, dass ich ihr helfe, wenn sie mit dir Schluss macht und wenn sie einen Schlafplatz braucht. Dass das ausgerechnet an diesem Tag war, war echt blöd. Natürlich hielt ich mein Versprechen. Ich habe sie nach der Arbeit abgeholt, sie stand schon mit dem Koffer vor dem Haus und hat auf mich gewartet. Am Telefon hatte ich gesagt, dass wir das feiern sollten. Essen gehen und danach tanzen, das war aber vor dem Streit mit meinem Chef gewesen. Sie hatte sich schon richtig rausgeputzt. Sie sah toll aus. Ich glaubte, dass meine schlechte Laune verfliegen würde, wenn wir erst mal losgezogen wären.«

Wieder schnäuzte sie sich.

»Zu Hause erlebte ich dann die nächste böse Überraschung. Ein Schreiben eines Abmahnanwalts. Totaler Blödsinn, aber im ersten Moment war ich wirklich geschockt. Ehrlich gesagt wäre mir mehr nach einem ruhigen Abend vor dem Fernseher gewesen. Aber das wollte ich Pia nicht antun, sie hatte endlich den Entschluss gefasst, ihren Freund zu verlassen, und das wollte ich nicht einfach so übergehen.«

Es war ein seltsames Gefühl für Lukas, dass jemand über ihn wie über eine nicht vorhandene Person sprach. Jedes Wort gab ihm einen Stich. Was war er für ein Ungeheuer gewesen, ein Arschloch. Und dennoch war Pia bei ihm geblieben. Wenn sie doch nur seine Veränderung erleben könnte! Die Tage in Untersuchungshaft hatten ihm aufgezeigt, wo es mit ihm hinging, wenn er so weitermachen würde. Warum musste erst Pia sterben, bis er das kapierte? Sabrina ging es auch nicht gut. Sie war das personifizierte schlechte Gewissen. Im Grunde genommen saßen beide im selben Boot.

Das Wasser war durchgelaufen, der Kaffee fertig. Lukas machte sich auf die Suche nach Tassen. Er nahm zwei rote Becher, goss den Kaffee ein.

»Lass uns ins Wohnzimmer gehen«, bat er. »Erzähl mir, was passiert ist. Ich kenne nur die halbe Wahrheit. Die Polizisten waren sehr verschlossen.«

Er drängte sie nicht weiter. Als sie ihm gegenübersaß, blieb sie erst einmal stumm. Sie tranken den Kaffee, der erstaunlich gut schmeckte. Lukas spürte Stolz in sich aufsteigen, bevor das schlechte Gewissen ihn einholte. Solche Gefühle waren hier gänzlich fehl am Platz.

»Es lief völlig quer. Das habe ich noch nicht einmal den Kriminalkommissaren erzählt. Als wir essen waren, war noch alles gut. Aber Pia war so aufgedreht, wie aufgeputscht. Sie hat erzählt und erzählt, was sie nun alles vorhabe, wie sie ihr Leben gestalten würde. Was sie alles ändern wollte. Sie hat gar nicht mitbekommen, dass ich kaum etwas gesagt habe. Ich war Staffage, mehr nicht. Sie hätte auch mit einer Puppe reden können, es hätte keinen Unterschied gemacht, weder für mich noch für sie. Irgendwann wurde ich immer mauliger. Freundschaft bedeutet doch, füreinander da zu sein, und scheiße, ja, auch ich hab mal Probleme. Das kannte sie wahrscheinlich nicht von mir.« Sabrina stierte in die Luft, atmete schwer, bevor sie weitersprach. »Zum Essen haben wir eine Flasche Wein bestellt, wobei ich nur an einem Glas genippt habe, vorher hatten wir den Aperol, zum Anstoßen auf ihr neues Leben.«

Lukas hörte schweigend zu. Angespannt presste er die Lippen aufeinander.

»Sie war angetrunken, total aufgedreht. Und wollte tanzen. Ich hatte es ihr versprochen, doch ich hätte mir gewünscht, dass sie mich noch mal fragt. Vergebens. Dann hat sie geflirtet. Am

Nebentisch saßen zwei junge Männer, und die haben uns auch irgendwann angesprochen. Die kamen nicht von hier, konnte man am Dialekt hören. Ich habe Pia noch nie so erlebt. Sie hat sich ins Zeug gelegt, geflirtet, was das Zeug hielt. Das war schon peinlich. Als die vorschlugen, noch woandershin zu gehen, habe ich versucht, mich auszuklinken, das abzuwehren. Auch da hatte ich immer noch gehofft, dass Pia das doch merken musste. Aber sie war völlig überdreht. Sie haben mich überrollt, als wäre ich gar nicht anwesend. Ich hatte versprochen, Pia einzuladen, und habe mein Wort gehalten, die Rechnung angefordert und bezahlt. Dann sind wir noch in eine Bar, ich stand wie das fünfte Rad am Wagen neben den dreien. Ich wollte nach Hause, wollte, dass dieser Abend endlich vorbei ist. Aber Pia war so voller Lebensfreude. Nein«, korrigierte sie sich, »Lebenshunger ist der bessere Ausdruck. Sie wirkte völlig ausgehungert. Die Typen waren ja ganz nett, aber auf Dauer ziemlich nervig. Dann hatte sie genug und wollte endlich tanzen. Ich hatte mich damit abgefunden, aber diese Trottel wollte ich nicht dabeihaben. Auf der Toilette habe ich ihr gesagt, dass wir gern noch in den ›Club 16‹ fahren könnten, aber nur wir beide. Ich wollte meinen Frust abtanzen. Wir haben uns dann von den beiden verabschiedet und sind ins ›16‹ gefahren. Ich hatte bis auf den Aperol und einen Schluck Wein nichts getrunken.«

Sie holte tief Luft.

»Aber dann kam alles ganz anders.« Sabrina schaute Lukas hilfesuchend an. »Wie soll ich es nur erklären? Ich war überarbeitet, genervt, müde und überfordert. Ich hätte sie bitten müssen, mit mir nach Hause zu fahren. Warum ich es nicht getan habe, weiß ich nicht. Wenn ich darauf bestanden hätte, dann wäre ihr nichts passiert. Sie würde noch leben.«

Jetzt schluchzte Sabrina hemmungslos. Ihre Schultern zuckten, ihr Körper bebte.

Lukas stand hilflos auf, stellte sich neben sie, unschlüssig, wie er reagieren sollte. »Sabrina, ich …« Er brach ab. Alles, was er sagen wollte, klang abgedroschen, hörte sich an wie aus einer drittklassigen Schnulze. Stattdessen ging er in die Küche, setzte eine zweite Kanne Kaffee auf. Dabei dachte er an Pia. Wie sie sich die letzten Stunden ihres Lebens gefühlt haben mochte. Versuchte, sich in sie hineinzudenken. Widersprüchliche Gefühle versetzten ihn in Unruhe, derer er nicht Herr wurde. Pias Lebenshunger. Er sah sie vor sich. Es war nicht schwer, so hatte er sie kennengelernt. Er hatte aus ihr eine verunsicherte Frau gemacht. Weil er Angst gehabt hatte, dass sie ihn verlassen könnte, wenn sie feststellte, dass er gar nicht so ein toller Typ war, wie er ihr immer gern vorgemacht hatte. Er wollte sie von ihm abhängig machen, damit sie bei ihm blieb.

Plötzlich stand Sabrina hinter ihm. »Sie hat dich trotz allem geliebt. Sie hat in dir immer nur das Gute gesehen. Als ich sie abgeholt habe, sind wir durch die Bahnhofstraße gefahren. Da gab es einen Unfall mit einem Kind auf einem Fahrrad.«

Lukas erinnerte sich. Da war er auf dem Weg in die nächste Kneipe gewesen. Viel zu viele Autos, Fahrradfahrer dazwischen, die sich in den seltensten Fällen an die Verkehrsregeln hielten und bei Rot über die Straße fuhren. Ungeduldige Autofahrer, zwei Busse, die vom Postplatz in die Bahnhofstraße abbiegen wollten. Und dazwischen ein kleiner Junge, der ewig wartete und irgendwann abbog. Der BMW-Fahrer hatte ihn nicht gesehen, war angefahren und hatte den Jungen touchiert. Lukas war hingelaufen, hatte helfen wollen.

»Sie hat gesagt, schau, da ist Lukas. Immer bereit zu helfen. Das ist die andere Seite in ihm.«

Sabrina flüsterte den Satz, trotzdem drang Lukas jedes Wort überdeutlich an seine Ohren. Sein Gehirn arbeitete auf Hochtouren. Ja, daran erinnerte er sich, das war kurz nachdem er am Geldautomaten gewesen war. Er schloss die Augen.

»Hast du deine Tasse mitgebracht?«, fragte er, seine Stimme klang rau und brüchig.

Ohne ein Wort hielt Sabrina ihm ihre Tasse hin.

»Was ist im Club passiert?«, fragte er, während er den Kaffeerest in ihrer Tasse ausschüttete und darauf wartete, dass der letzte Aufguss durch den Filter lief.

»Es war viel los. Du kennst das ja. Wie immer donnerstags. Die Musik war gut, Pia lief sofort auf die Tanzfläche. Ich hab mich an die Theke gestellt, ein Wasser bestellt und zugeschaut.

Um diese Zeit waren schon viele von den Weihnachtsfeiern da, angeheitert und locker drauf. Neben mir saß so ein Mann, der aussah, als wenn es ihm genauso wie mir ging. Nur dass er Bier trank. Er hat mich angesprochen, ob ich keine Lust zu tanzen hätte. Ich habe sofort gemerkt, dass er mehr als ein bisschen getrunken hatte, seine Zunge gehorchte ihm nicht mehr ganz. Aber er schien ein netter Typ zu sein. Ich hatte allerdings immer noch keine Lust, mich zu unterhalten. Das hat ihn aber nicht gestört. Hat mir was von Stress mit seiner Frau erzählt und wie toll er Weihnachten als Kind gefunden hatte. Aber jetzt wäre alles so kommerzialisiert. Der hatte Weltschmerz und eine Sinnkrise vom Feinsten. Dann hab ich beobachtet, wie Pia von einem Typen angemacht wurde, der dann vom Türsteher hinausbegleitet wurde. Sie kam zu mir, bestellte einen Prosecco und fing mit dem Mann neben mir an zu flirten. Ehrlich gesagt hatte ich ab da genug. Ich habe sie gefragt, ob sie mit nach Hause will, aber sie hat einen Schmollmund aufgesetzt, und ich bin gegangen.«

Der Kaffee war fertig. Lukas schüttete nach. »Wer war der Mann?«

»Ich kannte ihn nicht.«

»Hat die Polizei denn nicht nachgeforscht?«

»Bestimmt. Sie sind sicher allen Hinweisen nachgegangen. Auch wenn es damals keinen Zweifel an deiner Schuld gab.« Sie machte eine Pause und suchte nach Worten. »Du weißt schon. Es war allen klar, dass du derjenige sein musstest.«

In der Stille, die auf ihre Worte folgte, hätte man eine Stecknadel zu Boden fallen hören können.

»Aber jetzt ist alles anders. Man hat dich freigelassen. Du hast sie nicht überfallen und erstochen. Vielleicht können wir ihren Mörder finden. Ich habe gehört, dass du in der Nähe gewesen bist. Jemand hat dich dort gesehen.«

Lukas schaute sie traurig an. »Wie soll ich helfen? Ich weiß nichts mehr von dem Abend, mein Alkoholgehalt war ordentlich. Zeitweise habe ich sogar bezweifelt, ob ich sie nicht doch … Wie ich es drehe und wende, es ist ein Alptraum. Meine Erinnerung ist weg. Der Alkohol macht mich kaputt.

Deshalb der Entschluss, mein Leben zu ändern. Das macht sie nicht wieder lebendig, aber …«

Wieder brach er ab.

»Vielleicht finden wir etwas, das uns zu ihrem Mörder führt. Heute ist wieder *Groove-Night*. Wenn wir heute Abend in den Club gehen, fällt uns vielleicht etwas auf. Was meinst du?«, fragte Sabrina und blickte ihn erwartungsvoll an.

Lukas wusste nicht, was er davon halten sollte.

»Ich hole dich um Viertel vor zehn ab. Vorher ist dort nichts los, um diese Uhrzeit ist es aber auch noch nicht zu voll. Wir hätten eine gute Chance, jeden zu beobachten, der hereinkommt.« Sabrina stellte ihre Tasse ab und ging zur Haustür. »Dann ist ja alles klar. Wunderbar. Bis heute Abend.«

***

Weber starrte seinem Nachbarn mit offenem Mund hinterher. Was hatte er von Schuld gesagt? Hatte dieser Typ wirklich aufgehört zu trinken? Seine Sätze klangen wie das unsinnige Gerede eines Betrunkenen. Er sah aus, als habe er die Nacht durchgemacht, wirkte mit seinen rot unterlaufenden Augen völlig verkatert. Doch er roch nicht nach Alkohol oder Schweiß, ganz im Gegenteil, er hinterließ einen Duft von Orange und Blumen.

Was bildete er sich ein, ihm Schuld am Tod seiner Freundin vorzuwerfen? Bis vorgestern waren alle überzeugt, dass Lukas Grimm der Täter war. Dass man eine zweite Frau auf ähnliche Art überfallen hatte, bewies nicht, dass er unschuldig war. Es hieß nur, dass die Beweise nicht ausreichten, um ihn weiterhin festzuhalten.

Weber gab sich einen Ruck und ging weiter. Er wollte Jeannette nicht warten lassen. Doch der Vorwurf ging ihm nicht aus dem Kopf. Vorgestern noch hatte er gedacht, dass dieser Lukas seine Freundin getötet hatte. Das Treffen gerade hatte ihn überzeugt, dass er unschuldig war.

Grimms Vorsatz, das Trinken aufzugeben und sein Leben zu ändern, war der erste Schritt. Auch wenn es Pia nicht wieder lebendig machte. Doch Lukas war ein junger Mann, der sein Leben noch vor sich hatte. Er musste etwas ändern. Wenn er das von selbst erkannte, standen die Chancen gut, dass er es schaffen würde. Zusätzlich sollte er noch einen Kurs besuchen, um seine Gewaltbereitschaft in den Griff zu bekommen. In Ludwigshafen gab es eine Einrichtung, da könnte Weber sich den jungen Mann gut vorstellen.

Warum mischte er sich wieder in das Leben anderer ein? Das war schon bei dem jungen Mädchen schiefgegangen. Die Karte der Hilfseinrichtung hatte sie genommen, ohne daraufzuschauen. Er war sich sicher, dass sie nie dort angerufen hatte.

Was hätte er noch tun müssen, um dieses Unglück zu verhindern? Wie hätte er Pia Renner retten können? Hatte er nicht alles versucht? Dennoch fühlte er sich allein deshalb schuldig, weil er sie nicht gemocht hatte. Hätte er, wenn Jeannette in der gleichen Situation wie Pia gewesen wäre, auch nur einen Zettel mit einer Notrufnummer weitergegeben? Die Frage tat weh, denn die Antwort war klar. Nein, bei Jeannette hätte er ganz anders reagiert. Er hätte Himmel und Hölle in Bewegung gesetzt, wäre aktiv geworden und hätte wahrscheinlich den Freund zur Rede gestellt.

Er sah die Altglastüten, die Lukas auf die Straße gestellt hatte, und erkannte diverse Alkoholflaschen. Grimm hatte nicht gelogen – hoffentlich hielt sein Vorsatz an. Zumindest war es ein Schritt in die richtige Richtung, den der junge Mann jetzt gewagt hatte. Eventuell konnte er ihm helfen. Zumindest würde er ihn im Auge behalten und sich Mühe geben.

17

Zum ersten Mal betrat Hartmut die Buchhandlung »Osiander« in der Wormser Straße. Es war ein großes, historisches Gebäude aus dem Jahr 1778 mit einem wundervollen, runden Eingangstor. Die ebenfalls runden Holztüren waren zur Seite geklappt und gaben den Blick auf eine moderne automatische Glastür frei.

Als Hartmut eintrat, dachte er: Was für eine riesige Buchhandlung! Es roch angenehm nach Papier, die Thementische luden zum Stöbern und Hineinschauen ein. Er widerstand dem Drang, den Ständer mit den Grußkarten durchzusehen. Sofort waren ihm zwei Motive ins Auge gefallen, die ihm gut gefielen. Sein Blick fiel auf den Aufsteller, der über den Wochenmenüplan des Cafés informierte. Er hoffte, dass sein alter Freund schon da war. Er hasste es, auf jemanden zu warten, andersherum war es ihm sehr viel lieber.

Seine Kalkulation ging auf. Als er im Café ankam, saß Weber bereits an einem der schmalen Tische und schaute immer wieder zur Uhr.

»Alla, mein Freund. Schön, dich zu sehen. Hast du wieder Elwedritsche im Domgarten gejagt?«, begrüßte Weber ihn. Beide lachten bei der Erinnerung an ihr Wiedersehen.

»Das ist aber sehr nett hier«, sagte Hartmut. »Und das Essen sieht gut aus, vor allem riecht es gut. Was steht heute auf dem Speiseplan?«

»Saumagen. Magst du doch, wenn ich mich richtig erinnere. Auch mit Salat?«, fragte Weber, als die Bedienung sich nach ihren Wünschen erkundigte.

Kurze Zeit später stand das Essen vor ihnen, und Hartmut nickte anerkennend. »Wenn es so gut schmeckt, wie es aussieht, bin ich zufrieden. Du hast recht, das ist besser, als zu Hause für sich allein zu kochen. Und hier gibt es wenigstens etwas zu schauen. Nicht nur alte Menschen mit Rollatoren. Alt bin ich selbst, da tut es gut, auch junge Menschen um sich zu haben.«

Schon bald kamen sie auf die aktuellen Morde zu sprechen.

»Dann wäre dein Nachbar aus dem Schneider, oder?«, schlussfolgerte Hartmut aus Webers Darstellung.

»Sie haben ihn aus der U-Haft entlassen. Ich habe ihn im Hausflur getroffen. Er hat keine Erinnerung an den Abend beziehungsweise an die Nacht, als seine Freundin überfallen und erstochen wurde. Er ist völlig gebrochen, hat mir gesagt, dass er mit dem Trinken aufgehört hat. Er wirkt geläutert und hat mich angefleht, ihm zu glauben, dass er nichts mit Pias Tod zu tun hat. Ein Bild der Trauer. Echt schlimm.«

»Glaubst du ihm, dass er sich an nichts erinnern kann? Ist das realistisch, oder tut er nur so, um sich eventuell vor einer schweren Strafe zu schützen, falls sie ihn doch überführen?«

»Ich glaube nicht, dass er sich so eine Geschichte ausgedacht hat. Er wirkt nicht dumm, ist aber auch keine Intelligenzbestie. Und wer sollte dann deiner Meinung nach das zweite Mädchen überfallen haben?«, fragte Weber.

»Das war dann ein Trittbrettfahrer, der sich einer unliebsamen Person entledigt hat. Oder aber vielleicht ein guter Freund von deinem Nachbarn, der so beweisen wollte, dass der Junge unschuldig ist.«

Weber hielt im Kauen inne. »Das ist jetzt aber weit hergeholt. Wie kommst du denn auf so eine Idee?«

Hartmut grinste. »Ist nicht allein auf meinem Mist gewachsen. Melanie hat mich darauf gebracht. Wir haben natürlich über die Fälle gesprochen. Ich mache mir ja Sorgen, weil sie in diesem Club arbeitet. Und beide Opfer waren auch da.«

»Na ja, aber die Wahrscheinlichkeit, dass sie in derselben Boutique oder beim selben Bäcker eingekauft haben, ist in Speyer hoch. Da muss man nicht unbedingt einen Zusammenhang vermuten. Ist halt eine kleine Stadt.«

»Klein, aber schön«, antwortete Hartmut. »Es tut gut, wieder hier zu leben. Karlsruhe war für die Zeit als Familie gut, doch es zieht einen immer wieder zum Geburtsort. Hier bin ich geboren, hier will ich sterben.«

»Wieso denkst du über deinen Tod nach? Hat doch noch etwas Zeit, oder meinst du nicht? Dass du in ein Seniorenheim gezogen bist, bedeutet ja nicht dein Todesurteil«, erwiderte Weber.

Hartmut stocherte in seinem Essen herum und wechselte das Thema.

»Lassen wir meine Theorie mal beiseite. Was hatten die Opfer sonst noch gemeinsam? Wieso sind ausgerechnet die beiden ausgewählt worden? Sind sie überhaupt gezielt ausgesucht worden, oder war es Zufall?«

»Hat deine Enkelin nicht noch andere lustige Ideen dazu?«, fragte Weber. »Zumindest hatte sie mit den beiden Kontakt. Kannte sie sie eigentlich näher?«

»Die waren keine Stammgäste. Da verkehren ja normalerweise so Typen mit Jeansjacken und langen Haaren. Aber donnerstags ist *Groove-Night*. Da kommen dann alle zum Tanzen hin. Dann ist da die Hölle los. Hat mir Melanie gesagt«, fügte Hartmut hinzu, als er Webers irritierten Gesichtsausdruck sah. »Ich war noch nicht da.«

»*Groove-Night?*«, fragte Weber irritiert. »Klingt für mich nach Horror oder so. Was ist das?«

Hartmut genoss es sichtlich, dass er seinen alten Freund belehren konnte. Im typischen Dozententon erklärte er, was der Begriff bedeutete.

»*Groove-Night* ist nichts anderes als eine Tanzparty mit Musik aus den 1980er und 1990er Jahren. Kommt gut an. Melanie arbeitet hinter einer der Theken und kriegt viel mit. Ihr sind die beiden Mädels nicht sonderlich aufgefallen. Sie hat sie gesehen und meinte, dass sie ohne Begleitung da waren. Mehr so auf der Suche. Als Anmachschuppen ist der Laden halt auch bekannt. Du weißt schon, das ist nicht anders als zu unserer Zeit. Je früher der Morgen, je höher der Alkoholpegel, umso schneller lernt man jemanden kennen.«

Weber zog eine Grimasse. »Zu meiner aktiven Zeit hieß der Laden ›Bei Paul‹, war voller Billardtische und beliebt bei den Franzosen. Ist schon lange, sehr lange her.« Er schob seinen Teller zur Seite. »Aber ich habe auch ein paar Informationen. Nicht viel, ich erzähl es dir gleich bei einem Kaffee. Koffein hilft beim Denken. Du auch einen?«

Hartmut nickte. »Gern, nur mit Zucker.«

Sie saßen sich stumm gegenüber, jeder rührte in seiner Tasse.

»Du hast also immer noch eine Quelle bei der Polizei?«, fragte Hartmut.

Weber druckste herum. »Na ja, so direkt will ich das nicht nennen. Aber ich treffe mich schon noch mit einem Kollegen, und manchmal schnappt man etwas zwischen den Zeilen auf.« Er kratzte sich am Kopf, bevor er fortfuhr. »Ich weiß, dass Pia eigentlich mit ihrer Freundin in diesem Club tanzen wollte. Sie haben sich gestritten, die Freundin ist gegangen, und Pia hat einen Mann kennengelernt. Das passt ja zu dem Wort Anmachschuppen. Die sind zusammen gegangen, der Typ, ein Geschäftsmann, hat sie mit in sein Hotel genommen. Der hat aber nichts damit zu tun, man hat Pia gegen vier in der Früh aus dem Haus gehen sehen. Zwischen Karl-Leiling-Allee und Fischergasse, also auf dem Weg vom Hotel zur Wohnung von Pias Freundin, muss ihr dann der Mörder aufgelauert haben. So kamen die ja auch auf Lukas, denn ihn hat man tatsächlich in der Nähe gesehen. Das hat mir einer erzählt, der es wissen muss, mehr kann ich nicht verraten. Bei dem zweiten Opfer war es ähnlich. Diese Mona verließ mit einem Mann den Club. Der aber beteuert, dass er sie nur nach Hause bringen wollte, sie es hingegen vorzog, zu Fuß zu gehen. Wer es glaubt, wird selig. Der hat Gewissensbisse und kalte Füße gekriegt, denke ich mal. Viele Männer träumen von einem Seitensprung, aber nicht alle kriegen das auch umgesetzt, wenn sich die Gelegenheit tatsächlich bietet.«

Hartmut grinste. »Wäre mir nicht passiert. Ich habe nie etwas anbrennen lassen, wenn sich die Gelegenheit bot.« Es klang tatsächlich Stolz in seiner Stimme mit. Schau her, was ich für ein toller Held bin!

Warum wundert mich das nicht, dachte Weber. Je häufiger er seinen alten Freund traf, umso unangenehmer fand er ihn. Er hatte seine Louise nie betrogen. Natürlich hatten ihm auch andere Frauen gefallen, er hatte sich sogar mal verliebt, aber nicht ernsthaft. Letztendlich wusste er, was er an seiner Louise gehabt hatte.

»Ich hatte eine heiße Kollegin, die war …« Hartmut beendete seinen Satz nicht, als er Webers Gesichtsausdruck sah. »Gehört nicht hierhin. Hast ja recht. Wenn man das so hört, würde ich auf einen Serientäter tippen, der im Schutz der Dunkelheit Frauen auflauert. Nur warum? Um sie auszurauben? Es gibt keine Hinweise auf sexuelle Nötigung oder den Versuch einer Vergewaltigung, oder?«

Weber schüttelte den Kopf. »Nein. Kein Kampf. Keine Vergewaltigung. Und Raub stimmt auch nicht, denn zumindest die Tasche vom ersten Opfer hat man im Speyerbach gefunden. Weit entfernt vom Tatort.«

»Da gehe ich nicht davon aus, dass der Täter so dumm war und die Beute in der Nähe seines Wohnortes entsorgt hat.«

Da war er wieder. Der überhebliche Ton in Hartmuts Stimme, der Weber so ärgerte. Er wechselte das Thema. »Deine Melanie arbeitet immer noch in dem Club?«

»Ja, aber sie wandert nicht allein durch die Nacht. Sie fährt mit dem Taxi. Ich habe ihr Geld dafür gegeben, und der Besitzer bietet es ebenso an. Finde ich eine gute Tat von ihm.«

Weber nickte. »Man muss das Schicksal ja nicht herausfordern. Jetzt muss ich los. Wollte noch einen Krankenbesuch bei Jeannette machen. Die hat sich einen Magen-Darm-Virus eingefangen, und ich will schauen, wie es ihr geht.«

»Sehr nett von dir. Steckt da mehr dahinter?«, fragte Hartmut und setzte wieder das anzügliche Lächeln auf.

Das ungute Gefühl, das Weber in Bezug auf Hartmut hatte, verstärkte sich. Sein alter Freund hatte seltsame Gedankengänge. Dass er einfach nur nett war, dass zwischen ihm und Jeannette nichts weiter als eine Opa-Enkelin-Beziehung war, schien er nicht zu verstehen. Nicht zum ersten Mal gestand er sich ein, dass es nicht immer schön war, alte Bekanntschaften neu aufzufrischen.

Hartmut sah seinem alten Kumpel nachdenklich hinterher. Komischer Kauz, dachte er. Als ob er kein Frischfleisch mochte! So alt war er doch auch nicht. Doch wenn er sich richtig erinnerte, war er schon immer ein Moralapostel gewesen. Kein

Wunder, dass er bei seinem Berufswunsch geblieben war. Er war sich sicher, dass Weber niemals einem Bestechungsversuch nachgegeben, niemals seine Stellung ausgenutzt hatte. Würde er den tatsächlichen Grund kennen, der Hartmut zum Verlassen der Polizeischule genötigt hatte, würde er sicherlich nicht mehr mit ihm zu Mittag essen wollen.

Hartmut holte tief Luft. Er stand auf junge Mädchen, und die meisten auch auf ihn. Dass er damals das Verhalten der Kollegin vollkommen falsch eingeschätzt hatte, war ihm immer noch unverständlich. In seinen Augen waren ihre Signale eindeutig gewesen. Was für ein fataler Irrtum! Einer Anzeige war er nur entkommen, weil ein Lehrer es gut mit ihm gemeint hatte. Er hatte dem Mädchen gut zugesprochen, dass sie schweigen solle, wenn er ging. Von dem Moment an wusste er, dass Polizist nicht seine Berufung war.

Na ja, als Lehrer war er auch Beamter geworden. Letztendlich war alles gut verlaufen. Als Rad im Getriebe der Strafverfolgung wäre es vielleicht wirklich nicht der passende Job für ihn gewesen. Manchmal musste man die Wahrheit ein wenig bearbeiten. Eine Option, die für Ferdinand Weber sicher niemals eine wäre.

18

Melanie lächelte gequält und stellte dem neuen Gast das Glas Wasser hin. Heute hatte sie keine Lust zu arbeiten, obwohl ihr die Donnerstage normalerweise viel Spaß machten. Die Musik nervte, die Leute waren seltsam, und es war noch mehr los als sonst.

Ihre Kollegin Karla klopfte ihr freundschaftlich auf die Schulter. »Großkampftag, was? Mensch, diese Weihnachtsfeiern und noch eben einen Absacker. Hat sich rumgesprochen, dass hier was los ist.«

»Schau sie dir doch an. Die wollen Spaß, Sex oder was weiß ich.«

Sie grinsten sich wissend an. Karla berührte sanft Melanies Schulter. »Ich habe übrigens nichts dagegen, wenn du heute früher gehst. Wäre mal an der Zeit, dass ich mich revanchiere. Du siehst nicht fit aus, wenn ich das sagen darf. Hast du dich verletzt?«

Melanie folgte Karlas Blick auf das Pflaster an ihrer Hand. Unwillkürlich strich sie mit dem unverletzten Zeigefinger darüber. »Kaum der Rede wert«, sagte sie. Dann blickte sie ihre Kollegin dankbar an. »Das würdest du machen? Mir ist heute wirklich nicht so gut. Notfalls ist Peer auch noch da. In einer halben Stunde würde ich gern gehen. Ein bisschen unterstütze ich dich noch.«

Karla traute sie zu, die Theke allein zu meistern. Obwohl sie keine Erfahrung in der Gastronomie hatte und erst seit drei Wochen im Club arbeitete, kam sie gut klar. Sie war freundlich, ohne aufdringlich zu sein, hatte immer einen flotten Spruch parat, wenn ihr jemand dumm kam. Sie arbeitete schnell, hatte ein gutes Gedächtnis und ein gutes Gespür für Menschen und Situationen.

Karla nickte. »Alles klar, so machen wir das.«

Der DJ hatte ein langsames Lied aufgelegt, und auf der Tanzfläche tanzten zwei Pärchen eng umschlungen.

Der Mann, der seit ein paar Stunden am Tresen lehnte und seiner Begleitung beim Tanzen zuschaute, hielt sein Wasserglas in der Hand. Eine Zitrone und ein paar Eiswürfel schwammen auf der Oberfläche.

Melanie ging auf ihn zu. »Vielleicht einen alkoholfreien Cocktail als Alternative?«, fragte sie.

»Sieht man mir an, dass ich das hier nicht mehr mag?«, sagte er und hob kurz sein Glas an. »Ich stehe aber nicht auf Kokos und Ananas. Das ist mir meist zu süß. Wenn du eine frische Alternative hast, probiere ich gern einen.«

Melanie lächelte und nickte. »Ich mach dir gleich was fertig. Es ist eine angenehme Wohltat, mal eine alkoholfreie Variante zu mixen. Den meisten geht es darum, schnell genug benebelt zu sein. Dein Name?«

»Lukas«, antwortete der Mann perplex. Irritiert sah er ihr zu, wie sie Eiswürfel und diverse Säfte in einen Cocktailshaker gab und zu schütteln begann. Die Etiketten der Flaschen konnte er nicht erkennen. Als sie ihm einen rötlichen Saft mit Strohhalm hinstellte, fragte er: »Muss ich mich überraschen lassen, oder verrätst du mir vorher, was drin ist? Und nur der Vollständigkeit halber: Wie heißt du?«

»Melanie. Zum Drink: Erst probieren, dann erkläre ich es.« Ihr Grinsen wirkte aufgesetzt, zurückhaltend scheu.

Lukas probierte vorsichtig und war überrascht, wie erfrischend und wohlschmeckend der Cocktail war. Er wunderte sich, wie langweilig ihm der Besuch des Clubs nüchtern vorkam. In der Vergangenheit war er die letzte Station nach einer langen Tour gewesen. Es gab Getränke bis um vier Uhr in der Früh. Allerdings war er donnerstags noch nie hier gewesen, weil sich dann eher die Schickimicki-Leute trafen. Nicht seine bevorzugte Gesellschaft. Normalerweise kamen Gäste her, die gern Billard spielten, Bier tranken und sich um ihre Garderobe keine Gedanken machten. Wie anders es donnerstags war! Die meisten Gäste waren zwischen dreißig und fünfzig Jahre alt, schätzte Lukas, gut gekleidet, schmuckbehangen, teure Uhren tragend. Er fand es faszinierend, dass es dem Besitzer des »Club 16« gelungen war, donnerstags eine ganz andere Klientel hierher zu bekommen. Der Tag in der Woche sicherte ihm den Erhalt des Clubs, um den Rest der Woche eine normale Heavy-Metal-Kneipe zu sein.

»Und? Herausgefunden, was drin ist?«

Melanie stand wieder bei ihm, er hatte sie gar nicht bemerkt. Der DJ legte einen Schlager auf, den die Tanzenden laut mitsangen. Wenn jetzt noch Helene Fischers »Atemlos« käme, würde er schreiend rauslaufen. Das war das erste und letzte Mal, dass ich hier donnerstags aufschlage, dachte Lukas. Allerdings machte Melanie einiges wett. Sie gefiel ihm. Nicht so aufgetakelt, nicht so affektiert. Sie war ihm noch nie aufgefallen.

»Arbeitest du nur donnerstags hier?«, fragte er.

Sie sah ihn eindringlich an. »Nein, eigentlich immer, wenn geöffnet ist. Ich habe dich schon ein paarmal hier gesehen, aber nie donnerstags. Und nie nüchtern.«

Peinlich berührt trank er noch einen Schluck. »Blutorange?«, fragte er. »Ein Spritzer Zitrone? Und Eis«, fügte er lachend hinzu und klimperte mit den Eiswürfeln im Glas.

Ein Nicken, ein scheues Lachen. Ein gutes Omen.

»Dann kennst du sicher alle Stammgäste, oder?«

»Klar. Bleibt nicht aus.«

Er überlegte, wie er das Gespräch auf Pia bringen sollte. Vielleicht ergab sich eine Spur auf den tatsächlichen Mörder. Er wusste nur nicht, wie er das geschickt herausfinden sollte.

»Gute Geschmackssinne. Grenadine hast du vergessen. Eigenkreation. Hab noch keinen Namen dafür«, sagte Melanie.

»Wie wär's mit ›Morgenrot‹? Oder besser ›Morgenröte‹? Sieht irgendwie aus wie ein Sonnenaufgang im Winter.«

»Gar nicht schlecht. Gefällt mir. Ich denk drüber nach. Ich hatte mal was mit Melanie überlegt. Klingt aber alles irgendwie blöd.«

»Mit Lukas lässt sich nicht so viel anfangen.« Wie wahr, dachte er, als er den Satz ausgesprochen hatte. Mit ihm konnte man wirklich nicht viel anfangen, er war ein mieser Typ. Sein Name gab auch nichts her.

»Lukas Mocha ist ein bekannter Cocktailmixer. Preisgekrönt. Aber kein Name für einen Drink«, erklärte Melanie.

Er nickte. »Sag ich doch. Ist auch viel zu lecker, um meinen Namen zu tragen.«

Sie ging wieder weg. Er hatte keine Ahnung, wie er endlich das Gespräch auf Pia bringen sollte. In diesem Moment kam Sabrina von der Tanzfläche und setzte sich schwitzend neben ihn. »Darf ich?«, fragte sie und zeigte auf seinen Cocktail. »Ich dachte, du bist trocken?«

Sie trank und sah ihn irritiert an. »Okay, entschuldige. Sah anders aus.«

»Dinge sind nicht immer so, wie sie scheinen«, entgegnete Lukas.

»Hast du irgendetwas herausgefunden?«, fragte Sabrina.

Er schüttelte den Kopf. »Nichts. Ich war gerade dabei, die Bedienung auszufragen. Aber …« Er brach ab, er konnte jetzt nicht sagen, dass er hoffte, er hätte genug Sexappeal, um sie zum Reden zu bringen.

»Ich habe getanzt, und es hat wider Erwarten gutgetan. Das schlechte Gewissen bringt mich beinahe um den Verstand. Aber ich habe auf der Damentoilette ein paar wichtige Details erfahren.«

Lukas horchte auf.

»Es gab einen Mann, der hat an dem Abend versucht, Pia anzuflirten. Der ist hochkant vom Türsteher hinausgeworfen worden. Da könnte man nachhaken.«

»Die Polizei hat den doch schon überprüft. Und musste ihn laufen lassen, sonst hätten sie mich doch nicht in U-Haft behalten. Ein bisschen Vertrauen hab ich schon zu den Beamten.«

Sabrina nickte der Bedienung zu. »Für mich auch so einen. Der ist herrlich erfrischend. Hat der einen Namen?«

»Wir haben gerade über einen nachgedacht. ›Morgenröte‹ war im Angebot.«

Sabrina brauchte nichts zu erwidern, ihr Gesichtsausdruck sagte genau, was sie von dem Namen hielt. »Wie heißt denn deine neue Eroberung?«, fragte sie Lukas.

Er zuckte mit den Schultern. Ihn störte Sabrinas Formulierung, nichts lag ihm ferner, als eine Frau zu erobern. »Melanie«, antwortete er trocken. »Aber ich habe wirklich kein Interesse an einer Beziehung. Dass du das denkst, tut weh.«

Sabrina legte ihre Hand auf seine Schulter. »Nein, so war das nicht gemeint. Ich kann mir vorstellen, wie es dir geht. Falls die Thekenmaus ein Auge auf dich geworfen hat, weiß sie jetzt, dass es vergebliche Liebesmühe ist.«

In diesem Moment kam Melanie mit dem Cocktail zurück und stellte ihn vor Sabrina ab. Sabrina bedankte sich, und Melanie blieb noch bei ihnen stehen.

»Es ist immer das Gleiche hier. Aber euch habe ich noch nie zusammen gesehen. Er war schon öfter Gast«, sie deutete auf Lukas, »wenn auch nie donnerstags. Du erst vor zwei Wochen. Hast du nicht mit der Perle zusammengesessen, die später von ihrem Freund überfallen wurde?«

Sabrina war überrascht. »Du hast aber ein gutes Gedächtnis. Ja, ich war mit ihr hier, bin dann allein gefahren. Das hätte ich nicht tun dürfen. Ich habe sie im Stich gelassen.«

»Tut mir leid«, sagte Melanie. »Schlimme Sache. Und jetzt willst du herausfinden, ob sie doch irgendjemanden getroffen hat, der ihr später aufgelauert hat? Den Freund hat man ja wohl freigelassen, weil die Beweise nicht ausreichten und man glaubt, dass das zweite Mädchen vom selben Täter überfallen wurde.«

»Gut zusammengefasst.« Sabrina grinste schief. »Ist dir denn irgendetwas aufgefallen, Melanie?«

»Na ja, ich habe den Bullen auch schon alles erzählt. Sie ist ja mit diesem gut aussehenden Typen gegangen. Die beiden sahen aus, als ob sie noch etwas vorhätten. Ihr wisst sicher, was ich meine.«

Lukas drehte sich verstört um und beobachtete die Leute auf der Tanzfläche. Er wollte das nicht hören. Melanies Worte lösten in ihm Phantasien aus, die er sich verbot. Pia in den Armen eines anderen Mannes, ihre glänzenden Augen, feuchte Lippen, das leise Kichern. Er hatte alles kaputt gemacht. Ohne fremde Hilfe. Er wusste beim besten Willen nicht, wie es so weit kommen konnte.

»Ich hab jetzt Feierabend«, sagte Melanie. »Meine Kollegin macht heute bis zum Schluss. Kriegt ihr noch was?«

Lukas und Sabrina sahen sich an.

»Noch einen Abschluss-Cocktail? Eine ›Morgenröte‹?«, fragte Lukas und bestellte bei Melanie, ohne eine Antwort abzuwarten.

Sabrina winkte ab. »Eigentlich nicht, ich bin müde. Würde auch gern gehen.«

In diesem Moment kam Melanie zurück und stellte zwei Gläser vor sie hin. »Geht auf mich, ihr beiden. Ihr müsst euch das mal ansehen, wie es hier aussieht, wenn es zu Ende geht. Die, die zu viel getrunken haben, wollen meist nicht nach Hause. Dann gibt es die Pärchen, die sich gefunden haben und nur noch ganz schnell nach Hause wollen. Könnte man Bücher drüber schreiben.« Sie verzog angewidert das Gesicht, bevor sie sich verabschiedete. »Macht es gut, bis bald mal.«

Als sie weg war, stöhnte Sabrina auf. »Das war wohl nichts, Lukas. Wir sind zwei Hobbydetektive. Wie konnten wir uns einbilden, etwas herauszufinden?«

Lukas sah zu, wie die andere Bedienung begann aufzuräumen. Zwischendurch bestellten einige Gäste noch Getränke.

»Ich bin ein paarmal hier gewesen, mir ist diese Melanie noch nie aufgefallen. Sie scheint sehr nett zu sein«, meinte er.

»Wenn du immer betrunken warst …«

»Nein, nicht immer. Zumindest nicht volltrunken. Nein, ich meine, sie ist so unscheinbar, zurückhaltend. Eigentlich erwartet man so eine Persönlichkeit gar nicht hier, oder? Ihre Kollegin ist da schon attraktiver.«

»Ich finde, da hat der Betreiber einen guten Riecher mit ihr gehabt«, sagte Sabrina. »Auf die kann man sich zumindest verlassen. Attraktivität oder Keckheit sind nicht unbedingt eine Garantie für gute Umsätze. Ist dir aufgefallen, wie oft die andere nicht abgerechnet hat?«

»Echt? Nee, hab ich nicht bemerkt. Vielleicht hast du recht. Ist ja auch egal. Es war ein netter Abend, auch wenn wir nichts rausgefunden haben.«

»Ich bin weg, Lukas, muss morgen früh raus.«

»Dann muss ich ja beide trinken.«

»Du kannst sie auch stehen lassen, zu viele Vitamine sind

auch nicht gut. Ich könnte dich jetzt im Auto mit nach Hause nehmen.«

»Ich bleibe noch und trinke aus. Kann sowieso nicht schlafen. Wir bleiben in Kontakt?«

»Na klar. Ich melde mich.«

Als Sabrina fort war, fühlte sich Lukas plötzlich sehr allein. Überdeutlich wurde ihm seine Einsamkeit bewusst. Kurz entschlossen trank er aus und ging ebenfalls zur Kasse. Zum Glück war nur ein anderer Gast vor ihm. Er gab seine Verzehrkarte ab und wunderte sich, wie viel günstiger ein alkoholfreier Abend war. Vor der Tür atmete er tief durch und machte sich auf den Nachhauseweg.

***

Bevor Melanie hinaus auf die Straße trat, traf sie im Flur auf Peer.

»Dongschä«, sagte ihr Chef. Wie immer kaute er Kaugummi und sprach im breitesten Pfälzer Dialekt.

»Wofür?«, fragte sie. »Weil ich früher gehe?«

»Na, des mehn ich net, des is a Ordnung. Mach ma Gedonge iwwer doi Sischerhaid. Wennd willschd, bring ich dich glei hääm.«

Melanie lächelte. »So ein Quatsch. Ich nehme mir ein Taxi, und dann ist doch alles okay.«

»Alla guud. Bass uf dich uff, Taxi is do.« Peer hob die Hand zum Abschied.

Ein beigefarbener Mercedes wartete mit laufendem Motor vor der Tür. Den muss ich dann wohl nehmen, um Peer nicht zu enttäuschen, dachte sie. Als ein Pärchen aus einer Ecke Händchen haltend hervortrat und lachend in den Wagen stieg, ohne Melanie zu bemerken, grinste sie perplex. Das nehme ich jetzt mal als Zeichen, dachte sie und blickte lächelnd zum Himmel. Es war eine sternenklare Nacht.

Sie zog die Kapuze ihrer Jacke über den Kopf und ging los. Das war wahre Freiheit. Die frische, klare Luft half ihr beim Nachdenken. Egal, über was, so ein Gang lüftete durch. Probleme wurden kleiner, verloren mit jedem Schritt ihre Brisanz, ihre Bedrohung. Wie so oft wanderten ihre Gedanken zu ihrer Mutter.

Der Besuch am Nachmittag hatte mal wieder in einem Streit geendet. Obwohl sie früh genug da und Sybille noch nicht betrunken gewesen war. Mit einem Fotoalbum auf dem Schoß hatte sie in ihrem Sessel gesessen. Melanie war angenehm überrascht von der sauberen Hose und dem farbenfrohen Pullover gewesen, die eine willkommene Abwechslung zu ihrem sonstigen Outfit waren, das aus einem aus der Form geratenen grauen Jogginganzug bestand. Sogar ein wenig Lippenstift hatte sie aufgelegt. Ob die roten Wangen ebenfalls dem Schminkkoffer entstammten oder Folge des Rotweins waren, der auf dem Tisch stand, wusste Melanie nicht zu beantworten. Doch all das war nebensächlich, denn der Streit war sofort eskaliert. Sie war gar nicht dazu gekommen, zu fragen, was ihre Mutter bewogen hatte, sich umzuziehen.

Nicht zum ersten Mal fragte sich Melanie, warum das Verhältnis zu ihrer Mutter so schwierig war. Sie litt immer mit, wenn sie sie sah, diese zunehmende Verlotterung wahrnahm und nichts, aber auch gar nichts dagegen unternehmen konnte.

Und alles nur, weil Michael diese falsche Schlange getroffen hatte. Was dachten sich Frauen eigentlich dabei, sich an verheiratete Männer ranzumachen? War das eine Art Jagdtrieb? Gab es eine besondere Befriedigung, wenn ein Mann einer anderen gehörte? Wurde er dann interessant für einige weibliche Spezies? Galt da, wie bei der Schnäppchenjagd, der Satz: Der Stärkere gewinnt? Das Zerren auf dem Wühltisch, bei dem derjenige siegte, der ohne Rücksicht auf Verluste das Objekt der Begierde festhielt, um es dann am Schluss triumphierend in der Hand zu halten? Ungeachtet der Risse und anderer Blessuren? Jeden Abend, wenn sie im Club arbeitete, konnte Melanie das Balzverhalten der Frauen studieren. Es war widerlich – und die Männer waren zu blöd, um diese Spiele zu durchschauen.

So war es doch auch bei ihrer Mutter gewesen. Sie hatte gar nicht kämpfen können, sie war ohne Vorwarnung in ihr Unglück gelaufen. Die andere hatte eine perfekte Kulisse aufbauen, eine Illusion erschaffen können, während die Ehefrau zu Hause dem Kampf gegen den Alltag mit vier Kindern hoffnungslos ausgeliefert war.

Melanie hatte kaum Kontakt zu ihren Halbgeschwistern. Sie wusste nur das, was die Mutter ihr erzählte, wenn sie die Fotos von ihnen zur Hand nahm. Oft legte sie einen Zeigefinger auf jedes einzelne ihrer Kinder und weinte. Weil sie sie vermisste, aber auch um verpasste Chancen und ein verpfuschtes Leben. Melanie wollte dann immer losschreien, ihre Mutter an den Schultern packen, um sie zu rütteln, aufzuwecken. »Du hast mich!«, wollte sie dann brüllen und wusste, wie vergeblich das sein würde.

Ihre Mutter würde sie entsetzt anschauen, noch mehr trinken und in Selbstmitleid und Zweifeln versinken. Dann wäre tagelang Trauer angesagt. Das war noch viel weniger auszuhalten. Ihr Opa hatte schon vor langer Zeit aufgegeben, seine Tochter verstehen zu wollen. Melanie hatte ihn mal gefragt, warum die Situation so wäre, wie sie war. Eine befriedigende Antwort hatte auch er nicht für sie gehabt. Es war halt so, wie es war. Und nicht zu ändern. Auf ein großes Wunder brauchte man nicht zu hoffen.

Aber sie hatte ja ihre persönliche Elwe. Wenn die Kinder in der Schule sich lustig über sie gemacht hatten, weil sie wieder nur mit Opa und Oma zum Schulfest kam, hatte Melanie sich vorgestellt, sie könne fliegen, wäre dieser Phantasievogel, der ihren Spöttern einfach davonflog.

Sie begann zu schwitzen, wie immer ging sie zu schnell. Plötzlich vernahm sie ein Geräusch, das nicht zu der nächtlichen Atmosphäre passen wollte. Schritte? Wer lief um diese Zeit hier umher? War sie doch zu leichtsinnig?

Quatsch, schob sie ihre Bedenken zur Seite. Ihr passierte nichts, sie war vorsichtig und ein ganz anderer Typ als die Frauen, die bisher nachts überfallen worden waren. Vielleicht konnte sie sogar der Polizei helfen, den Täter zu fassen. Auf jeden Fall wusste sie sich zu wehren. Sie nestelte in ihrer Handtasche und berührte das Pfefferspray, das sie seit den Überfällen zusätzlich bei sich trug.

Sie blieb stehen. Lauschte in die Dunkelheit. Nichts. Hatte sie sich das Geräusch nur eingebildet? Sie blickte auf ihre Uhr. Zwanzig nach zwei. In zehn Minuten würde sie ihr Zuhause erreichen. Sie wagte sich ein paar Schritte vor, dann stoppte sie erneut. Dann sah sie sie. Zwei Männer, untergehakt, damit sie beim Torkeln nicht den Halt verloren, kamen ihr entgegen. Als sie circa drei Meter vor ihr standen, rief der eine lallend: »Was macht denn so ein schönes Mädchen mitten in der Nacht allein hier draußen?«

Melanies wurde heiß. Ihr Körper verkrampfte sich. Sollten die Typen versuchen, sie zu überfallen, hatte sie alle Vorteile auf ihrer Seite. Ihr Hirn funktionierte, ebenso ihre Reflexe. Weder Alkohol noch andere Dinge trübten ihre Sinne. Doch wider Erwarten torkelten die beiden an ihr vorbei und lallten noch ein paar dumme Sprüche.

Trotzdem musste sie einen Augenblick stehen bleiben und sich sammeln. Sie spürte ihre Erleichterung und nahm die Hand aus der Jackentasche, ohne das Pfefferspray herauszuholen. Langsam setzte sie sich wieder in Bewegung und schüttelte noch den Kopf über den Schrecken am Abend. Bis plötzlich ein Mann aus dem Gebüsch sprang.

»Nicht so schnell, junge Dame.«

Melanie erschrak nicht so sehr wie bei den beiden anderen Männern. Ihre Hand glitt in die Jackentasche und zog das Pfefferspray heraus. Breitbeinig stellte sie sich dem Fremden in den Weg.

»Hau ab!«, schrie sie und begann zu sprühen. Es war viel zu einfach. Der Typ verschwand so schnell, wie er gekommen war.

Melanie stand noch immer da, als der Typ schon längst fort war. Ihr Verstand ging noch einmal das gerade Erlebte durch, während sie sich selbst immer wieder sagte: Es ist nichts passiert. Trotzdem begannen ihre Hände zu zittern.

Dennoch setzte sie langsam einen Fuß vor den anderen. Es war nicht mehr weit bis nach Hause. Von Schritt zu Schritt wurde sie schneller, bis sie rannte. Immer wieder drehte sie sich um, sich vergewissernd, dass ihr niemand folgte. Ihre Hände zitterten noch immer, als sie kurze Zeit später vor ihrer Tür stand und es ihr erst nach dem dritten Versuch gelang, die Haustür aufzuschließen.

Mit einem kräftigen Schlag warf sie die Tür hinter sich ins Schloss, setzte sich auf den kalten Fußboden und holte ihr Handy aus der Tasche. Sie musste nicht lange überlegen, es gab nur einen Menschen, den sie um diese Uhrzeit anrufen konnte.

19

»Opa?«, rief sie, als Hartmut das Gespräch entgegennahm. »Ich brauche deine Hilfe, Opa. Ich habe Angst.« Ihre Stimme zitterte, ihr Körper bebte. »Der ist jetzt auch hinter mir her.«

Hartmut kniff schlaftrunken die Augen zusammen, bevor er sich aufrichtete. »Melanie, bist du das? Was ist los? Wie spät ist es? Es muss doch mitten in der Nacht sein. Ist etwas passiert?«

»Opa, der Mann, dieser Serienmörder wollte mich überfallen, mich töten! Obwohl ich panisch vor Angst war, konnte ich ihn in die Flucht schlagen.«

Hartmut war augenblicklich wach und schaute auf die Uhr. Kurz vor drei. Dass Melanie etwas passieren würde, hatte er immer befürchtet. Wie oft hatte er sie gewarnt? Doch es wäre das erste Mal gewesen, dass sie auf ihn gehört hätte. Sie hatte schon immer ihren eigenen Kopf durchgesetzt. Aber es beruhigte ihn, dass sie den Täter anscheinend verjagt hatte.

»Ist bei dir alles in Ordnung? Wo bist du jetzt? Ich komme sofort. Hast du schon die Polizei angerufen?«

»Nein, ich wollte erst mit dir sprechen. Opa, du bist der Einzige, dem ich vertraue.«

Trotz der brisanten Situation fühlte sich Hartmut geschmeichelt. Er war stets Melanies Tröster gewesen, egal, ob es um ein aufgeschlagenes Knie oder Liebeskummer ging. Er sprang auf, schlüpfte in seine Cordhose, zog die dicken Socken und einen Strickpullover an.

»Melanie, ich komme sofort. Bist du zu Hause oder noch unterwegs?«

»Ich bin zu Hause.«

Warum …, wollte Hartmut gerade lospoltern, ließ es dann aber bleiben. Mit Vorwürfen brauchte er Melanie jetzt nicht zu kommen. Sie würde nur bockig werden und ihm nichts mehr erzählen. »Bin gleich bei dir«, sagte er stattdessen. Vielleicht konnte sie wichtige Hinweise für die Polizei liefern.

Er musste zur Toilette, blickte nur kurz in den Spiegel und

strich sich mit feuchten Händen durch das schüttere Haar, bevor er losging. Schuhe und Mantel befanden sich vor der Tür. Hartmut ignorierte die Tatsache, dass das nicht im Sinne des Personals war. Sein Ein-Zimmer-Apartment war so klein, dass er kurzerhand die Garderobe vor die Tür verlegt hatte.

Auf der Straße blieb er fluchend stehen. Er hatte kein Auto mehr. Sein ganzes Leben lang war er selbst gefahren, war nie abhängig von anderen gewesen. Er hatte sein Auto vor seinem Umzug verkauft. Das Altenheim lag so zentral, dass er keins mehr brauchte. In Fleisch und Blut war ihm diese Erkenntnis noch nicht gegangen, wie er jetzt feststellte.

Bis zu Melanies Wohnung in der Krummäckerstraße waren es gut zwei Kilometer, er würde über eine halbe Stunde für den Weg brauchen. Das war ihm zu lang. Er griff zum Handy und überlegte einen Moment, wen er zuerst anrufen sollte. Weber, ein Taxiunternehmen oder den Notruf?

Er entschied sich für die 110, nannte seinen Namen und bat die Beamten, sofort zu seiner Enkelin zu fahren. Akkurat gab er die Adresse durch. Dann versuchte er, Weber zu erreichen. Wider Erwarten nahm dieser nach dem dritten Klingeln ab.

»Ferdinand, es ist etwas Furchtbares passiert. Meine Enkelin wurde überfallen. Wahrscheinlich von diesem Serientäter. Ich bin auf dem Weg zu ihr. Willst du mit? Vielleicht kannst du mich abholen?«

Erst als er den entsetzten Aufschrei seines Kumpels vernahm, korrigierte er sich. »Nein, keine Bange. Ihr ist nichts passiert, Melanie hat ihn in die Flucht geschlagen. Du weißt doch, sie kann sich verteidigen. Sie ist jetzt zu Hause – frag nicht, warum –, und ich habe die Polizei informiert. Die fahren sofort dorthin, aber ich habe kein Auto mehr …«

»Und da dachtest du, du rufst mal deinen alten Kumpel an, der sowieso nicht schlafen kann. Der holt dich schon ab.«

Einen Moment blieb es still, Hartmut glaubte bereits, dass Weber auflegen wollte.

»Ich bin gleich bei dir, gib mir fünf Minuten.«

Das Warten kam Hartmut unheimlich lang vor. Jede Minute schaute er zur Uhr und wunderte sich, dass die Zeit nicht schneller verging. Der abnehmende Mond, wenn Hartmut die Sichel richtig deutete, kämpfte sich durch eine Wolke und erleuchtete die Büsche am Wegesrand. Hartmut fiel ein Zeitungsartikel ein, den er gelesen hatte. In Vollmondnächten geschahen demnach die meisten Verbrechen. War der erste Mord an dem jungen Mädchen nicht in einer Vollmondnacht passiert? Sollte noch einmal jemand einen Einfluss des Mondes auf den Menschen verneinen!

Endlich sah er die Scheinwerfer eines Pkws. Weber hatte Wort gehalten. Langsam näherte er sich und hielt so an, dass Hartmut an der Beifahrerseite einsteigen konnte.

»Danke, Ferdinand, bist ein echter Freund. Ich wüsste keinen anderen, den man in der Nacht aus dem Bett holen könnte und der auch kommen würde.«

Weber brummte: »In Karlsruhe doch bestimmt.«

An Schlafen war sowieso nicht zu denken gewesen. Zu viele Gedanken hatten ihn daran gehindert. Jeannette war weder ans Telefon gegangen, noch hatte sie reagiert, als er an ihrer Wohnungstür geklingelt hatte. Das sah ihr gar nicht ähnlich. Als sein Telefon klingelte, glaubte er, dass sie es war. Mit Hartmut hatte er nicht gerechnet.

Ohne Zögern hatte Weber seine Hilfe zugesagt. Nur, wenn er ehrlich zu sich war, lag sein Motiv nicht in einem ausgeprägten Helfersyndrom, sondern in seiner Neugierde. Ihn reizte der Fall, und er wollte Informationen aus erster Hand haben. Hartmut war bekannt dafür, dass er die Gutmütigkeit anderer ausnutzte und stets Ausreden parat hatte, wenn seine Hilfe gefragt war. Das war schon in der Polizeischule so gewesen. Doch das war Weber egal, jetzt galt es, Melanie zu helfen. Er hegte die Hoffnung, dass sie den Täter beschreiben konnte.

»Zum Glück sind die Kollegen schon da«, stellte Weber fest, als sie vor Melanies Haus anhielten. Wie früher spürte er diesen Kitzel in sich, wenn er kurz davor stand, Zeugen zu befragen, Ermittlungen voranzutreiben und dem Mörder auf die Spur zu kommen. Sein Adrenalin stieg. Er war wieder dabei, mittendrin in der Mördersuche.

Sie stiegen aus und eilten zur Haustür. Hartmut klingelte,

und augenblicklich wurde die Tür geöffnet. Melanie fiel ihm um den Hals. Ihr ganzer Körper zitterte, und ihr Reden wurde immer wieder von heftigem Schluchzen unterbrochen, sodass man kaum einen Satz verstehen konnte.

So hatte Hartmut seine Enkelin noch nie erlebt. Wo war die selbstbewusste Melanie geblieben, die nichts erschüttern konnte? Waren das Nachwirkungen des Schocks? Beruhigend klopfte er ihr ein paarmal auf den Rücken, strich ihr durchs Haar und schaute den Streifenpolizisten böse an.

»Waren die Polizisten nett zu dir?«

»Ja, natürlich waren wir nett!«, entgegnete der Polizist erbost. »Ihre Enkelin hat nur nicht ordentlich erzählen können, was passiert ist. Wir kriegen keine vernünftige Beschreibung des Tathergangs aus ihr heraus. Vielleicht spricht sie mit Ihnen.«

Wieder schluchzte Melanie auf.

»So, jetzt mal ganz langsam. Meine Enkelin ist völlig durchgefroren, hat einen Schock. Vielleicht kann mal jemand einen Tee kochen.« Fragend wandte er sich an Weber, der nickte und zur Küchenzeile ging.

»Wieso bist du zu Fuß nach Hause gegangen?«, fragte Hartmut Melanie. »Mitten in der Nacht, bei dieser Kälte. Ich hatte dich doch gebeten, ein Taxi zu nehmen.«

Ihr Versuch, sich zu erklären, schlug fehl. Sie suchte schniefend ein Taschentuch, holte neuen Atem, begann von vorn, immer wieder unterbrochen durch Schluchzen.

»Ich wollte ja ein Taxi nehmen, aber jemand hat es mir vor der Nase weggeschnappt. Ich dachte, dass es nicht schlimm ist, es war so eine klare Luft, und es ist doch auch nicht weit. Ich bin stramm gelaufen, habe die Kälte gar nicht gespürt«, sagte sie endlich.

»Ich komme nicht mit«, unterbrach Hartmut sie. »Jetzt erzähl mal der Reihe nach. Seit wann machst du früher Feierabend? Das ergibt doch alles keinen Sinn. Du hast gearbeitet, im ›Club 16‹?«

Melanie nickte.

Währenddessen schaltete Weber den Wasserkocher an, suchte im Schrank nach Teebeuteln und Tassen und hörte aufmerksam zu. Ihm kam die Szene unwirklich vor. Lag es daran, dass er schon so lange raus war? Das Gefühl, Zuschauer eines Theaterstücks zu sein, ließ ihn nicht los. Lag es an Hartmuts Fragen? Auch die nächste überraschte ihn.

»Bis wann? Bist du die Letzte gewesen? Wann macht der ›Club 16‹ zu?«

»Ich bin früher gegangen. Das war mit meiner Kollegin so abgesprochen, weil ich müde war.«

Zumindest schien Hartmuts Taktik insoweit aufzugehen, dass Melanie wieder normal reden konnte.

»So gegen zwei bin ich los. Ich wollte endlich mal wieder richtig schlafen. Mein Chef hat mir ein Taxi bestellt. Nur hat mir das ein Pärchen vor der Nase weggeschnappt. Ich bin losgelaufen, du weißt, Opa, wie gern ich das mache.« Sie versuchte tatsächlich ein Lächeln. »Dann hörte ich plötzlich Schritte. Ich habe mich immer wieder umgeschaut, aber niemanden gesehen. Das fand ich dann doch etwas beunruhigend und bin schneller gegangen.«

Der Streifenpolizist grunzte. »Sie wissen schon, dass es den anderen Mädchen genauso gegangen ist? Dass Sie Glück gehabt haben? Verdammtes Glück sogar?«, sagte er.

Melanie antwortete ihm nicht. Sie schaute nur ihren Großvater an. Ihre Unterlippe bebte, ihre Augen baten, dass er sie vor den harten Worten des Polizisten schützen sollte.

»Das klären wir gleich, lassen Sie sie erst mal erzählen«, sagte Hartmut.

Melanie fuhr fort. »Ich bin schneller gelaufen, dann kamen zwei Betrunkene, die mich blöd angemacht haben. Und als die vorbeigegangen sind, habe ich einen Moment angehalten, ich war aufgeregt, die Typen haben mich erschreckt. Und plötzlich sprang ein Mann aus dem Gebüsch. Er trug einen Kapuzenpullover und einen ins Gesicht gezogenen Schal. Für einen Moment war ich wie gelähmt, sprachlos, konnte mich nicht bewegen. Aber ich dachte an die Selbstverteidigungskurse. Keine Angst zeigen, laut sprechen. Ich habe gebrüllt, er solle abhauen.«

Der Polizist unterbrach wieder. »Haben Sie diesen Mann

erkannt? Wenn nicht das Gesicht, vielleicht die Stimme? War es ein Gast aus dem Club?«

Melanie zögerte. »Nein, nicht wirklich. Der Schal hat seine Stimme verändert, sicherlich hat er sie auch verstellt. Viel gesagt hat er ohnehin nicht.«

»Was hat er denn gesagt? Wie ist das abgelaufen, wie müssen wir uns das vorstellen?«

Melanie suchte Schutz in den Armen ihres Großvaters. »Warum lässt du zu, dass er so mit mir spricht?«

»Er macht doch nur seinen Job. Es ist wichtig, wir müssen den Menschen finden und einsperren. Du willst doch nicht, dass noch mehr Frauen überfallen werden«, beruhigte Hartmut seine Enkelin.

Dem Polizisten war anzumerken, dass es ihm schwerfiel, ruhig zu bleiben. »Jetzt erzählen Sie endlich, was passiert ist.«

Weber fand zwei Speyrer Weihnachtsmarktbecher vom letzten Jahr und eine Packung Pfefferminztee. Nachdem er in je einen Becher einen Beutel gelegt hatte, goss er Wasser darauf. Er ging mit den dampfenden Tassen auf die Gruppe zu, doch niemand nahm Notiz von ihm. Er stellte die Becher auf dem Tisch ab.

Melanie schaute nachdenklich zu ihrem Großvater, der ihr aufmunternd zunickte.

»Also gut.« Sie atmete ruhiger. »Ich wollte an ihm vorbeigehen, aber er griff mit seinen Händen nach mir. Ich hab sie abgestreift, habe gebrüllt, dass er mich in Ruhe lassen soll.«

Instinktiv suchte Weber nach Kratzspuren. Offensichtlich waren keine zu erkennen.

»Der Typ hat sich nicht davon beeindrucken lassen. Er ist mir gefolgt, hat mich aufgehalten und dabei immer wieder gesagt ›Jetzt bleib stehen‹, aber weil er den Schal vor dem Mund hatte, klang seine Stimme dumpf. Und dann hab ich …« Sie wurde rot. »Ich habe Pfefferspray dabei, es war in meiner Jackentasche, und als ich es herausgezogen habe, ist er davongelaufen.«

»Haben Sie ein Messer gesehen? Und vielleicht doch etwas von seinem Gesicht? Kam Ihnen an seinen Bewegungen oder an der Haltung etwas bekannt vor?«

Melanie verneinte. »Nicht wirklich, aber der Schal ist ihm etwas zur Seite gerutscht. Ich könnte zumindest sein Profil beschreiben.«

Weber mischte sich nun ein. Er wandte sich an den Polizisten. »Vielleicht könnte man mit ihrer Hilfe ein Phantombild erstellen? Es wäre doch zumindest einen Versuch wert?«

Der Polizist warf ihm einen bösen Blick zu. »Was machen Sie eigentlich hier? Ich kenne Sie. Bloß weil Sie früher mal ganz erfolgreich waren, heißt es nicht, dass wir ohne Ihre Hilfe keinen Mörder fangen können.«

Weber presste die Lippen aufeinander, sagte jedoch nichts, obwohl ihm einige Entgegnungen durch den Kopf gingen. Die Kollegen standen unter Druck, den Mörder zu fassen, da konnten die Nerven schon mal durchgehen. Als er sah, dass Hartmut etwas erwidern wollte, schüttelte er nur sacht den Kopf.

»Das sind doch mal gute Nachrichten«, sagte der Polizist zu Melanie, ohne den Blickkontakt zwischen Weber und Hartmut zu bemerken. »Zumindest besser als nichts. Wir erstellen ein Phantombild und geben es an die Medien weiter. Dann sollte es nicht lange dauern, bis wir das Schwein haben.«

20

Es war an der Zeit, sich wieder mit Christian persönlich zu treffen. Am Telefon bekam Weber zu wenig heraus. Er griff zum Telefon und drückte die Kurzwahltaste.

»Hallo, altes Haus. Wie sieht es aus? Zeit, dass wir endlich mal essen gehen. Ich reserviere einen Tisch, Rechnung geht auf mich.«

Christian Hamacher lachte. »Schön, von dir zu hören, mein liebster Exkollege! Ja, mir geht es gut. Danke der Nachfrage. Ich hoffe, dass auch bei dir alles in Ordnung ist?«

Weber blieb einen Moment stumm. »Verstanden, ich entschuldige mich. Wie geht es dir?«

»Sehr gut. Es ist nur viel zu tun, wie du sicher aus der Zeitung weißt. Dein Angebot hängt nicht zufällig damit zusammen? Egal, am Telefon lass ich mich nicht so gern aushorchen. Wir sollten Nägel mit Köpfen machen, sonst wird das nichts. Ganz spontan? Morgen habe ich frei.«

Weber freute sich. Christian war einer der wenigen der ehemaligen Kollegen, mit dem ihn noch immer eine Freundschaft verband. Eigentlich der einzige. Sie sahen sich nicht oft, versuchten jedoch, regelmäßig zu telefonieren und ab und zu miteinander essen zu gehen.

»Ich hätte mal wieder Lust auf ein leckeres Steak. Oder Roulade«, sagte Christian. »Meine Mutter steht im Moment auf Grünzeug. Meint, ich müsste mich basischer ernähren. Das ist ein Alptraum.« Er lachte laut auf.

»Mein Mitleid hält sich in Grenzen. Du hast es mit deinem Hotel Mama doch ganz gut getroffen. Aber was hältst du davon, wenn ich im ›Engel‹ nachfrage. Da kriegst du Fleisch, wenn du magst, Kartoffeln und Salat für die basische Ernährung, aber vor allem guten Wein.«

»Das ist eine prima Idee. Ich freue mich drauf. Wann? Ist dir zwanzig Uhr zu spät?«

»Passt schon. Kein Problem.«

Weber legte auf und rieb sich die Hände. Auf Christian war Verlass. Damals, als er sein Vorgesetzter wurde, hatte er gewusst, dass er es auf der Erfolgsleiter weit nach oben schaffen würde. Er war intelligent, akribisch und besaß dennoch eine Lockerheit, die ihn bei allen beliebt machte. Beim weiblichen Geschlecht auch, was sich manchmal als Problem erwies.

Weber suchte nach der Visitenkarte des Restaurants »Zum Alten Engel«, um einen Tisch zu reservieren. Wie zu erwarten, war das nicht ganz einfach.

»Wir haben nur noch den Katzentisch frei. Es tut mir leid, aber dort hätten Sie Ihre Ruhe.« Warum die Dame am Telefon lachte, wusste Weber nicht, und er hoffte, dass es freundlich gemeint war. Er kannte den Katzentisch. Tatsächlich ein wunderbarer Ort der Ruhe. Und wenn Christian sich dahintersetzen würde, und davon ging er einfach aus, wäre ein vertrauliches Gespräch möglich.

»Den nehmen wir. Zwanzig Uhr?«

Die Dame sagte: »Ist notiert, auf den Namen Weber, oder habe ich das falsch verstanden?«

Weber bestätigte und legte auf. Er war überzeugt, dass er am Freitag mehr über die Morde wissen würde. Und vielleicht konnte er ein paar Anregungen beisteuern, die Christian bei der Aufklärung halfen.

***

Kurz vor acht stand Weber am nächsten Tag vor dem Eingang »Zum Alten Engel«. Es regnete nicht, was ihm recht war, denn Christian würde niemals vor der vereinbarten Zeit da sein. Wenn er pünktlich war, hatte Weber Glück, meist erschien Christian jedoch fünf bis zehn Minuten später.

Für Weber war es eine Frage der Höflichkeit, draußen auf ihn zu warten, obwohl auch Pünktlichkeit in seinen Augen ein Ausdruck von Höflichkeit war. Aber Christian nahm er das nicht übel, schließlich wollte er etwas von ihm.

Wie immer war Freitagabend viel los in Speyer. Das Hotel »Goldener Engel« und das Restaurant »Zum Alten Engel« befanden sich in einem gut erhaltenen Gebäude, das von Grund auf mit viel Liebe zum Detail renoviert worden war. Der rustikale und gemütliche Charakter war erhalten geblieben.

Relativ neu war die Weinbar »Zwischen den Engeln«, die Hotel und Restaurant verband. Mit stilvollen Sitzmöbeln und Blick auf den Hof konnte man gemütlich den Feierabend oder das Wochenende begrüßen.

Weber meinte sich zu erinnern, dass das Haus um 1860 erbaut wurde. Er mochte den Barockcharme, die dunklen Ziegelsteine und das Holz. Die Dekoration passte zu dem Stil, und auf Weber wirkte das Ambiente sehr gemütlich. Hinzu kam, dass die Weinauswahl grandios war und die Küche phantastisch. Außerdem hatte er den Vater des jetzigen Besitzers gut gekannt, der ihm zu Webers aktiver Dienstzeit einen wertvollen Tipp gegeben hatte. Aus Dankbarkeit drückte er die Augen zu, wenn die Sperrstunde nicht eingehalten wurde. Lang ist es her, dachte Weber wehmütig. Um sich abzulenken, überlegte er, was er zur Vorspeise essen könnte.

Ihm lief das Wasser im Mund zusammen, als er an das Griebenschmalztöpfchen und an eine leckere Scheibe Brot dazu dachte. Für ihn die perfekte Vorspeise. Zum Hauptgericht die Bäckchen oder doch lieber Pfälzer Maultaschen? Oder Pferderouladen? Wie er wusste, bezog der Koch das Fleisch vom einzigen noch vor Ort ansässigen Pferdemetzger.

»War ja klar, dass du schon da bist«, begrüßte ihn Christian, als er mit breitem Lächeln und großen Schritten auf ihn zukam. »Aber ich bin nur drei Minuten zu spät, ein Fortschritt, oder?«

»Deine persönliche Bestzeit«, sagte Weber. »Hast du auch so einen Hunger?«

»Ich habe mir im Internet die Speisekarte angeschaut«, sagte Christian. »Ein Steak wird es werden. Das hat mich zur Eile angetrieben.«

»Dann lass uns reingehen. Ich konnte allerdings nur den Katzentisch reservieren. Lass dich überraschen«, fügte er hinzu, als er Christians fragenden Blick sah.

Im oberen Bereich waren alle Tische besetzt. Man hörte

englische Satzfetzen ebenso wie norddeutsche und Pfälzer Dialekte.

»Wir müssen die Treppe runter«, sagte Weber und ging voran. Unten angekommen, mussten sie nur wenige Sekunden warten, bis jemand vom Service kam.

»Sie haben reserviert?«

»Den Katzentisch.«

»Dann sind Sie Herr Weber.«

»Korrekt.«

»Folgen Sie mir. Wer sitzt hinten? Der junge Mann?« Weber nickte und bat Christian, voranzugehen. Da der immer noch nicht wusste, um was es ging, folgte er der Kellnerin nur zögerlich. Der Katzentisch war ein extra angefertigter Klapptisch in einer Nische unterhalb der Treppe. Christian nahm es mit Humor, etwas anderes hatte Weber auch nicht erwartet.

»Hier sind wir gänzlich ungestört«, sagte Christian und lachte. »Der perfekte Tisch für ein Rendezvous.«

Die Kellnerin bat ihn, sich zu setzen, dann klappte sie die Tischplatte hinunter und verriegelte sie.

»Falls du zur Toilette musst, gib früh genug Bescheid«, alberte Weber. »Deshalb sitzt du besser da, weil alte Männer mehr Probleme mit dem Harndrang haben.«

»Wenn ich in deinem Alter so gut drauf bin wie du jetzt, dann wäre ich sehr zufrieden. Was trinken wir? Eine große Flasche Mineralwasser? Und welchen Wein? Oder können Sie uns etwas empfehlen?«, fragte er an die Kellnerin gewandt.

»Ich bringe Ihnen gleich das Weinbuch. Lieber weiß oder rot? Empfehlen kann ich Ihnen den ›Geilen Zwengel‹ in Weiß oder Rot. Wollen Sie mal probieren?«

»Das klingt interessant. Wie kommt es zu dem Namen?«

»Unser Chef hat gemeinsam mit dem Winzer einen Wein kreiert. Zwengel bedeutet ›Zwischen den Engeln‹. Unsere Weinbar, die das Restaurant und das Hotel verbindet.«

»Bringen Sie uns zum Probieren zwei Gläser Roten«, bestellte Christian. An Weber gewandt sagte er: »Ich war schon ewig nicht mehr hier. Das letzte Mal vor drei Jahren vielleicht. Aber auch da war es so voll, kann ich mich erinnern. Eine Goldgrube.«

»Über mangelnde Gästezahlen können die sich nicht beschweren, das stimmt. Die Touristen lieben es und ich auch. Die Pfälzer Spezialitäten sind echt lecker, vor allem meist regionale Anbieter. Ich finde es toll, dass unsere Bauern vor Ort Unterstützung finden.«

Die Kellnerin brachte die Speisekarte, das Weinbuch und den Rotwein. Das Wasser hatte sie vergessen. Als Christian sie darauf ansprach, entschuldigte sie sich wortreich.

Weber zwinkerte ihr zu. »Wir haben auch gesagt, wir hätten Durst. Nicht dass wir schmutzig sind.«

Wider Erwarten war sie um eine schlagfertige Antwort nicht verlegen. »Ein bisschen Wasser kann nie schaden«, sagte sie lächelnd. »Ich bringe es Ihnen gleich, entschuldigen Sie.«

Sie probierten den Wein und nickten anerkennend. »Der ist gut, bei dem bleiben wir. Der passt zu allem, was meinst du?«, sagte Weber.

Christian war schon vertieft in die Karte und murmelte vor sich hin. »Hmm, klar. Eigentlich wusste ich schon, was ich essen wollte. Aber das liest sich alles so gut. Was würdest du mir empfehlen? Entrecôte oder Angusrind? Oder doch lieber Saumagen?«

Wie auf Kommando brachte die Kellnerin das Wasser und ein kleines Brotkörbchen. Sie bestellten den Vorspeisenteller und das Gänseschmalztöpfchen für Weber. Vorsichtig begann er das Gespräch.

»Wie geht es dir? Was macht der Job? Was ist passiert seit unserem letzten Treffen?«

»So viele Fragen auf einmal. Natürlich hat sich viel verändert. Das weißt du doch alles. Wir sind nur noch eine Polizeiinspektion, alles läuft in Ludwigshafen zusammen. Aber das ist okay, und die Kollegen sind nett. Allerdings haben wir mit den beiden Morden die SOKO bei uns im Gebäude angesiedelt. Mir ist es immer noch ein Rätsel, wie es passieren kann, dass wir auf einmal zwei tote Frauen haben. Hier in Speyer, eigentlich unglaublich. Unheimlich, die Vorstellung, dass mitten unter uns ein Serientäter ist. Du weißt ja sicherlich, dass wir sehr schnell einen Verdächtigen hatten. Aber mit dem zweiten Mord mussten wir ihn laufen lassen.«

Das läuft ja wie am Schnürchen, dachte Weber. Christian war gesprächiger als erwartet. »Lukas Grimm ist mein Nachbar. Ich bin auch als Zeuge befragt worden.«

Christian schlug sich mit der flachen Hand vor die Stirn. »Stimmt. Natürlich, dein Name stand im Protokoll.«

»Zu meiner Zeit gab es auch Verbrechen und einige Morde«, sagte Weber. »Ich habe sie mit den Kollegen alle aufklären können. Ich erinnere mich noch sehr gut daran. Aber meistens waren es Familientragödien. Der Vater des Besitzers hier hat mal zu einer Aufklärung beigetragen. Aber das ist schon lange her«, fügte er wehmütig an.

Christian schaute neugierig auf.

Weber schüttelte den Kopf. »Aber darum geht es jetzt nicht.« Er durfte nicht so viel an Vergangenes denken, das tat ihm nicht gut. Ohne auf Christians fragenden Blick einzugehen, fuhr er fort. »Nach einem Familiendrama sah der erste Fall ja zunächst auch aus. Im Vertrauen: Pia Renner war eine komische Person, ich bin nie mit ihr warm geworden. Ich hab mich schon etwas schuldig gefühlt, als bekannt wurde, dass ihr Freund sie umgebracht haben sollte. Natürlich habe ich mitbekommen, dass es dort öfters hoch herging. Er hat rumgebrüllt, zu viel getrunken, und mehr als einmal habe ich gedacht, dass er sie schlägt. Beweise hatte ich keine. Aber mehr, als ihr Hilfe anzubieten beziehungsweise die Telefonnummer des Frauenhauses zu geben, habe ich nicht unternommen. Ihr Tod hat mich sehr beschäftigt. Aber ihr Freund war es nicht, er hat mich angesprochen, er ist geläutert, wie man so schön sagt. Er trinkt keinen Alkohol mehr, dass er sich an nichts erinnern konnte, war ihm eine Lehre. Ich hoffe sehr für ihn, dass sich sein Leben wieder in normale Bahnen lenken lässt. So ein junges Leben.«

Er hielt inne und trank einen Schluck Wein. In diesem Moment kam die Kellnerin und brachte die Vorspeisen.

»Das geht aber schnell heute«, bemerkte Weber.

»Fütterung der Raubtiere«, erwiderte sie. »Der nächste Gang wird länger dauern, glauben Sie mir. Hier ist heute die Hölle los, fast wie Krieg.«

»Na dann, vielen Dank. Sehr rücksichtsvoll von Ihnen. Wir werden nicht verhungern.«

»Hier ist noch niemand hungrig rausgegangen.« Und weg war sie.

»Es ist angenehm ruhig, finde ich. Hier in der Ecke kann man sich in normaler Lautstärke unterhalten. Schön. Und die Vorspeisen lassen Gutes ahnen.« Weber schmierte sich seine Scheibe Brot mit Schmalz und würzte sie mit etwas mehr Salz. Herzhaft biss er hinein. Das waren Kindheitserinnerungen, schöne Erinnerungen. Ein Stück Heimat auf der Zunge. Es irritierte ihn, dass Christian gar nichts zu Pia und Lukas sagte.

»Habt ihr jetzt einen neuen Verdächtigen? Die Gäste im ›Club 16‹ habt ihr doch sicher überprüft? Soweit ich das verfolgen konnte, waren beide Opfer Gäste dort. Ich nehme an, auch die zweite Frau war allein dort? Vielleicht haben wir einen Täter, der es auf, nennen wir sie mal leichte Frauen abgesehen hat. Ist dir dieser Gedanke auch schon mal gekommen? Und was ist mit dem dritten versuchten Überfall? Hilft das Phantombild weiter?«

Es machte ihn nervös, dass Christian nichts auf seine Fragen erwiderte, sondern stattdessen genüsslich kaute und sein Glas leer trank.

»Woher weißt du von dem dritten Überfall und dem Phantombild?«, fragte er endlich.

»Ich war bei der Befragung dabei. Der Großvater des dritten Beinahe-Opfers hatte mich angerufen und gebeten, dass ich ihn zu ihr fahre. Du weißt, dass man mir vertrauen kann. Ich sag's nur noch einmal, so zur Sicherheit. Ich bin der letzte Mensch, der sich in Dinge einmischen will, die ihn nichts angehen. Aber ich bin quasi Augenzeuge. Zumindest näher dran als andere.«

Plötzlich fing Christian an zu lachen. »Du hast dich überhaupt nicht verändert, Weber. Ich freue mich sehr über deine Einladung, aber mir war von Anfang an klar, womit ich das verdient habe. Nein, das Phantombild hat keine relevanten Hinweise gebracht. Es passt auf jeden oder niemanden. Du weißt, dass ich dir mehr nicht sagen darf. Auch als ehemaliger

Kollege bist du jetzt einfach ein Privatmann. Und die Kollegen sind nicht blöd, wir haben fähige Mitarbeiter. Natürlich kann man philosophieren. Über dies und jenes, über Gut und Böse. Aber jetzt lass mich bitte erst einmal satt werden, mit Hunger kann ich nicht denken. So ganz nebenbei gefragt: Hast du diesen Tisch extra bestellt, oder war das Zufall?«

»Ich bin überrascht, was du mir alles zutraust«, entgegnete Weber und antwortete nicht auf Christians Frage. Sollte er doch glauben, was er wollte.

»Keine Antwort ist auch eine Antwort«, sagte Christian und schnitt ein Stück der Terrine ab. »Das ist so lecker, willst du mal probieren?«

Weber schnitt sich ebenfalls ein Stückchen ab und steckte es in den Mund. Christian hatte nicht zu viel versprochen. Die Konsistenz war perfekt, nicht zu glibberig, aber auch nicht zu kompakt. Der Geschmack war ausgewogen, weder zu salzig, noch war ein anderes Gewürz zu dominant. So liebte Weber Terrine. Einen Moment überlegte er, ob er falsch gewählt hatte, doch dann biss er in sein Schmalzbrot und warf alle Bedenken über Bord.

»Lass uns über etwas anderes reden. Du wohnst immer noch bei deiner Mutter? Was macht deine Freundin? Ich gehe davon aus, dass du eine hast, auch wenn es wahrscheinlich nicht mehr die ist, die ich mal kennengelernt habe, oder?«

Christian grinste verlegen. Mit Frauen hatte er so seine Probleme. Er sah gut aus, obwohl er gar nicht viel dafür tat. Seine Haare lockten sich leicht, fielen ihm oft in die Stirn und wellten sich in Richtungen, die er nicht beeinflussen konnte. Allein das schien für Frauen unwiderstehlich zu sein. Hinzu kam, dass er athletisch gebaut war, ohne Berge von Muskeln zu haben, und sein Charme wirkte auf das andere Geschlecht reizvoll. Selbst die Kellnerin himmelte ihn an.

Weber war überzeugt, dass der schnelle Service an seiner Begleitung lag. Christians gutes Aussehen und sein Unvermögen, Nein zu sagen, brachten ihn immer wieder in abenteuerliche Situationen. So sehr er das auch genoss, so schwierig war es für seine Arbeit und im Privatleben. Er verliebte sich ständig neu und hatte Angst, sich zu binden. Deshalb wohnte er in der Einliegerwohnung im Haus seiner Mutter.

»Im Moment bin ich Single. Ich habe die Nase voll, die Nächste soll die Richtige sein.«

Ganz neue Töne, dachte Weber. »Wieso der Sinneswandel?«, fragte er. »Ist etwas passiert?«

»Nein, ich bin es nur leid, ständig auf der Suche zu sein. Na ja, letztens sind zwei meiner Ex aufeinander losgegangen, weil sie beide glaubten, sie wären noch mit mir zusammen. Dabei hatte ich Schluss gemacht beziehungsweise mit der einen nie etwas angefangen. Das hat sie leider etwas anders gesehen und behauptet, ich wär ein Lügner.«

Weber lachte. Genau das waren die Situationen, in die Christian sich immer wieder selbst manövrierte. »Ich bin überzeugt, dass du nicht eindeutig gesagt hast, was Sache ist.«

»Die müssen das doch mitbekommen haben. Wenn ich sage, dass ich im Moment eigentlich lieber ganz allein wäre, dann kann man doch nicht davon ausgehen, dass eine Beziehung besteht. Oder sehe ich das so falsch?«

Weber konnte sich ganz genau vorstellen, wie sein Kumpel zwischen die Fronten geraten war. »Vielleicht tut dir eine Pause wirklich gut. Und wer weiß, vielleicht wartet die Richtige irgendwo, und du wirst ihr bald begegnen.«

»Du hast gut reden, früher war alles einfacher. So eine Beziehung, wie du sie mit Louise gehabt hast, würde ich mir wünschen. Aber solche Frauen gibt es nicht mehr. Die sind alle so emanzipiert und so, so …« Ihm fehlten die Worte. »Ich kann das gar nicht richtig erklären. Ich bin ja kein Macho, ich möchte eine Partnerin, eine, mit der ich mich unterhalten kann. Kein dummes Ding, das nur Mode im Kopf hat. Sie sollte Verständnis für meinen Job haben, weil es immer passieren kann, dass ich eine Verabredung nicht einhalte. Und darauf sollte sie nicht eifersüchtig sein und mir nicht unterstellen, dass ich andere Frauen habe. Natürlich koche ich auch gern, aber mal ganz ehrlich, wenn sie doch den ganzen Tag zu Hause ist, dann muss ich mich doch nicht abends hinstellen und etwas zu essen machen? Deshalb bin ich doch kein Macho.«

»Du hast mit jemandem zusammengelebt?«, fragte Weber. Das war etwas Neues, bisher hatte er sich immer davor gedrückt. »Wer hat das denn geschafft? Kenne ich sie?«

»Nein«, antwortete Christian. »Ich bin da so reingerutscht, das war eine blöde Geschichte. Tabea hatte Stress mit ihrem Vermieter, und irgendwie hat sich die Situation mit ihm verschärft, sie hat gekündigt und brauchte eine neue Bleibe. Und dann konnte ich nicht Nein sagen, und sie war da und blieb. Das war …«, wieder suchte er nach dem passenden Wort, »eine schlimme Erfahrung. Irgendwie hat sie gedacht, dass wir beide zusammenbleiben würden, zusammengehören. Am Anfang, und ich rede jetzt von den ersten drei Tagen, hat sie aufgeräumt, gekocht, gewaschen und was sonst so dazugehört. Dann begann sie umzuräumen. Ich habe nichts wiedergefunden, plötzlich waren meine CDs in einer Kiste, dafür standen Nippessachen im Regal. Bunte Porzellankühe. Ich hasse Kühe. Dann hat sie die Kissen ausgetauscht, statt Braun habe ich überall Lila gesehen. Ich hasse die Farbe. Jeder Versuch, sie zu überzeugen, dass das nicht richtig ist, ist fehlgeschlagen. Ich habe alle Schichten übernommen, dann hat sie mir vorgeworfen, dass ich eine andere hätte. Die war völlig schizophren, wirklich. Und dann habe ich eine Kollegin gebeten, mit mir nach Hause zu kommen, und die hat dann Tabea gesagt, dass sie gehen soll. Ich konnte es nicht. Seitdem habe ich Angst vor Briefbomben.«

Er grinste verlegen.

»Ich weiß ja, dass ich selbst schuld bin, aber ich will auch niemandem wehtun. Und warum ich immer an solche Frauen gerate, weiß ich auch nicht.«

»Du solltest an deiner Strategie arbeiten. Sonst gerätst du irgendwann in eine richtig schlimme Situation.«

Die Kellnerin kam und räumte ab. Christian schaute auf den Tisch und vermied, die Frau anzusehen.

Weber beobachtete fasziniert sein Verhalten. Innerlich machte er sich über Christian lustig. Er war ein lieber Kerl, scharfsinnig und klug. Als Kommissar agierte er ganz anders, so als ob er in der Rolle des Kommissars einen Schutzpanzer trug. Weber konnte das gut nachvollziehen, auch er war ein anderer gewesen, wenn er seinem Job nachgegangen war. Und er hatte Louise gehabt, die ihn immer wieder in die Realität zurückgeholt hatte. Er wünschte Christian, dass er eine Frau wie sie fand.

»Wie alt bist du jetzt?«, fragte er.

»Dreiunddreißig. Nicht mehr ganz so jung, um alles auszuprobieren.«

Die Kellnerin kam erneut, um die Bestellung für das Hauptgericht entgegenzunehmen. Wieder blickte Christian auf die Tischplatte, als er sein Rindersteak bestellte.

»Medium rare, bitte mit Bratkartoffeln. Dazu einen kleinen Salat mit ›Engel‹-Vinaigrette.« Er lächelte nicht, blieb ernst.

Auch Weber gab seine Wünsche auf, und die Kellnerin verschwand. »Entweder hält sie dich für schwul oder für den unfreundlichsten Menschen hier im Lokal«, sagte er.

Christian schrak auf. »Meinst du? Das will ich ja auch nicht. Aber was soll ich denn tun? Hast du ihren Blick gesehen? Ich kann nicht mehr unbeschwert flirten. Das Erlebnis mit Tabea hat mich echt geprägt.«

»Dann erzähl mir doch lieber etwas über die SOKO. Du bist Mitglied, nicht wahr?«

»Ja, habe ich doch gesagt, dass die Arbeit in der SOKO Spaß macht. Auch wenn die Erkenntnisse und Ergebnisse überschaubar sind.«

»Gibt es noch andere Gemeinsamkeiten, außer dass die beiden im ›Club 16‹ waren? Irgendetwas müsst ihr doch übersehen. Ich glaube nicht an einen Zufall. Beide sind erstochen worden. Habt ihr das Tatwerkzeug gefunden? War es beide Male ein gleiches Messer? Ein Küchenmesser oder ein Jagdmesser? Von oben oder von unten? Gibt es Hinweise auf die Größe des Täters?«

»Du bringst mich echt in Teufels Küche. Nun gut. Ein weiterer Grund, deinen Nachbarn freizulassen, war seine Größe. Die Rechtsmedizin hat herausgefunden, dass der Täter ungefähr gleich groß wie das Opfer war. Pia ist einen Meter fünfundsechzig, mit Absätzen einen Meter dreiundsiebzig groß. Lukas Grimm einen Meter zweiundneunzig. Man kann viel experimentieren. Aber bei dieser Auffindesituation und dieser Wunde muss man davon ausgehen, dass er anders zugeschlagen hätte. Wir glauben, dass der Täter um die eins siebenundsiebzig ist. Das passt zu unserem nächsten Verdächtigen, der jeden Abend im ›Club 16‹ Frauen anspricht, die allein sind. Regelmäßig blitzt er ab. Wir observieren ihn, im Moment haben wir noch zu wenig, um ihn zu überführen. Das Messer ist ein Küchenmesser, universal einsetzbar mit Wellenschliff und dreizehn Zentimeter langer Klinge. Aber wir wissen nicht, woher der Täter die Schlüsselanhänger hat.«

Weber hatte aufmerksam zugehört und immer wieder zustimmend genickt. Jetzt stutzte er. »Was für Schlüsselanhänger?«, fragte er nach.

Christian wechselte die Gesichtsfarbe, errötete. »Scheiße«, fluchte er, »das hast du gar nicht gehört, das hast du nicht von mir.«

»Kann ich nachschenken?«

Die Männer waren so in ihr Gespräch vertieft, dass sie die Kellnerin nicht bemerkt hatten. Dieses Mal blickte Christian sie an und versuchte sogar ein Lächeln, als er zwei Gläser Wein bestellte.

»Sollen wir nicht gleich eine Flasche nehmen?«, fragte Weber. »Wir sitzen doch sicherlich noch etwas hier.«

Ohne eine Antwort abzuwarten, wandte er sich an die Kellnerin. »Bringen Sie uns bitte eine Flasche.«

Als sie gegangen war, sagte keiner der beiden ein Wort. Christian pochte mit seinem Zeigefinger immer wieder auf die Tischplatte. Dann gab er sich einen Ruck. »Ich weiß, dass dieses Gespräch unter uns bleibt. Vielleicht kannst du uns tatsächlich helfen.« Er holte tief Luft, bevor er weitersprach. »Es gibt eine Besonderheit, eine Gemeinsamkeit, die, sagen wir mal, seltsam anmutet. Wir haben diese Information nicht an die Presse gegeben. Vielleicht ist es auch Zufall. Alles ist möglich.«

Weber meinte, dass es in seiner Karriere viele Zufälle gegeben habe, ohne die er die Fälle nicht aufgeklärt hätte. »Was gab es denn? Was hat das mit den Schlüsselanhängern zu tun? Daran kommt mir nichts Seltsames vor. Gab es zusätzlich einen Zettel mit einer geheimen Botschaft? Codierte Nachrichten?«

Christian beugte sich vor. »Elwedritsche-Schlüsselanhänger«, flüsterte er ihm zu und lehnte sich wieder zurück.

Weber hob seine rechte Augenbraue. »Wie muss ich mir das denn vorstellen?«

»Tja, schwierig zu beschreiben, wie die aussehen. Wir haben die gleichen Anhänger bei den Opfern gefunden, und zwar ganz besondere. Es sind keine Nullachtfünfzehn-Teile, sondern sie sehen aus wie ein Fabelwesen, wie eine Elwedritsche. Edelstahl, mit bunter Emaille, circa zehn Zentimeter lang.«

»Echt? Elwedritsche-Schlüsselanhänger?«, hakte Weber irritiert nach. »Von so was hab ich ja noch nie gehört. Wenn die so außergewöhnlich sind, müsste es doch einfach sein, den Hersteller und den Auftraggeber zu finden?«

»Ja, die Kollegen sind dran. Auf jeden Fall ist es ein individuell angefertigtes Produkt, keine Massenanfertigung. Da die Hersteller in der Regel eine Kennung auf ihren Produkten hinterlegen, müsste man ihn leicht ausfindig machen können. Aber in diesem Fall ist es so, dass es den damaligen Hersteller nicht mehr gibt, er ist vor Jahren von einem ausländischen Unternehmen übernommen worden. Die Anhänger sind mindestens zwanzig Jahre alt. Sehen aber aus wie neu.«

»Du hast nicht zufällig ein Foto von ihnen dabei? Vielleicht auf dem Handy?«, fragte Weber interessiert.

Christian kramte in seiner Hosentasche und holte sein Smartphone heraus. »Ich hab das Telefon extra nicht auf den Tisch gelegt. Wenn ich es in Griffweite habe, schaue ich alle naslang, ob mir jemand geschrieben hat. Oder was bei Facebook los ist. Das ist fast eine Sucht. Aber ich möchte es nicht mehr missen. Hast du immer noch keins?«

»Doch natürlich«, antwortete Weber, »ich bin doch nicht von gestern. Aber mein Telefon kann wirklich nur telefonieren und Kurznachrichten senden. Den Rest brauche ich nicht. Außerdem lese ich immer wieder, wie anfällig diese Smartphones für Hackerangriffe sind. Und mir ist es zu anstrengend, auf diese Bildschirme zu schauen, das tut meinen Augen nicht gut.«

»Vielleicht hast du recht. Also, hier ist ein Foto. Es ist nicht gut zu erkennen, aber eventuell reicht es dir.«

Weber betrachtete das Bild aufmerksam. Er musste an Hartmut und sein Buch über Fabelwesen denken. Hatte er nicht von Werbemitteln passend zum Buch gesprochen? Gab es Passenderes als das, was er gerade auf dem Bildschirm sah? War es möglich, dass das Hartmuts Schlüsselanhänger waren, die bei den Opfern gefunden worden waren? »Vor Kurzem hat mir jemand von exklusiv angefertigten Schlüsselanhängern erzählt«, sagte er nachdenklich. »Es müsste ein paar davon hier in Speyer geben, ist aber schon einige Jahre her. Wenn ich wüsste, wie sie aussehen, könnte ich sie mit denen hier vergleichen.«

»Du?«, fragte Christian. »Wenn uns das weiterhelfen könnte, würde ich mich freuen, wenn du mir die Informationen gibst und nicht auf eigene Faust ermittelst.«

Konzentriert schaute sich Weber wieder das Foto an. »Ich habe das Original nie gesehen. Aber es könnte in der Tat ein Zusammenhang zwischen einem Buch über Elwedritsche und einem passenden Schlüsselanhänger bestehen, oder was meinst du?«

Er erzählte von Hartmut, ohne dessen Namen zu nennen.

Christian fuhr sich mit der Hand ans Ohr, wie er es so oft tat, wenn er nachdachte. »Das wäre ja mal ein Hinweis. Es klingt wie eine Spur. Wie gut kennst du deinen Freund?«

»Er ist in Speyer geboren, etwas älter als ich. Er hatte mal vor, Polizist zu werden, wir waren gemeinsam an der Polizeischule in Koblenz. Er hat früh geheiratet, hat dann die Ausbildung abgebrochen und ist in die Nähe von Karlsruhe gezogen. Wir haben uns die Tage zufällig getroffen. Jemand hatte Ehemalige von der Polizeischule zu einer Elwedritsche-Jagd nach Speyer eingeladen. Das war übrigens in der Nacht, in der Pia Renner ermordet wurde.«

Christian hob den Kopf und sah ihn eindringlich an. »Aha«, sagte er, »wie interessant.«

Weber verstand nicht, was er meinte. »Was ist denn daran interessant?«

»Komm, kannst du dir das nicht vorstellen? Überleg mal

folgendes Szenario: Du bist im aktiven Dienst. Du erfährst von einem frisch Zugezogenen, und kurz darauf passiert ein Mord. Dann entdeckst du, dass ein Beweisstück am Tatort diesem Mann gehören könnte. Jetzt bin ich gespannt, was dein kriminalistischer Scharfsinn daraus macht.«

Weber entglitten die Gesichtszüge. So, wie Christian das Geschehene darstellte, gab es dem Ganzen eine ganz andere Bewandtnis. Das konnte nicht, das durfte nicht wahr sein. War er so blind gewesen? Es war unmöglich, was Christian gerade andeutete. Nicht Hartmut. Er war ein Sprücheklopfer, ein Besserwisser und Angeber, aber kein Mörder. Allerdings konnte Weber diese Berührungspunkte auch nicht leugnen.

»Ajo, eigentlich hat dieses Gespräch ja gar nicht stattgefunden«, sagte er. »Ich weiß etwas, und du weißt etwas, was wir nicht wissen sollten.«

Christian verdrehte die Augen. Er wollte gerade zu einer Erwiderung ansetzen, doch Weber zeigte mit einer Geste an, ihn nicht zu unterbrechen.

»Hör zu, du weißt nichts von meinem Freund, und ich weiß nichts von den Schlüsselanhängern. Ich treffe ihn morgen und melde mich bei dir, wenn ich mit ihm gesprochen habe. Das bin ich ihm schuldig, und das bist du *mir* schuldig. Mein Freund hat nichts damit zu tun, da bin ich mir ganz sicher. Dennoch kläre ich das mit ihm und den Anhängern, und du hältst so lange die Füße still.«

Christian wurde einer Antwort enthoben, als die Hauptspeisen kamen. Dieses Mal brachte sie nicht die Kellnerin, sondern der Chef persönlich.

»Hallo, Ferdinand, schön, dich mal wieder zu sehen. Die sind bestimmt für dich, oder?«

Weber lachte nickend. »Das ist richtig, Philipp. Wie geht es dir?«

Philipp Rumpf stellte ihm seinen Teller hin. »Am liebsten gut, weißt du doch. Lasst es euch schmecken«, wünschte er und servierte Christian das Steak und die Bratkartoffeln. »Ich habe leider keine Zeit zu reden, ihr seht ja, was hier los ist. Bis demnächst mal wieder.«

Das Essen dampfte und roch phantastisch, doch Webers Hunger war verschwunden. Seine Gedanken kreisten um Hartmut. Was zur Hölle hatte er mit den Morden zu tun? War das alles ein abgekartetes Spiel? Oder Zufall? Wie passte es hinein, dass seine Enkelin den potenziellen Täter in die Flucht geschlagen hatte? Ihm fiel die seltsame Stimmung ein, die ihn gefangen genommen hatte, als er Melanies Beschreibung des Tathergangs zugehört hatte. Christian hatte mit seiner Frage den Finger in die offene Wunde gelegt. Noch konnte Weber sein Bauchgefühl nicht in Worte fassen, aber irgendetwas stimmte nicht. Melanies enge Verbundenheit zu ihrem Großvater war nicht zu übersehen. Wie weit würde sie gehen? War es Zufall, dass ihre Beschreibung und die Erstellung des Phantombilds noch keine Hinweise ergeben hatten? Wäre es möglich, dass sie sich Täterzüge ausgedacht hatte, um ihren …?

Weber stöhnte auf. Diesen Gedanken verbot er sich. Seine Phantasie ging mit ihm durch, das war Unsinn, völlig abstrus. Wenn Hartmut tatsächlich etwas mit den Frauenmorden zu tun hatte, dann würde er es spüren. Würde er?, fragte er sich augenblicklich. Warum hatte er damals den Dienst quittiert? Lag es nur an seiner Heirat, wie er immer erklärt hatte? Jetzt beginnst du völlig zu spinnen, wies er sich selbst zurecht.

Warum sollte sich Hartmut zu einem Serienmörder entwickelt haben? Konnte sich Weber so täuschen? Psychopathen strotzten vor Selbstbewusstsein, Empathie war ein Fremdwort für sie. Automatisch nahm Weber Messer und Gabel in die Hand, schnitt ein Stück von seinem Fleisch ab und führte es zum Mund. Er hätte einen Bierdeckel auf seinem Teller haben können, er schmeckte nichts. Die plötzliche Wendung in dem Fall raubte ihm den Genuss am Essen. Er hoffte, dass Christian seinem Vorschlag zustimmte, obwohl es hart an der Grenze war, was er von ihm verlangte. Heute war Freitag – bis Sonntag zu warten, konnte man mit ganz viel gutem Willen vertreten, redete er sich ein. Er sah, dass Christian ebenfalls im Essen herumstocherte.

»Schmeckt es dir nicht, Christian?« Etwas Blöderes fiel ihm nicht ein.

Christian legte das Besteck zur Seite. »Mir geht es wie dir, Weber. Du hast wieder deine drei Querfalten auf der Stirn. Dann bist du geistesabwesend, das kenne ich von früher. Ich brauche nicht viel dazu zu sagen, du weißt, was du von mir verlangst.«

Weber trank einen großen Schluck Wein. »Wir tun einfach so, als hätten wir uns nur über das Essen unterhalten. Den Rest verdrängen wir.«

»Nein, so einfach ist es nicht, das weißt du ganz genau. Erzähl mir von deinem Freund. Was weißt du über ihn? Was ist er für ein Mensch? Hattest du Kontakt mit ihm in den letzten Jahren?«

Weber lächelte über das Fragenbombardement. Er verstand Christian nur zu gut, an seiner Stelle würde er ebenso alles wissen wollen.

»Das Essen ist gut, oder?« Er versuchte, ein wenig Zeit zu gewinnen.

»Ja, wie immer. Essen lecker, Wein lecker. Ich kann es nur nicht richtig genießen, weil meine Gedanken ganz woanders sind. Du würdest mir sehr helfen und vor allem meinem Gewissen, wenn wir uns über deinen Freund unterhalten könnten.«

Weber holte tief Luft und legte das Besteck zur Seite, bevor er berichtete, wie er Hartmut wiedergetroffen hatte.

»Weißt du, wenn man in meinem Alter ist und keine Familie hat, dann lebt man häufig in den Erinnerungen. Mir fehlt meine Frau. Das alles nimmt mich mehr mit, als ich mir oft eingestehen will. Ich bin ständig auf der Suche nach Abwechslung, ich lese viel, suche alle naslang ein neues Hobby, aber nichts füllt diese Leere in mir. Es sind alles Versuche, den Tag irgendwie zu überstehen. Dass ich an einem Abend, an dem ich nicht damit gerechnet habe, einen alten Freund wiedertreffe, hat mich sehr gefreut. Ich hatte nur noch die positiven Seiten von ihm im Kopf, wie gesagt, er war sehr charmant, lustig und schlagfertig. Und auch er ist allein. Seine Tochter will nichts von ihm wissen, und seine Enkelin, die er über alles liebt, kommt ihn häufig besuchen, hängt aber an ihrer Mutter. Dass sie in diesem Club arbeitet, muss ihm ein Dorn im Auge sein.

Ich kann mir nicht vorstellen, dass er seiner Enkelin absichtlich auflauert.«

»Moment, Moment«, unterbrach ihn Christian, »du sprichst von dem Großvater der Frau, die beinahe das dritte Opfer geworden wäre? Dieser Hartmut Schulze ist dein alter Freund, der das Buch über Elwedritsche geschrieben und passende Schlüsselanhänger anfertigen lassen hat?« Christian wurde lauter. »Der Typ kommt ständig zu uns auf die Wache, um uns zu überzeugen, dass wir seiner Enkelin Polizeischutz geben müssen.« Er holte tief Luft. »Ihn haben wir routinemäßig durchleuchtet, er hat mit den Überfällen nichts zu tun. Die Enkelin kommt mir zwar auch merkwürdig vor, doch man kann ihr nichts vorwerfen. Aber dass die beiden jetzt auch noch eine Verbindung zu den Schlüsselanhängern haben, irritiert mich. Was hat das zu bedeuten?«

Weber zuckte die Schultern. »Dass es etwas bedeuten muss, ist nur eine Vermutung, keinesfalls sicher. Wenn ihr die beiden schon durchleuchtet habt, hält sich mein schlechtes Gewissen in Grenzen, dann bekomme ich auf jeden Fall Zeit. Ich habe Hartmut morgen Abend zum Essen eingeladen und werde ihn ausfragen. Einverstanden?«

»Ist ja schon gut. Kein Problem, das habe ich doch gesagt.« Christian trank sein Glas leer, Weber schenkte ihm nach.

»Der ist wirklich phantastisch, und es wäre fatal, wenn wir uns den guten Wein und das gute Essen durch diese Geschichte verderben würden.«

»Was macht eigentlich deine Buchhändlerin? Triffst du dich immer noch jeden Mittag mir ihr?«, wechselte Christian das Thema.

»Meistens. Sie ist ein bisschen Familienersatz. Die Gespräche mit ihr machen Spaß. Im Moment ist sie allerdings krank. Und sie scheint Beziehungsstress zu haben.«

Christian nahm den letzten Bissen seines Steaks, schob den Teller von sich weg und legte das Besteck zur Seite. »Gut war es. Hier sollten wir öfter hingehen. Obwohl ich mich an diesem Katzentisch etwas unwohl fühle.«

»Wieso denn das? Du siehst gut dahinter aus. Und mir gefällt, dass du auf mich angewiesen bist, falls du rausmöchtest. Noch Lust auf ein Dessert?«

»Das passt noch. Es sei denn, du musst schon ins Bett.«

Weber schüttelte den Kopf. Es wartete eine leere Wohnung auf ihn, und die Furcht, dass er Lukas über den Weg lief, war immer da.

»Ich wünsche mir, eine Frau zu finden, wie du sie gefunden hast. Eine, die wie Louise ist. Das Leben wäre schöner, wenn man viele Jahre gemeinsam verbringt. Aber was ist, wenn die Zeit des einen Partners vorbei ist? Was ist mit dem, der übrig bleibt? Das mag ich mir gar nicht vorstellen. Man hat endlich jemanden gefunden, den man lange gesucht hat, und dann schlägt das Schicksal zu. Wie gemein ist das?«

»Manchmal muss man sich auf etwas einlassen, man kann sich nicht gegen alles versichern. Das Leben steckt voller Überraschungen. Überlege dir, wie es meinem Freund Hartmut ergangen ist. Er hatte eine Frau und sogar ein Kind, eine Familie, und hat im Prinzip nichts davon. Seit er wieder in Speyer lebt, will er die Familie zusammenbringen. So nach dem Motto, alles wird gut, wo ein Wille ist, ist auch ein Weg. Und nun sitzt er in seiner Seniorenresidenz mit wildfremden, alten Leuten, die er sich nicht aussuchen konnte.«

Er machte eine kurze Pause.

»Da nehme ich lieber meine Erinnerungen an Louise in Kauf. Ich spreche immer noch mit ihr, wenn ich in unserer Wohnung bin. Ich frage sie, ob ich heute wirklich staubsaugen muss oder wie ich die Hemden waschen oder was ich kochen soll. Es tröstet mich, weil mich alles an sie erinnert, an unsere gemeinsame Zeit. In Hartmuts Leben gibt es so etwas wohl nicht, er spricht kaum von seiner Frau. Der einzige Mensch, der ihm wirklich etwas bedeutet, ist seine Enkelin. Er will alles Böse von ihr fernhalten, kein Wunder, dass er euch die Türen einrennt und euch bedrängt, sie zu beschützen. Er hat Angst, dass der Täter wieder irgendwo auf sie wartet und dann seine Tat zu Ende bringt.«

»Wir tun, was wir können. Du weißt doch, wie es läuft.«

»Ich mach dir keine Vorwürfe, ich wollte dir nur Hartmuts

Verhalten erklären. Und ganz ehrlich, ich wollte im Leben nicht mit Hartmut tauschen. Auch wenn ich ihn früher bewundert habe und etwas dafür gegeben hätte, wenn ich so schlagfertig und so gut aussehend wie er gewesen wäre. Er war der Schwarm aller Mädchen, er hätte jede haben können. Er ist einer, der nichts anbrennen ließ, deshalb ist er auch so früh Papa geworden. Aber er hat sich, und das muss ich ihm zugutehalten, seiner Verantwortung nicht entzogen. Inwieweit seine Eltern dafür gesorgt haben, weiß ich allerdings nicht.«

Christian hatte aufmerksam zugehört. »Es ist in der Tat merkwürdig, wie ein Leben verlaufen kann. Man malt sich alles so schön aus, und dann wird alles anders. Vielleicht finde ich ja auch noch die richtige Frau. Kenne ich eigentlich diese Jeannette? Willst du sie mir nicht mal vorstellen? Vom Alter müsste es doch passen, oder?«

Weber schüttelte den Kopf. »Im Leben nicht, die hat was Besseres verdient als einen Casanova in Polizeiuniform.«

21

Jeannette hielt sich die Ohren zu. Warum hatte sie nicht das Festnetztelefon ausgeschaltet? Die Melodie, die ihr anfangs so gut gefiel, weckte nun Aggressionen in ihr. Sie erinnerte an Spieluhren, die man kleinen Kindern zum Einschlafen vorspielte. An kleine Kinder wollte sie nicht denken.

Ihr Smartphone lag neben ihr, und immer wenn das Festnetz eine Weile schwieg, brummte der Vibrationsalarm. Warum gab Jonas nicht auf? Die Antwort gab sie sich selbst. Weil Jonas, wenn er sich etwas in den Kopf gesetzt hatte, niemals aufgab.

Sie musste es aussitzen, sich die Decke über den Kopf ziehen, Kopfhörer aufsetzen und Musik hören. Oder doch alles ausschalten, am besten auch die Klingel. Die Gefahr, dass er irgendwann vor der Tür stand, war groß. Oder vorübergehend ausziehen. Nur, wohin konnte sie gehen?

Die Alternative war, endlich mit ihm zu sprechen.

Sie holte tief Luft. Das war unmöglich. Sie konnte nicht reden, weder mit Jonas noch mit sonst jemandem. Selbst Weber hatte sie am Telefon abgewimmelt.

Es war achtzehn Uhr, bereits dunkel. Sie schaute aus dem Fenster und sah die ersten Festbeleuchtungen. In sechs Wochen war Weihnachten. Das Fest der Liebe. Lieder ihrer Kindheit fielen ihr ein. »Lasst uns froh und munter sein«, »Oh Tannenbaum«, »Ihr Kinderlein kommet«.

Sie ließ das Rouleau herab, damit die Welt draußen blieb. Sie konnte sich nicht erinnern, dass sie jemals einen Tag wie diesen erlebt hatte. Einen Tag, angefüllt mit Angst, Selbsthass und Zweifel. Und dem Gefühl, der einsamste Mensch der Welt zu sein.

Normalerweise funktionierte sie immer. Selbst nach der Mitteilung ihrer Ärztin hatte sie sprechen können, weil es die Situation erforderte. Ihre Antworten hatten keinen Rückschluss auf ihr Seelenleben zugelassen. Niemand hatte gemerkt, dass etwas nicht mit ihr stimmte. Sie wusste, wann ein Lächeln erforderlich war, wann ein Kopfnicken oder -schütteln. Sie war ganz normal gewesen, weder hatten ihre Hände bei der Verabschiedung gezittert, noch hatte der Boden gewankt.

Genauso normal hatte sie mit dieser anderen Frau gesprochen, sie angesehen, ihr zugehört. Auch ihr hatte sie ihre Situation geschildert, ihre Stimme hatte sie nicht verlassen, war der Situation entsprechend leise und ein wenig verzweifelt gewesen.

Schwangerschaftskonfliktberatung – was für ein Ausdruck. Rechtswidrig, aber straffrei. Diese Worte hallten in ihren Ohren nach, und in ihrem Innern lief ein ganz anderer Film ab. Sie glaubte, jeder müsse ihr ansehen, dass ihr Herz raste, bis zum Hals klopfte, jeden Moment zu zerspringen drohte. Dass ihr Magen sich immer weiter zusammenzog, sie noch nicht einmal ein Glas Wasser, geschweige denn einen Bissen hinunterbekam.

Als sie endlich ihre Haustür geöffnet und hinter sich wieder hatte zuschließen können, fiel die ganze Fassade ab. Sie rannte ins Badezimmer und übergab sich. Sie wusch sich, trocknete die Hände am Handtuch ab, jeden Finger einzeln, wieder und wieder, bis ihr kalt wurde. Irgendwann legte sie sich ins Bett, rollte sich in die Decke ein. An Schlaf war nicht zu denken, sie lag auf dem Rücken und starrte Löcher in die Luft. Sie spürte in sich hinein. War da etwas? Die Ärztin sagte, sie wäre noch ganz am Anfang. Und wenn sie sich dagegen entscheiden wollte, sollte sie dies so früh wie möglich tun.

Dagegen. Nein. Durfte man das? Konnte sie diese Entscheidung allein treffen, war sie nicht ein schlechter Mensch, ein Mörder? Wieder rebellierte ihr Magen. Doch er war leer, der bittere Geschmack von Galle blieb. Diese Entscheidung war ihre eigene, ganz persönliche. Niemand konnte sie ihr abnehmen. Der Allgemeinarzt, die Frauenärztin und die Dame von der Beratungsstelle hatten sachlich über alle Möglichkeiten gesprochen. Nicht wertend, nur aufklärend.

Das Prozedere war umfassender, als sie geglaubt hatte. Aber natürlich durfte man einen solchen Entschluss nicht zu einfach unterstützen. Es war eine wichtige, zukunftstragende Entscheidung, die gut überlegt sein sollte. Das änderte nichts an ihren Schuldgefühlen, den Selbstvorwürfen. In der heutigen Zeit musste niemand schwanger werden, der es nicht wollte. Ein kurzer Moment des Schwachwerdens hatte gereicht.

Jonas hatte immer gesagt, er würde die Konsequenzen tragen. Er hatte schon ganz früh von gemeinsamen Kindern gesprochen. Damals hatte sie gelacht und es für einen Scherz gehalten. Sie hatte nie geglaubt, dass es so schnell gehen konnte. Schon gar nicht, wenn sie an die vielen verzweifelten Frauen dachte, deren sehnlichster Wunsch, schwanger zu werden, nicht in Erfüllung ging. Die mit Hilfe von Hormonbehandlung bis hin zur Leihmutter alles wagten. Und sie? Ein einziges Mal nicht ausreichend geschützt ... Sie schüttelte den Kopf.

Es war ihr unmöglich, mit Jonas zu reden. Ihr fehlte der Mut. Sie hatte ihm eine E-Mail geschrieben. Ihm mitgeteilt, dass sie krank war, dass sie viel Zeit zum Nachdenken gehabt hatte und zu dem Schluss gekommen war, dass es für sie beide besser war, wenn sie ihre Beziehung beendeten. Sie hatte ihn gebeten, Rücksicht zu nehmen, weil es ihr nicht gut ging und sie nicht mit ihm reden konnte. In dem Augenblick schien es ihr die einzige Möglichkeit zu sein, mit ihm zu kommunizieren. Obwohl es feige und unfair war. Sie konnte und wollte nicht mit ihm sprechen.

Objektiv betrachtet, war ihre Entscheidung richtig, daran musste sie nicht zweifeln. Jonas war nicht gut für sie. Er war nicht der Richtige. Die Vorstellung, trotzdem ein gemeinsames Kind mit ihm zu haben, trieb ihren Blutdruck in die Höhe. Seine Mutter! Sie sah sie vor sich, wie sie entzückt über ein Enkelkind ständig bei ihr auftauchte.

Das war unmöglich!

Ihr Entschluss stand fest, dennoch fühlte sie weder Erleichterung noch Befreiung. Sie wollte die Welt anhalten, den Augenblick festhalten und nur mit sich allein sein. Radio und Fernsehen schaltete sie nicht ein, aus Angst, Werbung für Windeln oder Babynahrung zu hören.

Das Telefon schreckte sie aus ihren Gedanken. Sie nahm ab, und die Mailbox teilte ihr mit, dass sie neun neue Nachrichten hatte. Von Jonas. Seine Stimme war das Letzte, was sie jetzt hören wollte. Sie wollte ihn aus ihrem Leben verbannen, ihn ausschließen. Rigoros drückte sie mehrere Sekunden auf das rote Symbol. Ein Telefon konnte man auch ausschalten. Es würde nicht mehr klingeln, sollte Jonas doch noch neun Mal auf die Mailbox sprechen.

Wenn alles andere doch auch so einfach wäre. Sie brauchte Ruhe. Einfach nur Stille und Ruhe. Sie wollte nicht sprechen, nicht nachdenken. Ihre Angst, dass sich ihr Schutzpanzer auflöste, sobald sie reden müsste, war groß. Warum akzeptierte Jonas ihren Wunsch nach Ruhe nicht? Ständig quatschte er ihren Anrufbeantworter und ihre Mailbox voll, lud sie zum Essen ein, was sie natürlich nicht annahm. Sie fühlte sich verfolgt, gestalkt. Zumindest das wäre etwas, wobei ihr Weber helfen könnte. Als ehemaliger Polizist wusste er sicherlich mit Stalking umzugehen.

Mittlerweile hatte sie Angst, dass Jonas ihr auflauerte, wenn sie wieder arbeiten ging und nach Feierabend aus der Tür der Buchhandlung auf die Wormser Straße trat. Wie oft war er während ihrer Beziehung plötzlich aufgetaucht, mit einem riesigen Blumenstrauß und einer Einladung zu einem Abendessen oder einer Weinschorle in einer Bar. Diese Überfälle machten sie wütend, was keiner ihrer Kollegen verstehen konnte.

»Was hast du einen aufmerksamen Freund«, sagten sie. »Was für ein toller Strauß.« Aber niemand von ihnen wusste, wie schwer so ein Strauß wurde, wenn man ihn durch die Stadt tragen musste. Und erst die neidischen Kommentare ihrer Kollegin Claudia. »Was für eine romantische Geste! Er liebt dich wirklich.«

Sie konnte nichts Romantisches an dem Strauß erkennen. Romantisch wäre es gewesen, wenn er ihn nach Hause hätte schicken lassen. Oder ihr vor die Tür gelegt hätte. Aber dann würde niemand seine Gesten mitbekommen. So tickte der ach so romantische Jonas. Berechnend bis zum Äußersten. Und er kam damit durch, seine Strategie ging auf.

Sie war sich sicher, dass niemand ihrer Kollegen ihren Entschluss verstehen würde. Niemand nahm wahr, dass Jonas keinerlei Rücksicht auf ihre Wünsche nahm. Ihm ging es einzig und allein darum, dass er in den Augen der anderen gut dastand und sie sich anhören musste, was sie doch für einen tollen Freund hatte. So einen ließ man doch nicht gehen. So einen hielt man fest. Subtile Erpressung.

Und jetzt versuchte er es mit Telefonterror, E-Mail- und SMS-Attacken. Sie wusste weder, wie sie in diese Situation hineingerutscht war, noch, wie sie dort wieder herauskommen sollte.

Sie wollte weg, doch Urlaub nehmen kam um diese Zeit nicht in Frage. Eine Krankschreibung für ein paar Tage ging gerade noch, daran konnte man nichts ändern. Doch alles andere wäre unfair gegenüber den Kollegen gewesen.

Wo konnte sie hin? Würde Weber sie aufnehmen? Ihm würde sie nichts vormachen können. Er würde sie durchschauen, spüren, dass noch viel mehr sie beschäftigte. Er würde nachhaken, er war ein guter Kriminalist gewesen. Es war utopisch, zu glauben, dass sie ihm etwas verheimlichen konnte. Sie hatte selten mit ihm über ihre Beziehung gesprochen, weil es sich nie ergab. Sie hatte auch vermieden, dass er und Jonas sich kennenlernten.

Die Treffen mit Weber waren für sie besondere Momente, wichtige Momente, die sie mit niemandem teilen wollte. Weber war ihr väterlicher Freund. Jemand, der sie respektierte, sie ernst nahm.

Wirklich?, fragte sie sich im selben Moment. Wie würde er reagieren, wenn sie ihm die ganze Geschichte erzählen würde? Nein, das war unmöglich.

Sollte sie für ein paar Tage in ein Hotel ziehen? In Speyer gab es genug Hotels und Pensionen, die für ihren Geldbeutel erschwinglich waren. Post und Zeitung konnte sie ab- und umbestellen. Je mehr sie darüber nachdachte, desto mehr konnte sie sich mit diesem Gedanken anfreunden.

Das Brummen des Handys hörte endlich auf. Doch die Stille brachte nicht die ersehnte Ruhe, sondern gab einer neuen Angst Raum. Was ließ er sich jetzt einfallen? Was kam als Nächstes? Stand er womöglich vor der Tür? Lauerte er ihr auf? Was konnte sie ihm zutrauen? Alles, beantwortete sie ihre eigene Frage.

Sie fühlte sich paranoid, ängstlich und allein. Hellwach, alle Sinne angespannt, lag sie auf dem Bett und lauschte in die Dunkelheit. Sie schloss die Augen und sah Jonas vor sich. Nicht verschmitzt lächelnd oder verliebt guckend, sondern überheblich grinsend. Du entkommst mir nicht, formten seine Lippen.

Es dauerte einen Moment, bis sie merkte, dass sie kurz eingenickt war. Sie wischte sich über die Augen, in der Hoffnung, die Bedrohung verschwände. Ein Trugschluss. Ihr blieb gar nichts anderes übrig, als ihren Plan durchzuziehen. Ohne jemanden einzuweihen, ohne fremde Hilfe. Sie würde es schaffen, sie schaffte alles, was sie sich vornahm. Wenn es sein musste, auch allein.

In diesem Moment vernahm sie ein Klopfen an der Tür.

»Jeannette?«, hörte sie die Stimme ihrer Nachbarin Frau Müller. Erneut energisches Klopfen.

Sie stand auf und öffnete die Tür. Gegenüber Frau Müller war ihr Aussehen egal. Doch nicht nur sie stand vor der Tür, sondern – hinter ihr – auch Jonas, mit kaltem, berechnendem Blick.

»Kindchen, ihr Freund hat mir erzählt, dass es Ihnen nicht gut geht und er sich Sorgen macht.«

Jonas arbeitete sich bereits nach vorn, was nicht so einfach war, denn Frau Müller war eine resolute, kompakte Frau. Er versuchte, seinen Fuß in die Tür zu stellen, doch so einfach ließ sich Frau Müller nicht zur Seite schieben. »Alles in Ordnung mit Ihnen, Jeannette? Ist Ihre Klingel kaputt? Sie sehen blass aus, wenn ich das so sagen darf.«

Jeannette konnte Jonas nicht in die Augen schauen. Seine Wut sprühte aus jeder Pore seines Körpers.

»Danke, Frau Müller«, sagte er. Selbst seine Stimme bebte vor Zorn, »dass Sie meine Sorgen teilen, aber jetzt können Sie ruhig wieder gehen. Ich kümmere mich um meine Freundin. Ich vergesse meinen Schlüssel nicht noch einmal.«

Alles, was Jeannette denken konnte, war, dass sie nicht zulassen durfte, dass er in ihre Wohnung kam.

»Nein!«, rief sie aus und erntete erstaunte Blicke. Sie nahm ihre ganze Willenskraft zusammen und sagte ruhiger: »Der Arzt meint, ich solle viel schlafen.« Warum fiel ihr nichts anderes ein?

»Dann bringe ich dich jetzt ins Bett.«

Wie hatte sie annehmen können, dass sich Jonas so einfach aus ihrem Leben verdrängen ließ? Wie durch einen Nebel nahm sie wahr, dass er Frau Müller beiseiteschob, hereinkam und die Tür zuschlug.

»Na so was«, sagte Frau Müller vor der Tür.

»Was soll das, Jeannette?«, fragte er barsch und packte sie an den Armen. »Du kannst nicht einfach Schluss machen, ohne mit mir zu sprechen.«

»Ich habe es dir erklärt. Ich bin krank, ich brauche Ruhe und will nicht diskutieren.« Ihr brach der Schweiß aus, sie spürte, dass ihre Knie zu zittern begannen.

»Du wirst mich nicht los. Ich …«

Es klopfte. »Jeannette?« Noch nie hatte sie Frau Müllers Stimme so gern gehört. Das Klopfen wurde energischer. »Machen Sie mal auf. Das geht ja gar nicht mit Ihrer Klingel. Ich sage dem Hausmeister Bescheid.«

Widerwillig öffnete Jonas die Tür. Frau Müller hatte einen Topf in der Hand, ging ohne zu fragen in die Küche. »Hühnersuppe. Habe ich immer tiefgefroren im Eisfach. Hilft gegen alles. Lassen Sie den Inhalt langsam auftauen und nehmen Sie eine große Tasse. Und Sie, junger Mann, gehen jetzt besser. Sieht doch jeder, dass Ihre Freundin Ruhe braucht. Auch vor liebestollen Freunden.«

Sie stemmte ihre Arme in die Hüften und blickte ihn böse an. Ein Augenduell, das sie gewann. »Und Sie, Jeannette«, wandte sie sich wieder ihr zu, »legen sich wieder hin. Wenn ich etwas für Sie tun kann, melden Sie sich. Aber Sie gehören ins Bett, so wie Sie aussehen. Und zwar allein.«

Jeannette sah Jonas' wutverzerrtes Gesicht, es machte ihr Angst. Fürs Erste war sie in Sicherheit, der Nachbarin entging nichts.

»Danke, Frau Müller«, brachte sie heraus. »Vielen Dank. Für alles.«

Jonas beugte sich zu ihr und flüsterte ihr ins Ohr. »So nicht, du entkommst mir nicht.«

Frau Müller bugsierte ihn resolut nach draußen, lächelte Jeannette noch einmal an und zog die Tür hinter sich zu.

»Ich passe auf Sie auf, Jeannette!«, rief sie. »Und Sie, junger Mann, müssen lernen, die Wünsche anderer zu akzeptieren.«

Jeannette verstand nicht, was Jonas antwortete, doch Frau Müllers Stimme war nicht zu überhören. »Sie können ja bei mir nachfragen, wann es wieder passt. Ich will mich nicht einmischen, aber das Mädchen ist wirklich krank.«

Sie hörte Schritte, die sich entfernten, und atmete auf. Sie wollte sich nicht ausmalen, was passiert wäre, wenn Jonas hiergeblieben wäre. Ihre Arme schmerzten an den Stellen, an denen er sie gepackt hatte.

Sie stellte den Herd wieder aus und kroch zurück ins Bett. An Schlaf war nicht zu denken. Jonas hatte sie bedroht, er würde es wieder tun. Es musste etwas geschehen. Und es gab nur einen, der ihr bei diesem Problem sachkundig helfen konnte. Nicht umsonst hatte sie einen ehemaligen Kriminalbeamten als Freund. Morgen würde sie Ferdinand aufsuchen.

22

Weber stand früh auf. Er hatte schlecht geschlafen, das Gespräch mit Christian lag ihm schwer im Magen, außerdem sorgte er sich um Jeannette. Sie war krankgeschrieben, mehr wusste er nicht. Einmal hatte er kurz mit ihr am Telefon gesprochen und war noch nicht einmal dazu gekommen, sie zu fragen, ob er etwas für sie tun konnte.

Vielleicht, überlegte er, wäre das auch etwas zu intim. Schließlich hatte sie einen Freund, und er war ein alter Mann, eigentlich ein Fremder. Er konnte nicht erwarten, dass sie ihm Opa-Gefühle entgegenbrachte. Familienanschluss war nicht adoptierbar. Schon gar nicht einseitig.

Für den Abend hatte er Hartmut zum Essen eingeladen. Er hoffte, dass er das Gespräch unauffällig auf die Schlüsselanhänger bringen konnte. Ursprünglich hatte er vorgehabt, ein einfaches Essen mit Fertigprodukten aus der Tiefkühltruhe zuzubereiten. Doch je länger er darüber nachdachte, desto mehr packte ihn der Ehrgeiz. Er beschloss, seine Lebensmittel auf dem Wochenmarkt einzukaufen, wohin er früher immer Louise begleitet hatte, wenn es seine Zeit erlaubte.

Das Wetter lud zum Spazieren ein. Die Sonne schien, und der Wind war nicht so heftig wie in den letzten Tagen. Von seiner Wohnung in der Salierstraße brauchte er keine zehn Minuten bis zum Königsplatz, der wie jeden Samstag angefüllt war mit den Ständen regionaler Anbieter. Jetzt im November waren es nicht so viele wie im Sommer, dennoch genoss er die Atmosphäre von geschäftigem Treiben, die Mischung der unterschiedlichen Gerüche und das Anpreisen der Waren. Er schlenderte herum, grüßte bekannte Gesichter, bis er an dem weißen Verkaufswagen stand, wo hauptsächlich Geflügel verkauft wurde.

Er entschied sich für eine Gans in Bioqualität, drei Kilogramm. Ungefragt bekam er einige Tipps für die Zubereitung, die er dankbar annahm. Sehe ich so unwissend aus?, überlegte er.

»Was gibt's dazu?«, fragte die Verkäuferin.

Weber zögerte. »Hoorische Knepp und Apfelrotkohl.«

»Perfekt, am besten werden die, wenn Sie mehlige und festkochende Grumbeere verwenden. Nebenan gibt's die besten.«

Einen Stand weiter hatte ihm die Verkäuferin bereits Kartoffeln und einen Rotkohl zurechtgelegt. Sie lachte, als sie sein verdutztes Gesicht sah. »Wir arbeiten hier Hand in Hand!«

Ihm blieb gar nichts anderes übrig, als die Ware zu kaufen. Eigentlich hatte er auf eine Vorspeise verzichten wollen, doch jetzt hatte er so viele Kartoffeln, dass es für eine Suppe auch noch reichte. Zum Nachtisch schwankte er zwischen Pudding, Gugelhupf oder einer Tarte nach französischem Vorbild. Wenn er sich jetzt die Speisen vorstellte, sogar auf seiner Zunge schmeckte, war eine Tarte seine erste Wahl. Apfeltarte. Er erwarb noch fünf säuerliche Äpfel von der netten Bäuerin und machte sich auf den Weg nach Hause.

Er zog sich die Mütze weiter über die Ohren, der Wind hatte aufgefrischt und war eisig kalt. Immer wieder musste er stehen bleiben, um die Einkaufstaschen abzusetzen. Neidvoll schaute er auf diejenigen, die einen Rollwagen besaßen, schließlich war er nicht mehr der Jüngste. Einen kurzen Moment fragte er sich, warum er nicht das Auto genommen hatte, bis ihm der gelbe Golf auffiel, der zum dritten Mal an ihm vorbeifuhr, auf der Suche nach einem Parkplatz. Nein, er hatte alles richtig gemacht.

Wie immer, wenn er die Haustür aufschloss und das Treppenhaus betrat, fiel sein Blick auf die Nachbarwohnung, und sein schlechtes Gewissen meldete sich. Er beeilte sich, seine Wohnungstür zu öffnen, und blieb einen Moment im Flur stehen. Es war kühl, er hatte die Heizung heruntergedreht. Louise hatte immer geschimpft, wenn er das tat, und ihm erklärt, dass die Ersparnis das Frieren nicht rechtfertigte.

Der Fernseher lief. Eine Eigenart, die er sich seit Louises Tod angewöhnt hatte. Sobald er aufstand, schaltete er ihn ein und guckte Frühstücksfernsehen. Wenn er die Menschen auf dem Bildschirm sah, die sich unterhielten, fühlte er sich weniger einsam. Selbst wenn er aus dem Haus ging, stellte er ihn nicht ab. Nichts war schlimmer für ihn, als in eine leere und stille Wohnung heimzukehren. Egal, was im Programm lief, es vermittelte ihm die Illusion von Gesellschaft. Im Moment erklärte ein ihm unbekannter Sternekoch den Zuschauern, wie man die eigenen Kochkünste verbessern konnte. Wie passend, dachte Weber.

Er stellte die Tüten ab und sah sich um. Nicht zum ersten Mal dachte er, dass er etwas verändern musste. An der Wohnung, an der Einrichtung. An seinem Leben? Reichte eine neue Tapete? Oder nur eine Wand in einer anderen, kräftigen Farbe streichen? Rot sah man in allen Serien und Heimwerkershows. Vielleicht sollte er endlich die alte Eichengarderobe rausschmeißen – sie war Louise schon immer ein Dorn im Auge gewesen – und etwas Modernes kaufen. Und wenn er einmal dabei war, konnte er auch direkt das alte, durchgesessene Sofa im Wohnzimmer entsorgen.

Wenn seine Vorstellungen über ein Leben nach dem Tod stimmten, dann saß Louise im Himmel auf einer Wolke und konnte ihn sehen. Würde sie den Kopf schütteln oder applaudieren ob seiner Pläne?

Früher, wenn sie von Veränderungswünschen gesprochen hatte, hatte er diese stets kategorisch abgelehnt. Alles sollte so bleiben, wie es war. Aber was hatte es genutzt? Louise war nicht geblieben, ihr Tod hatte alles verändert. Auch ihn. Den Alltag ohne seine Frau anzunehmen war jeden Tag aufs Neue ein Kraftakt.

Er wusste, dass Louise mit ihm schimpfen würde, könnte sie ihn tatsächlich sehen und mit ihm sprechen. Sie hatte ihr ganzes Leben lang die Dinge, die kamen, angenommen und das Beste daraus gemacht. Wie konnte er sich dann gehen lassen?

Er schlurfte in die Küche und schaute sich um. Nur hier würde alles so bleiben, wie es war. Es roch nach Louise, jeder Gegenstand, jeder Fettfleck erinnerte ihn an die vielen Morgen, die er mit ihr in diesem Raum verbracht hatte. Wie oft hatte er auf dem alten Kiefernstuhl gesessen und die Zeitung gelesen, während sie am Herd stand und Eier briet oder eine herzhafte Suppe kochte.

Er schloss die Augen und glaubte, die Gewürze und Kräuter riechen zu können, die sie immer verwendet hatte. Er sah sie vor seinem inneren Auge, wie sie vor sich hin murmelnd nachwürzte, stets akkurat gekleidet mit einer weißen Küchenschürze.

»Hier kocht die Chefin«, hatte darauf gestanden. Ein Geschenk von ihm. Sie hatte sie immer getragen, wenn sie kochte, soweit er wusste. Zumindest, wenn er da war und ihr zusah.

Er verwarf seine Träumereien und versuchte, sich auf sein Vorhaben zu konzentrieren. Er hatte zwar weder Ahnung noch Erfahrung, hoffte jedoch, dass eines von Louises Kochbüchern weiterhalf. Es konnte ja nicht so schwer sein, zumal er nur seinen alten Freund und nicht eine Abendgesellschaft bekochen wollte. Und er würde alles daransetzen, dass ihm ein halbwegs schmackhaftes Mahl gelänge. Die heutige Einladung war der erste Versuch, den eisernen Vorhang seiner Einsamkeit zu durchbrechen.

Er legte seine Einkäufe auf die Arbeitsplatte und begutachtete die Lebensmittel. Die Gans war riesig und sah appetitlich aus, der Rotkohl ebenso.

Weber nahm das Lieblingskochbuch seiner Frau zur Hand und blätterte es durch. Auf einer Seite öffnete es sich automatisch. Das Rezept für die Gans. Er lächelte, auch seine Frau hatte Hilfe gebraucht. Das Kochbuch sah benutzt aus, war mit Fett und anderen Flecken übersät, die er nicht zuordnen konnte. In einer Ecke entdeckte er winzige rote Kleckse, die ihn im ersten Moment an Blut erinnerten. Wahrscheinlicher waren Rotkohlspritzer.

Mit ihrer akkuraten Handschrift hatte Louise ein paar Anmerkungen eingefügt. Er versuchte, die verblassten und sehr klein geschriebenen Sätze zu entziffern. Wenn man keine Ahnung vom Kochen hatte, fiel es schwer, sie zu verstehen.

»Einen Schuss Orangensaft hinzugeben«, las er nach einigen Mühen. Das war also ihr Geheimnis für einen perfekten Rotkohl gewesen. Wieder lächelte er.

Er stellte das Radio an, hörte SWR 1 und fing endlich an zu kochen. Für die Marinade verrührte er Salz, Pfeffer, einen Schuss Bier. Erneut sah er ins Rezept und las »ein wenig Zitronenabrieb«. Tatsächlich fand er noch eine alte Zitrone in der Obstschale und überlegte, ob sie noch zu gebrauchen war. Er beschloss, sie mit heißem Wasser abzuwaschen, rollte sie ein paarmal über die Arbeitsplatte, damit sie weicher wurde, und presste den Saft heraus. Ihm fiel ein, dass er mal im Fernsehen gesehen hatte, dass Honig wunderbar mit Zitronensäure harmonierte. Einen Löffel von seinem Lieblingshonig rührte er in den Zitronensaft und gab diesen der Marinade hinzu. Zumindest riecht es gut, dachte er, als er die Gans damit einrieb.

Als er Louises handschriftlichen Hinweis »Einmalhandschuhe« mit Ausrufezeichen beim Rotkohlrezept las, grinste er. Hatte er nicht, brauchte er auch nicht.

Er begann, den Rotkohl mit einer Reibe zu zerkleinern. Das gestaltete sich mühsamer als gedacht und dauerte ihm zu lang. Kurz entschlossen griff er zum Messer. Das klappte wesentlich besser, nur sahen seine Hände nun aus, als hätte er ein Blutbad angerichtet. Zum Schluss schälte er einen Apfel und schnitt ihn in kleine Stücke. Er gab die Gemüsestreifen in einen Topf mit Zwiebeln und Butterschmalz, fügte die Apfelstücke hinzu und rührte ein paarmal um. Das Ganze löschte er mit Orangensaft ab, ließ es auf kleiner Flamme einkochen. Jetzt kamen die Knepp dran. Eine Hälfte der Kartoffeln kochte er mit Schale, die andere rieb er fein auf der Reibe. Vier Stück schälte er und schnitt sie in kleine Würfel. Er begann zu schwitzen. Kochen war Hochleistungssport.

Während er wartete, dass die Kartoffeln gar kochten, schnitt er eine weitere Zwiebel klein und dünstete sie mit Speck in Olivenöl an. Darauf goss er ein Dubbeglas Weißwein und gab die rohen Kartoffelstücke und einen Liter Gemüsebrühe hinzu.

Ein leckerer Geruch durchzog die Wohnung, und Weber hoffte, dass es auch so schmecken würde. Wenn alles in die Hose ging, würde er Hartmut eine Pizza bestellen müssen. Satt würden sie auf jeden Fall.

Wieder suchte er in Louises Lieblingskochbuch nach Tipps, wie er als Nächstes vorzugehen hatte. Er schaltete den Ofen an und gab die Zieltemperatur von zweihundert Grad ein. Es war beinahe wie früher, fast erwartete er, dass Louise jeden Moment fragen würde, ob er ein Bier haben wollte. Die Erinnerung tat weh, trieb ihm Tränen in die Augen. Gleichzeitig mahnte er sich, nicht wieder in diesen Teufelskreislauf aus Selbstmitleid und Wut zu verfallen.

Als die Kartoffeln fertig waren, goss er die Flüssigkeit ab und gab dann alles zusammen in eine Schüssel. Er fügte zwei Eier, Salz, Pfeffer und so viel Mehl hinzu, dass es eine homogene Masse ergab. Er formte mit bemehlten Händen – auch ein Tipp aus Louises Kochbuch – die Klöße und legte sie auf ein ebenfalls bemehltes Tablett.

Er lag perfekt im Zeitplan. Ein Piepton zeigte an, dass die Zieltemperatur des Backofens erreicht war, und er schob die Gans in die Röhre. Zufrieden klatschte er in die Hände. Das hatte schon mal geklappt.

Bevor er die Tarte zubereitete, musste er aufräumen, um nicht im Chaos zu versinken. Mittlerweile ging ihm die Hausarbeit ganz gut von der Hand. Sein ganzes Leben hatte er sich um Putzmittel, Schrubber oder Ähnliches gedrückt. Er hatte auch nie geglaubt, dass Putzen so viel Zeit in Anspruch nahm. Akribisch, wie er war, hatte er einen festen Putztag in der Woche eingeführt. Die Donnerstage standen im Zeichen des Reinigens. Auch wenn es erst zwei Tage her war, musste er noch einmal überall drüberwischen. Es war wichtig für ihn, Hartmut ein perfektes Leben zu präsentieren. Es gab noch immer diese alte Rivalität zwischen ihnen – auch wenn er es nicht wahrhaben wollte. Während er mit dem Schrubber über die Holzdielen wischte, versuchte er, die Ursache dafür zu ergründen. Zwischen ihm und Hartmut hatte es schon immer eine Art Wettkampf gegeben. Wer hat die besseren Noten, wer die besseren Schießergebnisse? Damals hatte er den ewigen Wettbewerb nicht in Frage gestellt, jetzt kam es ihm albern vor. Als ob es nichts Wichtigeres auf der Welt gäbe! Dennoch war es wie eine Art Zwang, seinem alten Freund keine Angriffsfläche für Neckereien und Scherze auf seine Kosten zu bieten.

Der Boden glänzte vor Feuchtigkeit. Sein Staubtuch zeigte dunkle Flecke. Er blickte an sich hinunter. Umziehen sollte er sich auch noch, er hatte nicht daran gedacht, eine Schürze zum Schutz seines Pullovers und seiner Hose umzubinden. Fettflecke, Rotkohlspritzer und ein Stück seiner Knödelmischung zierten seine Kleidung.

Aber das war alles nichts gegen seine Fingernägel. Selbst im Putzwasser hatte er sie nicht sauber bekommen. Hatte Louise nicht immer Zitronensaft genommen, wenn etwas ganz schmutzig war? Vorsichtig rieb er mit der ausgedrückten Zitrone über seine Finger, speziell über die Nägel. Die violetten Flecken verschwanden, doch seine Fingernägel blieben dunkel verfärbt. Er nahm eine Wurzelbürste zur Hand, tauchte sie in den Fruchtsaft und begann, seine Nägel damit zu bearbeiten. Er unterdrückte einen Schrei. Offenbar hatte er sich geschnitten. Der Saft und die Wunde vertrugen sich nicht, es tat höllisch weh. Er fluchte, doch das Ergebnis konnte sich sehen lassen.

Ein Rezept für die Tarte fand er ebenfalls in Louises Kochbuch, und es ging ihm wunderbar von der Hand. Ruck, zuck war die Tarteform eingefettet, mit Teig ausgefüllt und mit Äpfeln belegt. Die würde er, wenn die Gans fertig war, in den Ofen schieben, damit sie den Nachtisch warm genießen konnten.

Er war überwältigt von dem, was er geschafft hatte, und überzeugt, dass er Hartmut beeindrucken konnte. Er wusste nur noch nicht, wie er die Sprache auf die Schlüsselanhänger bringen sollte.

23

Das morgendliche Zusammentreffen der Mitglieder der SOKO Messer fand wieder in den Räumen der Polizeiinspektion Speyer statt.

Christian Hamacher hatte Bauchschmerzen, was nicht mit dem wunderbaren Essen vom Vorabend im Zusammenhang stand, sondern mit den Informationen, die er von Ferdinand erhalten hatte.

Er ging die Fakten noch einmal durch. Über Hartmut Schulze gab es nichts Negatives zu berichten, und es gab keine Abweichungen zu dem, was Ferdinand über ihn erzählt hatte. Allerdings hatte er Gerüchte über die Gründe erfahren, die zum Abbrechen von Hartmuts Polizeiausbildung geführt hatten. Wie Ferdinand behauptete, fand sich Hartmut unwiderstehlich. In Koblenz hatte er ebenfalls die Hände nicht bei sich lassen können, war aber an die Falsche geraten. Ansonsten gab es weder Vorstrafen noch Punkte in Flensburg. Das war so ungewöhnlich, dass es beinahe verdächtig wirkte.

Kriminalhauptkommissar Mario Balthasar vom K11 in Ludwigshafen leitete die Sitzung und berichtete von den Ergebnissen, die das Phantombild gebracht hatte.

»Ganz entfernt sieht es Walter Lauer ähnlich, aber eigentlich ist es so wenig aussagekräftig, dass es wirklich jeder zweite männliche Einwohner in Speyer und Umgebung sein könnte. Dennoch werden wir eine Gegenüberstellung arrangieren. Die Phantomzeichnung haben wir an die Presse weitergeleitet. Seit der Veröffentlichung hat Melanie Schulze anonyme Anrufe erhalten. Ich habe einige Zweifel, dass es tatsächlich so ist, dennoch müssen wir die Angelegenheit ernst nehmen. Zwei Kollegen sind bei ihr gewesen und haben das überprüft. Angeblich gab es drei Anrufe, keine Drohung, aber schweres Atmen. Die Nummer wurde jedes Mal unterdrückt. Wir werden über die Telefongesellschaft eine Anruferliste beantragen, das dauert noch etwas. Aber wie gesagt, ich glaube, dass sich die junge Dame nur wichtigmachen will und es nichts mit dem Phantombild zu tun hat. Das war es von meiner Seite, jetzt seid ihr dran.«

Einige der Kollegen rutschten auf den Stühlen hin und her. Die Anspannung war fühlbar, alle Beteiligten standen unter extremem Druck. Christian kämpfte mit sich, ob er erzählen sollte, was er über Hartmut Schulze wusste. Aber was hatte er erfahren? Nur dass er ein Buch geschrieben hatte, das sich schlecht verkaufen ließ, und dazu einen passenden Schlüsselanhänger hatte anfertigen lassen? Ja, er müsste diesem Hinweis nachgehen.

Heinz Simmer meldete sich zu Wort. »Wir sind immer noch nicht weiter mit den Schlüsselanhängern. In der Firma gibt es keine Unterlagen, die so alt sind. Ein ehemaliger Mitarbeiter könnte uns weiterhelfen, allerdings befindet sich dieser im Moment auf einer Pilgerreise in Spanien. Nächsten Mittwoch soll er wieder nach Hause kommen. Wenn sich jemand an so einen Auftrag erinnern kann, dann der. Wir müssen warten.«

Christian atmete auf. Im Grunde seines Herzens bezweifelte er, dass Schulze etwas mit den Anhängern zu tun hatte.

Kollege Schmid berichtete weiter. »Leider gibt es noch eine schlechte Nachricht. Der Verdächtige Walter Lauer ist nun auch aus dem Schneider. Er hatte ja hartnäckig geschwiegen, wo er sich zum Zeitpunkt der Morde aufgehalten hat. Jetzt hat er sein Schweigen gebrochen. Da er bei den Mädchen im ›Club 16‹ immer abgeblitzt ist, hat er sich Liebe gekauft.«

»Irrtum ausgeschlossen?«, fragte Balthasar.

»Ja, leider. Alles bestätigt von der Dame.«

Balthasar fluchte. »Verdammt. Leute, wir müssen diesen Wahnsinnigen finden. Der Weihnachtsmarkt steht vor der Tür, wir erwarten Touristen. Wenn wir die Morde nicht aufklären können, ist das eine Katastrophe für die Stadt. Das kann sich Speyer nicht erlauben. Wir stehen mächtig unter Druck und brauchen Ergebnisse.«

24

Weber rasierte sich zur Feier des Tages und verwendete Rasierwasser. Um halb sieben war er fertig, trug eine Stoffhose mit Bügelfalte und ein weißes Hemd. Jeden Moment sollte Hartmut kommen. Kaum hatte er den Gedanken zu Ende gedacht, klingelte es an der Tür. Doch anstelle von Hartmut stand er Jeannette gegenüber.

»Ich hoffe, ich störe nicht.«

Er erschrak, als er ihr ins Gesicht sah. Dunkle Ränder unter ihren Augen zeugten von zu wenig Schlaf, ihre Mundwinkel hingen nach unten, die Haare wirkten strähnig und ungepflegt.

»Um Himmels willen, was ist denn mit Ihnen passiert? Kommen Sie rein.«

Jeannette sah sich um, bemerkte den gedeckten Tisch, holte tief Luft und stammelte: »Es tut mir leid, Sie erwarten Besuch. Ich will nicht stören, ich gehe sofort wieder.«

»Nein, nein«, erwiderte Weber. »Das macht nichts. Ich habe so viel gekocht, das reicht auf jeden Fall für drei.«

»Aber wenn Sie etwas zu feiern haben, störe ich doch. Ich möchte Ihnen nicht den Abend verderben.«

»Hartmut kommt, ein alter Freund, da sind Sie willkommen.« Ihm entging nicht ihre Erleichterung. Was war passiert? Sie hatte von Problemen mit ihrem Freund gesprochen, vielleicht brauchte sie einen Rat. Es gefiel ihm, dass sie ihn als Vertrauensperson sah.

»Jetzt setzen Sie sich erst mal. Ein Glas Wein?«

»Gern.«

Er schenkte ihr einen Ruländer ein und setzte sich ihr gegenüber. »Wo drückt der Schuh?«, fragte er salopp.

Sie wollte gerade anfangen zu erzählen, als es erneut klingelte.

»Entschuldigung, das muss Hartmut sein.« Weber ging zur Tür – und wieder erwartete ihn eine Überraschung.

Hartmut begrüßte ihn und hielt seine Enkelin im Arm.

»Unverhofft kommt oft. Ich hoffe, es ist dir recht, ich esse auch etwas weniger.« Hartmut lachte, während Weber gedanklich die Menge an Essen überschlug, die er vorbereitet hatte. Seine Befürchtung, er müsse die nächsten Tage nur Knödel und Rotkohl essen, verflüchtigte sich. Auch die Gans sollte für vier reichen.

»Wie schön«, begrüßte er sie. »Kommt herein, auf dass das Haus voll wird. Jetzt sind wir schon zu viert.«

Die beiden Besucher traten ein und blickten verwirrt auf Jeannette.

»Hallo«, grüßte sie und lächelte gekünstelt.

Weber lief aufgeregt hin und her. »Es reicht auf alle Fälle. Ich freu mich, endlich ist wieder Leben in der Bude.«
Er holte zwei weitere Teller und passendes Besteck aus dem Schrank und deckte für die zusätzlichen Gäste ein. »Nehmt doch schon mal Platz. Ich habe nur noch ein paar Kleinigkeiten in der Küche zu erledigen.«

Kaum hatte er den Satz ausgesprochen, riefen Jeannette und Melanie gleichzeitig: »Wo kann ich helfen?«

Weber lachte. »Gar nicht, unterhaltet euch, ich bringe etwas zu trinken. Ich bin der Gastgeber, sonst unterstellt ihr mir noch, ich hätte es nur mit eurer Hilfe geschafft. Rot- oder Weißwein, stilles oder mit Kohlensäure versetztes Mineralwasser? Oder lieber Saft?« Er war stolz, dass er an alle Eventualitäten gedacht hatte.

Tatsächlich bestellte jeder etwas anderes. Während er Jeannettes Vorliebe für stilles Wasser kannte, war er überrascht, dass Hartmut ein »lautes Wasser« wollte und Melanie nach Apfelschorle fragte. Er atmete auf, auch die Wünsche konnte er erfüllen.

Wie lange ist Apfelsaft haltbar?, fragte er sich einen kurzen Moment, als er den Getränkekarton aus dem Vorratsregal nahm. Als der Saft ohne verräterische Farbveränderung ins Glas lief, atmete er erleichtert auf. Als seine Gäste mit Getränken versorgt waren, ging er in die Küche und kontrollierte die Gans im Ofen. Er nickte zufrieden.

Die Situation war ungewöhnlich, aber wider Erwarten erfreulich. Ein gemeinsames Abendessen mit zwei jungen

Mädchen hatte er schon lange nicht mehr erlebt. Er setzte einen großen Topf mit Salzwasser für die Knepp auf. Als es kochte, gab er sie vorsichtig ins Wasser. Sofort schaltete er die Temperatur herunter, damit sie gar ziehen konnten.

Er pfiff ein Liedchen, kochen war gar nicht so schwer. Die einzige Schwierigkeit lag, wie er fand, darin, alle Zutaten zur selben Zeit heiß auf den Teller zu bringen. Die Betonung lag auf *heiß*. Wer mochte schon lauwarmes Essen? Aber über einen Salamander, wie er in einer Profiküche üblich war, oder eine heiße Platte verfügte er nicht.

Ein letztes Mal schmeckte er den Rotkohl ab, füllte ihn in eine Schüssel und stellte diese auf den Tisch. Er hatte das gute Service gewählt, das Louise immer zu besonderen Gelegenheiten aus dem Schrank geholt hatte. Weihnachten, Geburtstage und Hochzeitstage. Sie wäre so stolz auf ihn gewesen.

Als die Knepp oben schwammen, hob er sie mit einem Schaumlöffel heraus, ließ sie abtropfen und füllte sie ebenfalls in eine Schüssel, die er auf den Tisch stellte. Zum Schluss holte er die Gans aus dem Ofen, legte sie auf ein großes Holzbrett und brachte sie mit einem Tranchiermesser zu Hartmut.

»Darf ich dich bitten?«

Hartmut blickte erstaunt auf. »Ich darf tranchieren? Was für eine Ehre. Das sieht sehr gut aus.«

»Und riecht phantastisch«, warf Melanie ein.

Weber nickte dankend. »Ich glaube, ohne angeben zu wollen, dass ich mich selbst übertroffen habe.«

Hartmut tranchierte den Vogel perfekt. Als Jeannette den Rotkohl umrührte, lag für einen Moment ein würziger Duft nach Orangen und Äpfeln in der Luft.

»Wunderbar, Hartmut, dass du den Wein bereits ausgeschenkt hast. Ihr habt noch alle Wasser?«, fragte Weber.

»Sauber sind wir nun, jetzt ist es Zeit für die richtigen Getränke«, erwiderte Hartmut. Seine Enkelin grinste schief, wahrscheinlich hatte sie diesen Spruch schon zu oft gehört. Weber ging es nicht anders.

Bevor sie zu essen begannen, prosteten sie sich zu. Weber stellte fest, dass er vergessen hatte, Servietten zu kaufen. Sollte er sein Versäumnis ansprechen? Er verwarf den Gedanken, bloß keine schlafenden Hunde wecken.

»Prost, ihr Lieben. Schön, dass ihr da seid. Auf uns!«

»Auf wen denn sonst?«, erwiderte Hartmut, und alle lachten.

Weber blickte stolz auf die Teller. Die Gans war auf den Punkt gebraten, die zusätzliche Kochzeit hatte dem Rotkohl gutgetan, und die Knepp schmeckten hervorragend. Allerdings fiel ihm auf, dass keiner herzhaft zugriff. Jeannette stocherte im Essen herum und aß nur winzig kleine Bissen, Melanie wirkte völlig abwesend, und selbst Hartmut war nicht bei der Sache. Leider hatte die lange Zeit in der Küche auch ihm selbst den Appetit verdorben, er war vom Probieren pappsatt.

Der Ruländer war perfekt, wenn auch ein Rotwein passender gewesen wäre.

Als hätte Hartmut seine Gedanken gelesen, sagte er: »Eigentlich wollte ich eine Flasche Rotwein mitbringen. Ich habe ihn vergessen, das ärgert mich. Aber ich kann nichts mehr daran ändern. Dass Melanie auf einmal vor meiner Tür stand, hat mich aus dem Konzept gebracht. Den müssen wir ein anderes Mal probieren. Es gibt etwas, worüber wir uns unterhalten müssen. Unser Rat ist gefragt.«

Hartmut hatte noch kein Wort darüber verloren, warum Melanie mitgekommen war. Ebenso wenig hatte Weber erklärt, warum Jeannette da war. Niemand hatte gefragt. Beide Frauen sahen aus, als könnten sie Hilfe gebrauchen. Bei Melanie glaubte er, den Grund zu kennen.

»Haben Sie alles gut überstanden, Melanie?«, erkundigte er sich. »Hat das Phantombild weitergeholfen, den Schuldigen zu finden?«

Melanie legte die Gabel zur Seite und schüttelte stumm den Kopf.

Hartmut antwortete an ihrer Stelle. »Nicht wirklich, und die Veröffentlichung hat ein neues Problem aufgeworfen.«

Die drei wandten sich ihm zu.

»Warum?«, fragte Weber als Erster.

»Einige Hinweise aus der Bevölkerung gingen ein, und nun ist eine Gegenüberstellung geplant.«

»Das sind doch gute Nachrichten. Wo ist das Problem?«, fragte Weber.

»Jetzt lasst uns erst einmal essen, es wird sonst ganz kalt. Wir erzählen gleich«, forderte Hartmut.

Weber freute sich, dass seine Arbeit gewürdigt wurde, wunderte sich aber über Jeannette. Sie wirkte abwesend, und er bezweifelte, dass sie etwas von dem Tischgespräch mitbekam. Wieder rätselte er, was sie beschäftigen könnte. Sie hatte mal nebenbei erwähnt, dass sie sich von ihrem Freund getrennt hatte oder trennen wollte. Das war selten schön, dennoch kein Grund, sich so gehen zu lassen. Ihr Nagellack blätterte ab, und er roch auch nicht das Parfüm, das sie sonst immer trug. Dann durchfuhr ihn ein erschreckender Gedanke. Was, wenn auch Jeannette Opfer eines Überfalls geworden war?

Wenn ihn die ehemaligen Kollegen doch nur in die Ermittlungen einbeziehen würden. Den Gedanken, dass Hartmut irgendetwas mit der Sache zu tun haben könnte, verwarf er. Das mit den Schlüsselanhängern war Zufall, das würde sich klären.

»Gab es denn Hinweise aus der Bevölkerung zu dem Überfall?«, fragte Weber.

Jeannette blickte überrascht auf. »Was für ein Überfall?«

Verwundert, dass sie nichts davon mitbekommen hatte, klärte er sie auf. »Melanie hatte eine Begegnung mit einem Unbekannten, der ihr aufgelauert hat. Wahrscheinlich dem Mörder. Aber keine Angst, sie konnte ihn ohne Schaden in die Flucht schlagen.«

Jeannette blickte erschrocken auf. »Er hatte es auf Sie abgesehen?«

Melanie nickte, sagte aber sonst kein Wort dazu. Stattdessen bat sie Jeannette, sie zu duzen. »Ich komme mir sonst so alt vor, wenn wir uns siezen.«

»Entschuldigung, natürlich. Berufskrankheit.«

»Ich konnte der Polizei helfen, ein Phantombild zu erstellen«, fuhr Melanie fort. »Heute wurde es zum ersten Mal in der Zeitung abgebildet. Vielleicht haben Sie es gesehen?«

Jeannette schüttelte den Kopf. »Ich bin heute nicht dazu gekommen, hineinzuschauen. Wie sieht er denn aus? Alt? Jung?«

Zumindest war nun klar, dass ein Überfall nicht für Jeannettes seltsames Verhalten verantwortlich war. Weber seufzte erleichtert auf.

»Dann kann es nicht mehr lange dauern. Bin gespannt, was die Gegenüberstellung ergibt. Kamen denn schon Hinweise?«, fragte Jeannette weiter.

Sie hat gar nichts von dem Gespräch mitbekommen, überlegte Weber. Das sah ihr überhaupt nicht ähnlich.

»Die Polizei sagt uns nicht alles«, erklärte Hartmut und wandte sich an Weber. »Hast du nicht einen guten Draht? Zumindest könnte man dir doch als alten Hasen etwas mehr Einblick gewähren.«

»Das ist ein Irrtum. Ich weiß nicht mehr als ihr. Die Kollegen dürfen nichts verraten, selbst wenn sie wollten. Ich bin pensioniert und damit ein ganz normaler Bürger, ohne Sonderstatus.«

»Aber die könnten doch bestimmt von deiner Erfahrung profitieren. Ist die Ludwigshafener Polizei nicht überfordert? Es gibt noch diesen Brandanschlag am Hafen. Die wissen wahrscheinlich gar nicht, wo sie anfangen sollen, zumindest wirkt es für einen Außenstehenden so. Es passiert rein gar nichts.«

»Na ja, zumindest gibt es das Phantombild. Und die geplante Gegenüberstellung, das ist ja nicht nichts. Und sicherlich Hunderte von Hinweisen, denen die Kollegen nachgehen müssen. Ihr könnt euch nicht vorstellen, wie viele Nachbarschaftsstreitereien durch einen Hinweis, es gäbe Ähnlichkeiten mit dem Gesuchten, gerächt werden.«

»Ach nein, das ist nicht wahr«, erwiderte Jeannette erstaunt.

»Doch, doch, das war schon immer so und hält furchtbar bei den Ermittlungen auf. Die Kollegen sind allesamt routinierte Beamte, die wissen mehr, als man als Außenstehender glaubt. Vielleicht sind sie dem Täter schon längst auf den Fersen und warten nur auf den richtigen Moment, ihn zu verhaften.«

Hartmut hatte bis dahin geschwiegen. »Das glaubst du doch selbst nicht. Ist ja sehr lobenswert, dass du dich so für deine Exkollegen einsetzt, aber das ist totaler Quatsch. Jetzt kann ich auch erzählen, warum Melanie mitgekommen ist und warum wir uns dringend etwas überlegen müssen.«

»Schieß los«, sagte Weber drängend.

Die Antwort klang wirklich wie ein Schuss. »Melanie wird bedroht«, sagte Hartmut mit lauter, kräftiger Stimme.

Erschrocken ließ Weber die Gabel fallen. »Was? Das ist nicht wahr! Was sagen denn die Kollegen dazu? Also die Exkollegen.«

»Leider doch. Der Täter weiß, dass Melanie ihn gesehen hat. Und jetzt verfolgt er sie mit anonymen Anrufen.«

»Was sagt er?«

Melanie senkte ihren Blick. Ihr Opa nahm den Faden wieder auf und tätschelte beruhigend ihre Hand. »Ich fang mal von vorn an. Die Zeichnung erschien heute Morgen in der regionalen Ausgabe. Eine Stunde später bekam Melanie einen Telefonanruf auf ihrem Handy, bei dem jemand nichts sagte, aber laut atmete. Sie legte auf, kurze Zeit später das gleiche Spiel von vorn. Eine Stunde lang. Sie hat ihr Handy ausgeschaltet.«

»Und der Anrufer hat nichts gesagt?«, fragte Weber ungläubig.

Melanie schüttelte den Kopf.

»Und die Nummer war unterdrückt?«

Dieses Mal nickte sie. »Das macht mir Angst. Ich habe immer wieder gefragt, was er von mir will, was das soll, aber ich konnte nur dieses Atmen hören. Das ist sicher eine Warnung.«

»Wovor?«, fragten Weber und Jeannette gleichzeitig.

»Dass er mich noch kriegen wird. Ich konnte ihn einmal in die Flucht schlagen, das wird kein zweites Mal gelingen. Beim nächsten Mal bin ich dran, dann kriegt er mich.« Melanie klang panisch.

»Warum glaubt die Polizei das nicht?«, fragte Weber. Er hatte sich zurückgelehnt, die Füße weit von sich gestreckt. Der Appetit war ihm vergangen.

»Die haben mich nicht ernst genommen«, sagte Melanie.

Hartmut stimmte ihr mit einem Kopfnicken zu, als Weber ihn fragend anschaute.

»Das ist korrekt. Die haben sich Melanies Geschichte angehört, haben sich das Handy angeschaut und gemeint, da ja nichts passiert sei, könne man nicht von einer Bedrohung ausgehen. Ihnen seien die Hände gebunden.«

Es blieb einen Moment still.

»In der Tat ist das nicht zu verstehen«, durchbrach Jeannette das Schweigen.

»Wer versteht das schon«, sagte Hartmut und setzte eine ernste Miene auf.

»Das kann auch jemand sein, der dir Angst einjagen will, so aus Spaß. Manche Menschen haben eine seltsame Art von Humor«, entgegnete Jeannette.

»Das Gleiche haben die Polizisten auch gesagt. Es reicht nicht für weitere Maßnahmen«, sagte Hartmut. »Die Nummer war unterdrückt, wahrscheinlich ein Prepaid-Handy, da ist nicht viel zu machen. Aber sie wollen ihr auch keinen Personenschutz geben. Sie sagen, dafür reiche weder die Bedrohung noch die Mittel, die ihnen zur Verfügung stehen. Für mich ist es völlig klar, dass der Typ sich Melanie ausgesucht hat, weil er seine Tat nicht beenden konnte. Nun versucht er, sie einzuschüchtern, und wartet auf den passenden Moment.«

Es könnte so passiert sein, dachte Weber, muss es aber nicht. »Das sagt ja einiges über den Täter, nicht wahr?«, erwiderte er stattdessen. »Wir könnten mal an einem Profil arbeiten. Was wissen wir über ihn? Außerdem glaube ich, dass du den Täter kennst, Melanie. Er muss Gast des Clubs sein, vielleicht sogar ein Stammgast. Ist dir denn nichts Ungewöhnliches aufgefallen, seitdem die beiden Frauen überfallen wurden?«

Melanie verneinte. »Opa hat mich das auch gefragt, aber es gibt niemanden, dem ich das zutrauen würde. Die meisten sind ja nett, trinken zu viel oder suchen Anschluss. Ich bin auch nicht angemacht worden und habe niemanden vor die Tür gesetzt.«

»Das wäre meine nächste Frage gewesen.«

»Wenn deine Kollegen nichts machen wollen oder können, sind ja noch immer wir da.« Hartmut schaute seinen Freund eindringlich an. »Wir haben Zeit und sind fit.«

Den gleichen Gedanken hatte Weber auch gehabt. Den Verdacht, dass Hartmut irgendwie in die Morde involviert sein könnte, verdrängte er. Er war immer noch in der Lage, Herausforderungen anzunehmen. Er hatte ein vorzügliches

Essen für vier Personen gekocht – und das war eine echte Herausforderung gewesen!

Auch wenn Melanie und Jeannette nur wenig gegessen hatten, ihm hatte es geschmeckt. Selbst Hartmuts Teller war leer.

»Hast du dich beim Einkaufen oder bei anderen Gelegenheiten verfolgt gefühlt?«, hakte er bei Melanie nach.

»Nein, ich habe nichts bemerkt, alles war wie immer.« Ihr blasses Gesicht trug Zeugnis von den Anspannungen.

Weber stand auf und legte die Hände auf den Tisch. »Ich bin sicher, uns fällt ein, was wir tun können. Möchte jemand einen Nachtisch? Er dauert nur zwanzig Minuten, lasst euch überraschen. Süßes hilft gegen die Anspannung, bringt die Seele auf Vordermann.«

Sofort sprang auch Jeannette auf und wollte die Teller zusammenstellen.

»Du bleibst sitzen. Ich habe euch eingeladen, ich werde euch auch bedienen. Wider Erwarten macht es mir Spaß«, sagte Weber bestimmt. Er drückte sanft mit seiner Hand auf Jeannettes Schulter, damit sie nicht erneut versuchte, aufzustehen. Gekonnt stapelte er die Teller, legte das Besteck darauf und transportierte alles sicher in die Küche.

Jeannette stand dennoch auf und brachte den Rest hinterher. Als sie die Schüssel auf die Arbeitsplatte stellte und den irritierten Blick von Weber sah, sagte sie: »Ich habe ein Problem und brauche jemanden zum Reden.«

Weber sah sie eindringlich an und stellte die Tarte in den Ofen, bevor er aufzuräumen begann. »Ich bin da und höre zu.«

Sie räusperte sich und verschränkte die Arme vor der Brust. »So richtig krank bin ich nicht, aber der Arzt hat mir trotzdem einen gelben Schein gegeben.« Sie sah ihn an, schätzte ab, wie ihre Worte wirkten. Sie hatte Webers ganze Aufmerksamkeit. »Jonas und ich haben uns getrennt. Beziehungsweise will er die Trennung nicht akzeptieren. Und er lässt mich nicht in Ruhe. Er ruft ständig an oder steht mit einem Strauß Blumen vor mir, wenn er mich von der Arbeit abholt. Gestern ist er in meine Wohnung eingedrungen. Ich will das nicht, weiß aber nicht, wie ich mich wehren soll. Jetzt habe ich Angst vor seiner Entschlossenheit, er wirkt beinahe besessen.«

»Gibt es einen bestimmten Grund, warum er nicht loslassen kann? Oder will?«

»Nein, nur dass er meine Meinung nicht akzeptieren will. Und es ist etwas passiert, das er aber nicht weiß und auch nie erfahren darf.« Sie holte tief Luft. »Ich bin schwanger«, erklärte sie und blickte zu Boden. Sie knetete ihre Finger, zupfte am Daumennagel. »Ich will das Kind nicht. Es ist im Moment nicht der richtige Zeitpunkt. Und Jonas nicht der richtige Mann. Das ist eine furchtbare Katastrophe. Eigentlich war mir das schon immer klar, dass er nicht der Richtige ist, aber es war so …« Sie machte eine Pause und suchte Webers Blick, »einfach und bequem. Ich hatte jemanden, der mit mir ins Kino oder ins Museum ging, Restaurants ausprobierte oder am Rhein spazieren ging. Alles Dinge, die ich nicht gern allein mache. Als meine Periode ausblieb, fing ich an, unsere Beziehung mit anderen Augen zu betrachten. Es ist für mich unmöglich, ihn als Vater meines Kindes zu sehen. Die Vorstellung erschreckt mich, und ich …«

Wieder hielt sie inne. Im ersten Moment, als sie sagte, dass sie ungewollt schwanger war, fühlte Weber Wut in sich aufsteigen. Er war ein Gegner von Abtreibungen, der Schutz des ungeborenen Lebens war ihm wichtig. Aber noch hatte Jeannette nicht von einem Abbruch gesprochen. Nur dass sie mit diesem Jonas nicht zusammenbleiben und ihn schon gar nicht heiraten konnte. Das konnte passieren, war nachvollziehbar.

Er spürte ihren Schmerz, sah ihre Zerrissenheit. »Wie kann ich helfen, Jeannette?«

Sie druckste herum. Er hoffte sehr, dass er sie nicht zu einer Abtreibung begleiten sollte.

»Wie werde ich ihn bloß los?«, fragte sie verzweifelt. »Ich dachte, vielleicht könnten Sie als ehemaliger Polizist mal mit ihm reden? Das macht sicher mehr Eindruck auf ihn. Egal, wo ich bin, er ist auch da. Als ob er mich beobachten würde, ich trau mich schon gar nicht mehr vor die Tür.«

Weber überlegte. Im Moment fiel ihm nichts Passendes ein,

womit er sie unterstützen könnte. Seine Gedanken waren bei Louise. Louise, die sich immer ein Kind gewünscht hatte. Er wusste nicht, an wem es gelegen hatte, doch das war auch nicht wichtig.

Er zwang sich, Jeannette anzusehen, versuchte, sie sich als Mutter vorzustellen. In seinen Gedanken war sie sein Enkelkind, der Familienanschluss, den er nicht hatte und nie haben würde.

»Was für eine schwierige Situation«, sagte er und seufzte. »Am wichtigsten ist es erst einmal, dass Sie wieder richtig gesund werden. Sie wirken durcheinander und konfus.«

Jeannette antwortete nicht, sondern blickte starr auf die gestapelten Teller. Normalerweise wäre sie aufgesprungen und hätte begonnen, die Unordnung zu beseitigen. Sie hätte Verbesserungsvorschläge zu seiner Kocherei gegeben. Dass das alles ausblieb, war ein ernst zu nehmendes Signal. Der Arzt hatte recht, sie krankzuschreiben, doch was sie brauchte, war ein Freund, der ihr zur Seite stand. Und einen Tapetenwechsel. Soweit Weber sie kannte, war sie eine Einzelgängerin, Freundinnen hatte sie kaum, nur ihre Kollegen. Dass sie sonderbar und anders war, erkannte man ja bereits daran, dass sie mit ihm befreundet war. Welche junge Frau traf sich schon freiwillig mit einem alten Mann jeden Tag zum Mittagessen?

War er altmodisch? Er hielt sich für aufgeschlossen für Neues, doch er hatte ein festes Wertesystem. Familie stand ganz weit oben auf seiner Liste. Es hatte auch bei ihm und Louise Zeiten gegeben, in denen es nicht so gut lief. Aber deshalb stellte man nicht alles in Frage. Konnte man das vergleichen? War er unfair?

Ihre Situation war ganz anders gewesen. Sie hatten sich von Herzen geliebt, sie hatten umeinander werben und für ihre Liebe kämpfen müssen. Er erinnerte sich, wie sehr Louises Mutter gegen ihn und vor allem gegen seinen Beruf gewesen war. »Was willst du mit einem Polizisten?«, hatte sie gefragt. »Das ist viel zu gefährlich, du sitzt zu Hause und denkst sofort das Schlimmste, wenn er nicht pünktlich ist. Das willst du dir antun?« Wie oft war er mit Blumen bei Louise aufgetaucht, nicht für sie, sondern für die Mutter. Oder mit einer Flasche für den zukünftigen Schwiegervater. Bestechung, es war nichts anderes als Bestechung gewesen, doch in diesem speziellen Fall zulässig. Er hatte von seinen Zukunftsplänen erzählt, dass er nicht vorhatte, immer an vorderer Front zu stehen. Er wollte als Kommissar auf der Karriereleiter nach oben gelangen. Organisieren, delegieren, so hatte er sich seine Arbeit vorgestellt. Er wollte Verantwortung übernehmen, für seine Frau und seine zukünftigen Kinder.

Seinem hartnäckigen Werben hatte Louise nicht widerstehen können. Als er in seinem besten Anzug ihren Vater um eine Unterredung bat, hatte er gewonnen. Louises Vater hatte ihn eindringlich angeschaut, um ihn dann in den Arm zu nehmen und zu nicken. »Mach sie glücklich.«

Das war ihm gelungen. Bis zum Schluss. Mit Blumen und Witzen hatte er versucht, sie aufzuheitern, als der Krebs zu weit fortgeschritten war. Manchmal hatte er sich neben sie ins Krankenhausbett gelegt, ihre Hand genommen, sie gestreichelt und ihr von zukünftigen Reisen vorgeschwärmt. Beide wussten, dass es dazu nicht mehr kommen würde, aber das gemeinsame Träumen half, das Unvermeidbare zu ertragen. Sie hatten nie über den Tod gesprochen. Nur einmal, für einen ganz kurzen Moment, hatte Louise ihn angeblickt und gesagt: »Ich will verbrannt werden, das weißt du. Ich verlasse mich auf dich.«

Er hatte nur nicken können. Und ihr dann Prospekte von Ägypten und den Pyramiden gezeigt, die sie ihr Leben lang hatte sehen wollen.

Jeannettes Stimme riss ihn aus seinen Erinnerungen. »Was mache ich denn nun?«

»Mit dem Kind? Da kann ich nichts raten, die Entscheidung müssen Sie treffen.«

»Ich hab es mir nicht leicht gemacht, aber mein Entschluss steht fest. Der Termin für die Abtreibung auch. Ich habe sämtliche Beratungsgespräche über mich ergehen lassen. Ich kann nur denken, dass ich kein Kind will, nicht von Jonas und nicht jetzt. Ich habe mir viele Vorwürfe gemacht, warum ich nicht zusätzlich verhütet habe, und diese Frage auch in den Gesichtern der Berater lesen können. Ich habe mich immer wieder gerechtfertigt. Ich habe die Pille genommen, nicht daran gedacht, als der Magen-Darm-Virus umherging, dass die Verhütung nicht ausreichend wäre. Und an dem Abend, als es passierte, hatte es bereits gekriselt. Wir wollten uns aussprechen, waren im Kino, haben Wein getrunken. Zu viel Wein. Die Stimmung war anders, irgendwie lag schon Abschied in der Luft. Und dennoch passte es zu der Situation, auch wenn ich im selben Moment dachte, dass das nicht gut war. Jonas hat meine Zweifel an unserer Beziehung nie ernst genommen. Wie kann man mit einem Mann zusammenleben, der einen nicht ernst nimmt und jede Kritik mit Hormonschwankungen entschuldigt? Das ist mir erst in den letzten Wochen richtig klar geworden, vorher habe ich mir darüber nie Gedanken gemacht. Dass jetzt alles zusammenkam, der Heiratsantrag, die Schwangerschaft – ich gebe ja zu, es ist zu viel.«

»Das sieht man. Warum haben Sie nicht früher darüber geredet, sondern kommen erst jetzt zu mir?« Es kam Weber seltsam vor, dass sie sich noch immer siezten, obwohl sie über so persönliche Dinge sprachen. Gleichzeitig begrüßte er die Distanz, sie machte es einfacher.

»Ich wollte niemanden belasten. Außerdem konnte ich doch nicht beim Mittagessen darüber reden. Im Grunde muss ich selbst damit klarkommen. Tu ich auch. Aber Jonas macht mir Angst. Als er gegen meinen Willen in meine Wohnung kam, machte er so Andeutungen, dass ich ihm nicht entkommen könnte. Das ist zu viel. Ich könnte nur heulen, bin schreckhaft, kann mich kaum konzentrieren. Und ich habe nicht mit Ihnen darüber gesprochen, weil ich Angst hatte, dass Sie mir sagen, ich solle eine andere Entscheidung treffen.«

Beklommen sah sie ihn an.

»Ich habe mir ja selbst immer wieder vor Augen gehalten, dass es vielleicht nicht das Schlechteste ist: Ich hätte einen Mann, der behauptet, dass er mich liebt und mit mir eine Familie gründen will. Aber das kann es doch nicht sein, wenn man so eine Entscheidung nur unter dem Aspekt des Angenehmen trifft. Das ist doch zum Scheitern verurteilt.«

Wieder machte sie eine Pause.

»Aber dann dachte ich an die vielen Vernunftehen, die früher geschlossen wurden, um Kriege zu verhindern und so. Nicht dass das jetzt in meinem Fall so dramatisch wäre, aber die Gedanken kamen mir auch. Ob es vielleicht doch nur Angst ist, die mich hindert. Einige der Ehen sollen ja recht glücklich gewesen sein.«

Ihre Worte klangen in Webers Ohren merkwürdig und konfus. Das sah Jeannette gar nicht ähnlich. Sie war eine analytische Denkerin, die Für und Wider rational abwog.

»Ich habe mich dann hingesetzt und in mich hineingehört«, fuhr sie fort. »Dabei versuchte ich, die Tatsachen sachlich zu betrachten, ohne Emotionen. Fakt ist, dass ich schon vor der Schwangerschaft die Beziehung beenden wollte. Jonas hat das gemerkt und geglaubt, er kriegt mich mit einem Heiratsantrag überredet. Oder überrascht. Oder was auch immer in seinem Kopf bei dieser Idee vorging. Die Schwangerschaft ändert an meinen Überlegungen und Erkenntnissen nichts. Also ist der Abbruch der einzig vernünftige Weg, aus diesem Dilemma herauszukommen.« Sie sah entschlossen aus, gleichzeitig schwang die Hoffnung auf Absolution mit.

»Ich halte einen Wohnungswechsel für sinnvoll«, sagte Weber, ohne auf ihre unausgesprochene Frage einzugehen. Er konnte und wollte ihre Absicht nicht kommentieren, schon gar nicht gutheißen. »Ich habe leider kein Gästezimmer, eventuell ein Hotelzimmer? Vielleicht hat Hartmut noch eine Idee.«

»Um Himmels willen, das soll doch keiner wissen.« Jeannette sah ihn erschrocken an.

»Dass Sie vom Exfreund verfolgt und gestalkt werden, kann er doch ruhig wissen. Der Rest geht ihn nichts an. Seine Enkelin hat ja gerade ein ähnliches Problem. Vielleicht fällt uns gemeinsam etwas ein.«

Die zwanzig Minuten waren vorbei. Er öffnete die Backofentür und stach mit einem Holzstäbchen in den Teig. Es blieben keine Krümel hängen. Er nahm den Kuchen aus dem Ofen und nahm vier Kuchenteller aus dem Schrank.

»Was meinen Sie? Hier portionieren oder auf den Tisch stellen?«

»Wir sollten es hier schneiden, sonst fragen sich die beiden, was wir hier so lange gemacht haben.«

»Richtig«, antwortete Weber und lachte. Doch eigentlich war ihm überhaupt nicht zum Lachen zumute.

Er schnitt die Tarte in vier Stücke, Jeannette half ihm, sie auf vier Teller zu verteilen. Dann gingen sie zurück ins Esszimmer. Weber stieß die Tür mit dem Fuß auf, die offenbar nicht ins Schloss gefallen, sondern nur angelehnt gewesen war.

»Wurde auch Zeit«, sagte Hartmut.

Melanie sah anders aus als zuvor. Zwischenzeitlich musste sie sich im Badezimmer frisch gemacht haben. Ihre Wangen wirkten rosiger, und die Lippen glänzten. Ihr Blick war klarer, wirkte entschlossener.

»Greift zu. Apfeltarte, nach einem Rezept von meiner Louise. Wie alles, was ich heute gekocht habe.« Weber schaute stolz in die Runde.

Hartmut ging darauf ein. »Wunderbar. Aber wir haben auch eine Idee. Dafür brauch ich deine Unterstützung. Was hältst du davon, wenn wir Melanie beschützen? Quasi wie ein privater Wachdienst. Wenn die Polizei nichts tun will, sind wir eben dran.«

Weber setzte sich und probierte vorsichtig den Kuchen. Ihm fiel ein Stein vom Herzen, es schmeckte genauso gut wie bei Louise, perfekt geglückt. Allerdings missfiel ihm die Wortwahl Hartmuts. Die Exkollegen waren notorisch unterbesetzt, hatten immer viel zu viel zu tun, vor allem Papierkram zu erledigen. Sich dann noch um seltsame Telefonanrufe zu kümmern, ohne Beweise zu haben, dass sie mit dem Überfall zusammenhingen, war höchstwahrscheinlich zu viel.

»Wer hat eigentlich alles deine Handynummer?«, wandte er sich an Melanie.

»Viele. Alle. Damit stehe ich sogar im Telefonbuch«, antwortete sie.

Betretenes Schweigen.

Melanie beeilte sich hinzuzufügen: »Aber ohne Adresse.«

»Ich wiederhole es gern. Für die Kollegen ist das wirklich schwierig«, sagte Weber. »Es könnte auch ein abgewiesener

Liebhaber, ein heimlicher Verehrer sein, das muss nicht mit dem Phantombild zusammenhängen.«

»Und da kann man gar nichts gegen machen?«, fragte Jeannette. »Was, wenn er es tatsächlich auf sie abgesehen hat? Man muss sich doch wehren können, das kann man doch nicht einfach ertragen und erdulden.«

»Natürlich kann man etwas dagegen machen. Aber so einfach, wie ihr euch das denkt, ist es nicht. Nicht jeder, der mal anruft, ist ein Stalker.«

In diesem Moment brach Jeannette zusammen. Tränen traten ihr in die Augen, die sie vergeblich zu verbergen versuchte. »Ich kann die Angst gut verstehen«, sagte sie mit bebender Unterlippe. »Mein Exfreund bedrängt mich auch. Zwar weiß ich, wer am Telefon ist, aber er macht mir Angst, weil er mir ständig auflauert und mich überreden will, meine Entscheidung, mich von ihm zu trennen, zurückzunehmen.« Sie legte ihre zitternden Hände auf die Tischkante und schaute auf ihren Nachtisch, von dem sie nur ein Stückchen probiert hatte.

Für einen Moment herrschte betretenes Schweigen, bis Hartmut das Wort ergriff. Er lehnte sich selbstgefällig zurück und spielte mit seiner Gabel. »Wir haben hier zwei junge Frauen sitzen, die im Moment beide Angst haben, allein zu wohnen. Da Jonas Ihre Wohnung kennt, Jeannette, wäre es doch eine Idee, bei meiner Enkelin einzuziehen. Dort sucht Sie keiner. Und Melanie hat ebenfalls Gesellschaft. Was haltet ihr von dem Vorschlag?«

Für eine Weile blieb es still.

Melanie reagierte als Erste. »Also eigentlich ist das eine grandiose Idee. Ich habe zwar nicht so viel Platz, aber eine bequeme Schlafcouch im Wohnzimmer kann ich zur Verfügung stellen. Was meinst du, Jeannette?«

Die wischte sich die Tränen fort. »Das ist die beste Idee, die ich seit Langem gehört habe.«

25

Weber fühlte sich ein wenig verkatert, auch wenn er lange geschlafen hatte. Das gemeinsame Essen mit Hartmut hatte sich ganz anders als erwartet entwickelt. Und es war spät geworden. Hartmut hatte das Taxi spendiert und erst Jeannette nach Hause gebracht, sie sogar bis in ihre Wohnung begleitet, um sich zu überzeugen, dass alles in Ordnung war, und danach das Gleiche für Melanie gemacht.

Die Idee, noch in der Nacht umzuziehen, hatte Jeannette verworfen. Sie wollte in Ruhe ihre Sachen packen und am nächsten Morgen bei Melanie einziehen. Zumindest konnte sie wieder klarer denken, das war ein Fortschritt.

Nachdem alle gegangen waren, hatte Weber aufgeräumt. Die Gespräche des Abends hatten ihn aufgewühlt, ihn nachdenklich gemacht. Außerdem erwartete Christian seinen Anruf, er hatte nur keine Information für ihn. Aber vielleicht konnte er ihn mit Fragen über die anonymen Anrufe ablenken.

Heute war verkaufsoffener Sonntag, und er beschloss, am Nachmittag in die Stadt zu gehen. Ein wenig Rummel konnte gegen die verkaterte Stimmung helfen. Er wohnte sehr zentral, dennoch ruhig. Anders als Hartmut in seiner Seniorenresidenz. Er ging zwar nur zwei Minuten bis zum Altpörtel, dafür störte der Straßenlärm. Das Lauteste, das Weber in seiner Wohnung vernahm, war Kinderlachen vom nahe liegenden Feuerbachpark. Und das empfand er nie als Belästigung. Beim Wort Kinderlachen dachte er automatisch an Jeannette, verdrängte den Gedanken jedoch sofort. Nicht jetzt.

Er ging durch das Stadttor und rief sich ins Gedächtnis, was er an Fakten über den Altpörtel wusste. Mit seinen fünfundfünfzig Metern war es das höchste und bedeutendste Stadttor Deutschlands, bereits Mitte des 12. Jahrhunderts erwähnt. Und dann verließ ihn sein Wissen.

Er sollte doch einmal an einer Stadtführung teilnehmen, auch für einen alten Hasen wie ihn war es eine interessante Tour.

Statt über die Maximilianstraße bis zum Dom zu gehen, nahm er den Weg durch die Korngasse. Er liebte die vielen schmalen Gassen in Speyer, sie versprühten noch immer den Charme vergangener Zeiten. Gerade die Korngasse mit ihren vielen kleinen Läden und Cafés. Dort fand man Goldschmiede, Einrichtungshäuser, Souvenirläden, Weinbars und Cafés. Besonders nett fand er, dass sich die Hintereingänge der Geschäfte, die ihren Haupteingang der Flaniermeile zuwandten, ebenfalls hier befanden. Nur die Kornmarktpassage gefiel ihm nicht. Er grübelte, woran das lag. War eine Passage einfach eine Moderichtung gewesen? Selbst Städteplaner ließen sich davon beeinflussen, denn eigentlich passte eine solche Passage überhaupt nicht ins Speyrer Stadtbild.

Obwohl viele Menschen unterwegs waren und Weber einige Bekannte mit Kopfnicken grüßte, fühlte er sich allein. Früher war ihm das nie bewusst gewesen, er hatte nichts vermisst. Während seiner Dienstzeit hatte sich sein Freundeskreis auf Kollegen beschränkt. Für andere Bekanntschaften hatte er keine Zeit. Dann hatte Louises Krankheit sein Leben ausgefüllt. Und nach ihrem Tod, nachdem die Kondolenzbesuche weniger geworden waren, wurde ihm seine Einsamkeit richtig bewusst. Diese Erkenntnis versetzte ihm wie immer einen leichten Stich in die Magengegend. Der Einzige, mit dem ihn immer noch eine Freundschaft verband, war Christian.

Weber versuchte, die Atmosphäre der Stadt zu genießen, betrachtete die entgegenkommenden Touristen. Es war viel los. Zwar kamen nicht so viele wie im Sommer oder in Zeiten der Weinfeste in die Stadt, doch die, die kamen, zeigten ernsthaftes Interesse an den Sehenswürdigkeiten. Hoffentlich fingen sie bald den Wahnsinnigen, der nachts Frauen auflauerte. Ein Doppelmord war nicht gut für den Tourismus.

Aufmerksam lauschte Weber der Sprache. Es musste ein Schiff mit ausländischen Touristen am Rheinufer angelegt haben, denn er verstand ein paar englische Wörter. Er ging immer weiter, gelangte am Ende der Korngasse auf die Maximilianstraße und stand vor dem Sankt Georgsbrunnen. Die Cafés hatten noch immer einige Stühle vor ihren Türen aufgestellt, auf denen tatsächlich Menschen saßen und die letzten warmen Sonnenstrahlen genossen.

Vor dem Dom stand eine Reisegruppe, die einer Fremdenführerin aufmerksam lauschte. Ein paar Minuten blieb Weber in gebührendem Abstand stehen und hörte den Ausführungen der jungen Dame zu, die die Entstehungsgeschichte des Doms erzählte. »… eingeweiht 1061, Weltkulturerbe, die größte erhaltene romanische Kirche der Welt …«

Er hörte die Bewunderungsrufe der Zuhörenden. Er war stolz auf sein Speyer, den Dom, die vielen Kirchen, das Judenbad. Hier lebten die Menschen auf kleinem Raum nicht nebeneinander, sondern miteinander. Man nahm sich Zeit, genoss das Leben, das war auch in der heutigen Zeit so. Und er hoffte, dass es so blieb.

Einen kurzen Moment überlegte er, ob er im Dom eine Kerze anzünden sollte, verwarf den Gedanken dann aber wieder. Es zog ihn ans Wasser. Er nahm den Weg durch den Domgarten und genoss die Stille. Wie anders es hier im Sommer war! Die Minigolfanlage war geschlossen, auf dem Spielplatz saß nur eine Mutter, die ihrem Kind zuschaute, wie es auf der überdimensional großen Spinne herumkletterte. Das einzige Geräusch, das die Stille durchbrach, war das Rascheln des Laubs, durch das er ging.

Wie auf Kommando sprang die Ampel auf Grün, als Weber die Straße überqueren wollte. Während er die Rheinallee zum Fluss entlanglief, genoss er die Natur, war eins mit ihr.

Bis ihm jemand »Guten Tag« zurief und ihn aus seinen Gedanken riss.

Erschrocken drehte er sich um und stand vor Lukas Grimm. »Hallo«, erwiderte er überrascht.

Grimm sah ganz normal aus, seine Augen waren klar und sein Blick gerade, dennoch umgab ihn eine Aura unendlicher Traurigkeit.

Ohne ein weiteres Wort setzte sich Weber auf eine der Bänke am Flaggenmast. Er hielt sein Gesicht mit geschlossenen Augen der Sonne entgegen. Wenn sein Nachbar etwas von ihm wollte, wollte er es ihm nicht zu leicht machen.

»Es ist ein schöner Platz«, sagte Lukas.

Weber brummte, was man als Zustimmung oder was auch immer deuten konnte.

»So still.«

In diesem Moment stieg ein Pulk Touristen aus einem anliegenden Schiff.

»Ruhe würde ich das nicht nennen«, antwortete Weber.

»Schlechtes Timing. Typisch für mich.« Lukas klang deprimiert. »Ich habe das Gefühl, mit Pias Tod ist alles Positive aus meinem Leben verschwunden.«

Weber verzichtete auf eine Antwort.

Doch Lukas gab nicht auf. »Wie schön, dass es noch so warm ist, oder? Die Sonne hat noch richtig Kraft.«

Weber gab sich einen Ruck, setzte sich kerzengerade hin und schaute auf seinen Nachbarn. »Was wollen Sie?«

»Ich brauche jemanden zum Reden. Mit mir will niemand mehr sprechen, mein Chef hat mir gekündigt, die Suche nach einem neuen Job gestaltet sich schwierig. Sabrina, Pias Freundin, ist die Einzige, die Kontakt mit mir aufgenommen hat, seit ich entlassen wurde. Sie glaubt jetzt, dass ich unschuldig bin.«

»Weil Sie sich erinnern?«

Lukas schüttelte betreten den Kopf. »Nein, es ist immer noch alles im Nebel. Die Ärzte sagen, die Wahrscheinlichkeit, dass es zurückkommt, ist sehr gering, aber ich weiß, dass ich Pia nichts getan habe.« Er errötete bei dem Blick, den Weber ihm zuwarf. »Also, ich weiß, dass ich kein Unschuldslamm bin, aber ich habe sie nicht erstochen.«

Weber stimmte ihm grundsätzlich zu, blieb aber stumm.

»Wirklich nicht, das habe ich nicht getan.«

»Ich weiß.«

Lukas schaute ihn entgeistert an. »D… das heißt, Sie glauben a… auch an mich?« Vor Aufregung stotterte er. »Das ist wunderbar, das baut mich auf. Noch jemand, der …« Er brach ab, dann fügte er hinzu: »Dennoch läuft ein Mörder frei herum. Wissen Sie, ob die Polizei einen neuen Verdächtigen hat?«

Weber, der in Ruhe seinen Gedanken nachhängen wollte, seufzte. Es gab kein Entrinnen. »Sie sind nicht mehr dringend tatverdächtig. Wegen des zweiten Opfers. Für die Zeit haben Sie ja ein grandioses Alibi, besser geht es kaum. Sie saßen in Untersuchungshaft.«

»Das sind alles keine Beweise für meine Unschuld an Pias Tod. Oder? Also, ich meine, es kann ja sein, dass irgendjemand durch die Berichterstattung erst auf den Gedanken gekommen ist, nachts Frauen aufzulauern.«

Er wirkte wirklich verzweifelt, stellte Weber fest. Fast tat er ihm leid, und er versuchte, ihn zu beruhigen. »Da Mona Klein auf die gleiche Art und Weise überfallen wurde, geht die Polizei von nur einem Täter aus. Beim dritten versuchten Überfall konnte die junge Dame sogar helfen, ein Phantombild zu erstellen. Es ist Ihnen gar nicht ähnlich.«

Lukas schaute aufs Wasser und wirkte abwesend.

»Haben Sie gehört, was ich gesagt habe?«, fragte Weber.

Lukas schrak hoch, seine Augen glänzten. »Entschuldigung, ich musste gerade wieder an Pia denken. Es gibt Momente, da denke ich, dass das alles nur ein böser Traum ist. Was meinten Sie?«

»Ein drittes Mädchen ist überfallen worden, beziehungsweise sie hat es geschafft, den Täter in die Flucht zu schlagen. Mit ihrer Hilfe konnten die Kollegen ein Phantombild erstellen.«

»Davon weiß ich gar nichts. Wann ist das denn passiert?«

»Donnerstagnacht. So gegen drei Uhr. Fast an derselben Stelle wie bei Mona Klein. Meine Kollegen, Exkollegen, haben das Phantombild veröffentlicht, es gibt bald eine Gegenüberstellung, und dann wird dieser ganze Spuk ein Ende haben.« In Webers Stimme klang mehr Zuversicht, als er hatte.

Lukas überlegte. »Am Donnerstag? In der Nacht war ich auch dort in der Nähe unterwegs.« Kaum hatte er es ausgesprochen, biss er sich auf die Lippe und hätte das Gesagte am liebsten zurückgenommen. Zögerlich fragte er: »Das Phantombild sieht mir wirklich nicht ähnlich?«, und atmete erleichtert auf, als Weber verneinte.

»Die Beschreibung ist die eines anderen Mannes. Garantiert. Was wollten Sie dort?«, fragte er. »Wieso waren Sie in der Nähe?«

Lukas druckste herum. »Sabrina, Pias Freundin, und ich waren im Club. Wir hatten überlegt, dass wir vielleicht jemanden finden, irgendetwas entdecken, das uns erklärt, was passiert ist. Sie hatte doch einen Mann kennengelernt.« Lukas Stimme wurde immer leiser.

»Die Polizei findet ihn nicht tatverdächtig, das Hotelpersonal hat Pia gesehen, wie sie aus dem Haus ging. Der Gast ist erst viel später erschienen. Da können Sie meinen ehemaligen Kollegen vertrauen.«

»Wir glaubten auch nicht wirklich, irgendetwas zu entdecken, aber wir fanden den Gedanken unerträglich, dass wir so gar nichts tun können.«

Wie gut Weber das verstehen konnte.

»Sabrina ist früher gegangen. Ich hab noch was getrunken und mich dann auch auf den Weg gemacht.« Als er den skeptischen Blick Webers sah, fügte er hinzu: »Alkoholfreien Cocktail natürlich. Die Bedienung war echt nett. Die konnte sich sogar noch an Pia erinnern. Wusste aber auch nichts Neues. Hab mich nur gewundert, dass sie allein nach Hause gegangen ist. Mir wäre das zu unheimlich gewesen, nach dem, was passiert ist.«

Weber kniff die Augen zusammen und überdachte Lukas' Worte. Irgendetwas stimmte da nicht. »Es war eine Kellnerin, die an dem Abend überfallen wurde«, teilte er Lukas mit.

»Also die jedenfalls nicht. Ich habe ihr von Weitem nachgeschaut und gedacht, dass ich als Beschützer, zumindest aus der Ferne, auf sie aufpasse. Bis in die Sankt-Markus-Straße konnte ich sie beobachten, und dort ist sie heil in ein Haus gegangen.« In Lukas' Stimme klang Stolz mit. »Das war doch richtig?«, fragte er nach, als Weber nicht antwortete, sondern unverwandt mit gerunzelter Stirn auf das Wasser blickte.

»Sie haben alles richtig gemacht, ich hätte nicht anders gehandelt.« Er lächelte seinen Nachbarn an, doch die Sorgenfalten blieben. »Kennen Sie zufällig den Namen der Kellnerin?«, fragte er.

»Ja klar. Wir haben uns nett unterhalten. Sie arbeitet immer an der Theke, hat sie gesagt, kennt die meisten Gäste, zumindest vom Sehen. Ich musste die Ingredienzien des Cocktails raten. Ein erfrischender Mix mit Blutorangensaft, Zitrone und natürlich Eis. Kann ich nur empfehlen.«

»Gern, aber hat sie sich auch vorgestellt?«, unterbrach Weber.

»Ja, doch. Entschuldigung. Melanie ist ihr Name«, sagte Lukas.

»Und sie wohnt in der Sankt-Markus-Straße?«

»Gesagt hat sie das nicht, aber ich gehe davon aus, denn sie hat mit einem Schlüssel die Haustür aufgeschlossen.«

»Sind Sie ganz sicher? Irrtum hundertprozentig ausgeschlossen?«

»Ja, sicher. Als sie in der Wohnung verschwand, habe ich mich auch auf den Weg nach Hause gemacht. Unterwegs sind mir noch zwei Betrunkene begegnet, die waren echt voll, und ich habe einen großen Bogen um die gemacht.«

»Wann waren Sie dann zu Hause?«

»Das muss so gegen halb vier oder in der Kante gewesen sein. Ist das wichtig?«

Weber schüttelte den Kopf. »Das nicht, aber das andere, was Sie erzählen, könnte wirklich sehr helfen, den Täter zu finden.«

26

Von Melanie hatte Hartmut erfahren, dass seine Tochter nicht gut dran war. Er konnte sich nicht erinnern, dass er Sybille jemals richtig gesund erlebt hatte. Melanie hatte ihn gebeten, nach ihr zu sehen. Es wäre ihr wichtig, hatte sie noch hinzugefügt.

Was für ein Blödsinn, dachte er. Am besten gingen sich Vater und Tochter aus dem Weg. Melanies Vermittlungsversuche waren herzerweichend und zwecklos. Um ihr zu gefallen, gab er ihrer Bitte nach.

Nun stand er vor der Haustür und bereute es bereits. Die Tür war schmutzig, die Klinke wirkte, als wäre sie ein Pool sämtlicher Krankheiten und Bakterien. Der ehemals weiße Klingelknopf war braun, beinahe schwarz. Hartmut atmete tief ein. Und klingelte. Der Drang, seine Hände waschen zu müssen, war übermächtig, doch die Vorstellung, wie das Badezimmer aussehen mochte, schreckte ihn ab.

Hinter der geschlossenen Tür hörte er Geräusche. Es klang, als ob jemand hektisch Gegenstände aus dem Weg räumte. Eine Tür ging auf, wurde wieder zugeschlagen. In seiner Vorstellung sah Hartmut, wie seine Tochter alle möglichen herumliegenden Dinge hinter der Schlafzimmertür versteckte. Er rechnete mit allem, mit dem Schlimmsten, doch als die Tür aufging, schluckte er dennoch.

Der Geruch, der ihm entgegenschlug, war ekelerregend, widerwärtig. Es roch, als habe seine Tochter in den letzten Monaten nie gelüftet. Nach Schmutzwäsche, Urin, Kaffee, saurer Milch und irgendetwas Undefinierbarem. Wieso?, fragte er sich. Sie hatte doch gewusst, dass er kam. War es zu viel verlangt, wenigstens ein bisschen Ordnung zu halten?

Hartmut schluckte seine Wut und Enttäuschung hinunter. Jedes Mal fiel er darauf rein. Bei jedem Besuch hoffte er, dass sie ein Zeichen setzen, dass sie ihm den kleinen Finger reichen, ihren guten Willen zur Veränderung wenigstens durch ein wenig Aufräumen zeigen würde.

Sie schaute ihm nur kurz ins Gesicht, dann drehte sie sich um. Kein »Guten Morgen«, noch nicht einmal ein »Hallo«. Dass sie ihn Papa nennen würde, erwartete er schon seit langer Zeit nicht mehr. So hatte sie ihn das letzte Mal vor dreißig Jahren genannt.

Er folgte ihr, verbot sich, nach rechts und links zu schauen, schon gar nicht in die Ecken. Wie immer waren alle Gardinen zugezogen. Für ihn? Damit er die schmutzigen Fenster nicht sah? Oder weil sie sich von der Außenwelt abschotten wollte?

»Wie geht es dir?«, fragte er, seine Augen stur auf ihren Rücken gerichtet. »Melanie hat mich gebeten vorbeizuschauen.«

Er bekam keine Antwort, er bekam nie eine Antwort. Fragen waren nie gut. Er musste sie reden lassen. Irgendwann würde sie anfangen. Doch wenn er sie unter Druck setzte, sie zu Antworten drängte, verschloss sie sich noch mehr vor ihm, wurde bockig und unnahbar. Da waren sich Mutter und Tochter ähnlich. Er verstand seine Tochter nicht, er hatte vor vielen Jahren aufgegeben, es zu versuchen. Damit machte er sich kaputt, die Selbstvorwürfe allein reichten aus.

Als er ins Wohnzimmer trat, hatte sich seine Nase an die abgestandene Luft gewöhnt. Ein paar Atemzüge reichten, bis er die üblen Gerüche nicht mehr wahrnahm.

Auf dem Sessel lagen ein paar Prospekte mit den aktuellen Sonderangeboten, die er aufhob, um sich setzen zu können. Er wusste nicht, wohin damit, der Tisch war schmutzig, eine dunkle Flüssigkeit schimmerte darauf. Kaffee, hoffte er und legte die Prospekte auf seinen Schoß.

Sybille setzte sich ihm gegenüber auf das alte Sofa. Ursprünglich war die Farbe des Bezugs mittelbraun gewesen. Jetzt wirkte sie beinahe schwarz. Seine Tochter trug einen Jogginganzug, der dringend eine Wäsche nötig gehabt hätte. Seinen ersten Impuls, aufzuspringen und den Tisch abzuwischen, unterdrückte er und blieb einfach sitzen, versuchte sogar, freundlich zu lächeln.

»Melanie hat mir erzählt, dass du mit mir reden willst.«

Sie schaute ihn an, ihre Mundwinkel verzogen sich. Bei anderen hätte es vielleicht liebenswürdig ausgesehen, bei ihr wirkte es sarkastisch.

»Ja. Melanie kommt immer vorbei und bringt mir etwas zu essen. Nicht dass sie kochen könnte und es schmecken würde. Aber mehr darf ich wohl nicht erwarten.«

Wie immer verschlugen ihm die Ansichten seiner Tochter die Sprache. Woher kam dieser Hass auf ihr Kind? Melanie war die Einzige, die sich um sie kümmerte, sich all die Jahre um sie bemüht hatte. Die jede Zurückweisung ignorierte und nichts auf die Mutter kommen ließ. Hartmut war Sybilles Verhalten ein Rätsel.

»Ich habe aufgeräumt«, sagte sie jetzt.

Erstaunt blickte er auf, sagte jedoch nichts. Vielleicht hatten Vater und Tochter einfach unterschiedliche Auffassungen von Ordnung. Mittlerweile konnte er wieder normal atmen.

»Schau, was ich dabei gefunden habe. Kennst du das noch?« Sie zog etwas aus dem Stapel auf dem Tisch hervor. Ein kleines Buch. Er staunte. Natürlich kannte er es, es war sein Buch. Er lächelte. Seine jahrelangen Recherchen über Sagen und Fabelwesen aus dem Pfälzer Wald hatte er in diesem Buch gesammelt.

»Das wollte ich dir zurückgeben. Ich versuche, Ordnung in mein Leben zu bringen.«

»Warum behältst du es nicht?«

Sie schüttelte wild den Kopf, dann flüsterte sie leise: »Es macht mir Angst, und es ist nicht für mich.« Deutlicher konnte sie ihm ihre Abneigung nicht zeigen. Sie wollte alles, was mit ihm zu tun hatte, aus dem Haus haben.

»Das sind ausgedachte Geschichten, die ich Melanie vorgelesen habe. Die haben ihr keine Angst eingejagt, warum fürchtest du dich vor ihnen?«

Sybille schaute ihn nicht an, heftete ihren Blick an irgendeinen Punkt hinter ihm. »Ich habe drin gelesen, es ist grausam. Es ist nicht gut. Kann böse enden.«

Es war so weit, seine Tochter hatte ihren Verstand verloren. Hilflos hörte Hartmut zu, ohne Idee, was er antworten sollte, wie er ihr helfen konnte.

»Danke, dass du es mir wiedergibst. Das war alles?«, fragte er in einem letzten Versuch, mit ihr ins Gespräch zu kommen.

Sybille schaute wieder auf den Punkt irgendwo an der Wand, ohne zu antworten.

»Dann gehe ich wieder.«

Sie hielt ihn nicht auf, sie blieb sitzen, schaute völlig entrückt in die Ferne.

Er lief zu Fuß nach Hause. Die kalte Luft half ihm, wieder zu sich zu finden. Diese Besuche bei seiner Tochter hinterließen bei ihm stets ein schlechtes Gefühl. Zu Hause nahm er das Buch zur Hand und blätterte darin. »Die Stunde der Elwedritsche«. Er lächelte, als sein Zeigefinger über den Titel strich.

Schon lange hatte er nicht mehr hineingeschaut. Zu tief saß die Enttäuschung, auf einen Pseudoverlag hereingefallen zu sein, der ihm eine großartige Zukunft als Schriftsteller vorhergesagt hatte und in Wirklichkeit nur sein Geld wollte. *Vanity press*, dachte er. Im Englischen gab es diesen wunderbaren Ausdruck. Eitelkeit, sie hatten ihn mit dem Angebot bei seiner Eitelkeit gepackt. Seine Ahnung über das Bücherschreiben war gering, die Welt der Verlage war ihm unbekannt gewesen. Überglücklich, einen Verlag gefunden zu haben, der seine Idee unterstützenswert gefunden und nur knapp zehntausend Euro verlangt hatte, um seinen Traum vom eigenen Buch zu realisieren.

Erst sehr viel später hatte er begriffen, dass man ihn über den Tisch gezogen hatte. Anders konnte er das heute nicht mehr nennen. Eine Buchhändlerin hatte tatsächlich fünf Bücher in Kommission genommen und ihm aufmunternd lächelnd vorgeschlagen, dass man die Rechtschreibfehler vielleicht mit der nächsten Auflage korrigieren könne. Bevor eine zweite Auflage in Angriff genommen werden konnte, musste er erst einmal dreitausend Bücher verkaufen. Das hatte er sich einfacher vorgestellt. Melanie hatte ihn damals unterstützt und ihn bei der Tour, alle Pfälzer Buchhandlungen aufzusuchen und sein Buch anzubieten, begleitet.

Noch immer stapelten sich einige Exemplare im Keller, er hatte seinen Traum vom Schriftstellerberuf längst aufgegeben. Alle seine Freunde und Bekannte waren versorgt, er konnte die Bücher noch nicht einmal mehr als Gastgeschenk zu einer Einladung mitnehmen. Er war sich wie ein Bittsteller vorgekommen, wenn er mal wieder durch die Läden zog und sein Buch anbot. Die mitleidigen Blicke hatte er nicht mehr ertragen. Melanie hatte dann die Idee gehabt, Schlüsselanhänger in Form einer Elwedritsche anfertigen zu lassen. Die waren wenigstens ein Erfolg gewesen, zumindest erfolgreicher als die Bücher, auch wenn er dafür ebenfalls tief in die Tasche hatte greifen müssen.

Anfangs hatte die Idee darin bestanden, sie als Give-away zum Buch dazuzugeben, doch später hatte er sie für fünfzehn Euro das Stück verkauft. Seine Buchbestände verringerten sich allerdings erst, als er die Exemplare zum Anhänger verschenkte. Er hatte immer noch einige der Schlüsselanhänger zu Hause, und in einer Kiste harrten diverse Bücher, die niemand kaufen wollte.

Was hatte ihm der Verlag nicht alles versprochen! Sogar einen Auftritt auf der Frankfurter Buchmesse. Er sah sich als den neuen Stern am Literaturhimmel, träumte von Einladungen zu Fernsehsendungen, Buchbesprechungen im Radio, in Zeitschriften und überregionalen Zeitungen. Bis auf einen wohlwollenden Artikel in der regionalen Presse hatte es nichts gegeben. Nur Melanie hatte nie genug von seinen Geschichten bekommen, besonders von der einen Elwedritsche, die die Menschen beschützte, die Hilfe brauchten, und die die Ungerechtigkeit der Welt bekämpfte. Wieder und wieder wollte sie von ihrer Elwe hören, die gegen die Alpträume half.

Bei der Erinnerung musste er lächeln. Er sah die kleine Melanie vor sich im Bett liegen, die Decke bis zum Kinn hochgezogen und mit riesigen Augen seinen Geschichten lauschend.

Aber mit jedem Alptraum Melanies hatte sich sein Herz gegenüber seiner Tochter mehr verhärtet. Seine Frau zerbrach beinahe an den Verhältnissen. Noch eine, die nachts in ihr Kissen weinte, wenn sie glaubte, dass er bereits schliefe. Er war sicher, dass sie die Traurigkeit ins Grab gebracht hatte.

Je mehr er über seine Tochter nachdachte, umso wütender wurde er. Sie war ein egoistisches Wesen, das immer nur das machte, was es wollte oder für sich als das Beste ansah. Ohne Rücksicht auf andere. Ohne zurückzustecken. Ohne Kompromisse. In ihren Augen hatte sich alles gegen sie verschworen, und sie selbst war nicht in der Lage, anderen Glück zu gönnen, geschweige denn zuzugestehen.

27

»Hallo, mach auf, ich bin es.« Es dauerte eine Weile, bis ihre Mutter die Tür öffnete. Schon am Klang der Schritte hörte sie, dass sie nicht gut drauf war.

»Komm rein«, begrüßte sie ihre Tochter und schlurfte zurück ins Wohnzimmer. Mehr sagte sie nicht.

Wieso konnte ihre Mutter sie nicht einmal herzlich in den Arm nehmen, ihr ein Küsschen auf die Wange geben, ihr einmal sagen, dass sie sich freue, sie zu sehen? Kein: »Hallo, meine Tochter, dein Essen war köstlich. Schön, dich zu sehen.« Stattdessen ein krummer Rücken, bedeckt von einem ausgeleierten und schmutzigen Sweatshirt oder Morgenmantel.

»Hallo, Mama.«

Keine Reaktion. Melanie folgte ihrer Mutter und versuchte wie zuvor ihr Großvater, nicht nach rechts und links zu schauen. Der Geruch war wie immer. Abgestandene Luft, Schweißgeruch, irgendwo schimmelte etwas vor sich hin. Die Blumen vertrockneten in den Töpfen, Spinnweben verzierten die Decken.

Melanie setzte sich auf den Sessel, der einzige Platz im Raum, der frei geräumt war. »Mama«, fragte sie, »wann hast du das letzte Mal gebadet?«

Statt einer Antwort gab es nur Schulterzucken.

»Hast du gegessen?«

Ein Schnauben.

»Mama, ist etwas passiert?« Ihre Mutter starrte an Melanie vorbei, ihre Augen waren glasig, ihre Bewegungen unkontrolliert. »Ich hab deinem Opa das Buch gegeben.«

»Welches Buch?«, fragte Melanie. Sie bekam keine Antwort.

»Ich habe mein Leben verschissen.« Die Wörter kamen undeutlich und lallend. »Mein ganzes verdammtes, beschissenes Leben ist im Arsch. Aber du hast einen Opa, der dich liebt und beschützt.«

Melanie verstand nicht, was ihre Mutter sagen wollte, versuchte es noch einmal.

»Mama, ist etwas passiert? Willst du es mir nicht erzählen?« Sie stand auf und nahm neben ihr Platz. Verkehrte Welt, dachte sie nicht zum ersten Mal. Ihr ganzes Leben hatte sie auf ihre Mutter aufgepasst, für sie gesorgt, auf sie geachtet. Warum?, fragte sie sich, als ein Geruch von altem Katzenurin, vermischt mit einer Alkoholfahne, in ihre Nase stieg. Sie versuchte, nicht zu atmen, als sie eine Hand auf die Schulter ihrer Mutter legte.

»Lass mich in Ruhe«, sagte Sybille, rutschte ein Stück von ihr ab. Und schlug ihre Hand zur Seite.

Melanie erstarrte.

»Was willst du? Meinst du, du hast ein Recht, mich herumzukommandieren? Melanie, die Überschlaue, die alles besser weiß und kann? Die immer recht hat, immer vernünftig ist, nie Dummheiten macht. Meine überkorrekte und prinzipientreue Tochter. Das ist zum Lachen.«

Sie lachte nicht, sondern stieß auf, rülpste. »Ups«, sagte sie und versuchte, nach dem Glas zu greifen, das auf dem Tisch stand. Es war halb gefüllt mit einer klaren Flüssigkeit.

Korn oder Wodka, vermutete Melanie. Vom Geruch her tippte sie auf Korn. Sie nahm jedes Wort überlaut wahr, jeder Buchstabe hallte in ihren Ohren nach. Sie war verwundert, wie sehr sie die Beschimpfungen trafen. Es tat weh, unglaublich weh sogar. Dennoch erwiderte sie nichts darauf. Sie stand auf und nahm das Glas in die Hand. Während ihre Mutter glaubte, dass sie es ihr reichen wollte, überlegte Melanie kurz, ob sie ihr den Inhalt ins Gesicht schütten sollte. Einige Sekunden lang schien ihr diese Option sehr verführerisch. Doch dann brachte sie es in die Küche.

Hier fand sie die Ursache für den ekligen Geruch. Gebrauchte Tassen mit Kaffeeresten, auf deren Oberfläche sich Schlieren und Schimmel bildeten. Etwas, das wie eine vergammelte Pizza aussah, lag auf einem Teller. Auch darauf war an einigen Stellen pelziger grauer Schimmel zu sehen. Melanie schob die Ärmel hoch und machte sich ans Werk.

Mechanisch liefen die Arbeitsabläufe ab. Sie schüttete die Flüssigkeiten in den Ausguss, suchte eine Plastiktüte und gab den Müll hinein. Dann ließ sie das warme Wasser laufen, und als es heiß genug war, steckte sie den Stöpsel ins Becken. Sie fand noch eine Flasche mit flüssigem Spülmittel und gab ein paar Tropfen ins Wasser.

Sie spülte gern, schon als Kind hatte sie gern aufgeräumt, für Sauberkeit gesorgt. Der Stiefvater hatte sie immer dafür gelobt, ihre Mutter es für selbstverständlich angesehen. Das hatte sie alles bei ihrer Oma gelernt, die sich wahrscheinlich im Grab umdrehen würde, wenn sie wüsste, was Melanie alles für ihre Mutter tat. Kinder sollten nicht für ihre Eltern sorgen müssen, nicht in dem Alter.

Sie empfand das heiße Wasser angenehm auf der Haut, es gab ihr das Gefühl, lebendig zu sein. Auch im Club war sie diejenige, die mit dem heißesten Wasser spülen konnte. Den Kollegen war es unmöglich. Dem zarten Zitronenduft des Spülmittels gelang es nicht, die anderen Gerüche zu verdrängen. Sie ging zum Fenster und öffnete es auf Kipp. Der kalte Wind tat gut, ihr Gesicht glühte.

Während sie Tasse für Tasse, Teller für Teller abwusch, überlegte sie, warum ihre Mutter sie hasste. Anders konnte sie es nicht nennen, der pure Hass schlug ihr in Momenten wie diesen entgegen. Sie hatte einmal versucht, mit ihrem Opa darüber zu reden, und auch er war der Meinung gewesen, dass seine Tochter voller Hass war – gegen jeden. Auch über ihn hetzte sie, ließ kein gutes Wort an ihm. Für ihn war ihr Verhalten das Ergebnis ihrer Trinkerei.

Er hatte es nicht direkt gesagt, aber Sybille musste wohl früher auch Drogen genommen haben. Ganz früher hatte ihr Opa Polizist werden wollen, er sprach nicht gern darüber, doch Melanie vermutete, dass seine Tochter der Grund gewesen war, warum er den Dienst quittiert hatte. Sosehr sie ihn auch drängte, mehr erzählte er nicht. Nur einmal hatte er in einer stillen Stunde bemerkt, dass er viel falsch gemacht hatte. Und dass er froh wäre, mit seiner Enkelin eine zweite Chance bekommen zu haben. Er wäre immer für sie da, hatte er gesagt und ihr über den Kopf gestreichelt.

Er hatte nicht gelogen, er war wirklich immer für Melanie da. Auch wenn sie glaubte, dass sie seinen Ansprüchen und

Wünschen nicht genügte. Sie wünschte sich nichts sehnlicher, als dass ihre Mutter sie liebte. Ihr ganzes Leben schon kämpfte sie um diese Liebe. Wie sie heute feststellen musste, vergeblich.

Statt zu gehen, sie allein in dieser Müllhalde zu lassen, räumte sie auf. Warum tat sie das? War das nicht völlig verrückt? Eine Antwort fand sie nicht, doch das Hantieren im warmen Wasser half ihr, sich zu beruhigen. Sie hörte etwas hinter sich, drehte sich aber nicht um.

»Warum machst du das? Warum kannst du nicht einfach gehen? Verstehst du nicht, dass ich dich nicht will? Du bist wie eine Klette, wie Unkraut, du begreifst es einfach nicht!«

Melanie wollte das nicht hören.

»Ich hätte dich nie kriegen dürfen, ich wusste nichts von deinem Erzeuger. Irgend so ein Junkie, für den ich die Beine breit gemacht habe, um Stoff zu bekommen. Ich hatte geglaubt, dass ich nicht schwanger werden könnte.«

»Aber du hast mich bekommen, dann muss dir doch irgendetwas an mir gelegen haben.« Melanie wagte nicht, sich umzudrehen. Sie wollte nicht in das Gesicht ihrer Mutter schauen, sie wollte erst hören, abwägen, wie ihre Stimme klang. Doch es kam nichts. Stattdessen hörte sie ein Geräusch, als wäre eine Tasse zu Boden gegangen. Sie musste sich zwingen, den Kopf langsam nach rechts zu drehen. Nicht nur die Tasse war gefallen, ihre Mutter lag daneben, mit seltsam verdrehten Augen.

»Mutter? Mama, was ist mit dir?«, rief Melanie und kniete sich neben sie. »Tut dir etwas weh? Ich ruf einen Arzt.« Nervös überprüfte sie den Puls, tätschelte mit ihrer rechten Hand die Wange, doch ihre Mutter kam nicht zu sich. Melanie suchte ihr Handy, drückte 112, gab akribisch Straße und Hausnummer an und schilderte knapp, was passiert war.

»Ich denke, es ist zu viel Alkohol im Spiel«, fügte sie noch hinzu. Noch einmal kontrollierte sie den Puls ihrer Mutter, legte dann ihre Füße höher und den Kopf zur Seite. Vorsichtig öffnete sie den Mund, um zu kontrollieren, ob die Zunge frei lag, bevor sie ins Badezimmer ging, um etwas zu suchen, womit sie ihre Mutter waschen konnte.

»Du kannst nichts dafür, das hab ich Opa auch immer gesagt.« Sie wusch ihrer Mutter mit einem feuchten Waschlappen durchs Gesicht, kämmte ihr die Haare, hätte ihr auch gern etwas anderes angezogen, traute sich jedoch nicht.

»Ich weiß, dass du mich eigentlich liebst, mir das nur nicht zeigen kannst, weil du dich selbst nicht liebst. Wir müssen zusammenhalten. Und hätte es diese blöde Frau nicht gegeben, die dir deinen Mann weggenommen hat, dann wäre alles anders gekommen. Die Familie hätte dir Halt gegeben. Ich hätte für dich gesorgt. Alles wäre gut geworden. Nur diese Frau, die hätte es nie geben dürfen. Solche Kreaturen dürfen nicht rumlaufen, sie wissen gar nicht, was sie den Familien antun, wenn sie die Männer anmachen, sie verführen und um den Finger wickeln.«

Melanie streichelte immer wieder die Hand ihrer Mutter und versuchte, beruhigend auf sie einzureden, bis es klingelte. Sie eilte zur Tür und ließ den Notarzt ein.

»Gut, dass Sie so schnell gekommen sind, danke. Meine Mutter liegt hier.« Sie führte die beiden Männer in die Küche. Unwillkürlich dachte sie, wie gut es war, dass sie das Fenster geöffnet und den Abwasch weggeräumt hatte. Es schien ihr wichtig, dass die Ärzte keinen allzu schlechten Eindruck von ihrer Mutter bekamen. Doch dann bemerkte sie die Blicke der beiden, die sie sich zuwarfen. Wissende Blicke.

»Wie viel hat sie getrunken? Trinkt sie regelmäßig?«

Melanie zuckte die Schultern, das wollte sie nicht beantworten. »Wohin bringen Sie sie?«

»Ins Diakonissen. Notaufnahme. Sind Sie eine Angehörige? Leben Sie hier?«

Der Vorwurf, der in der Luft lag, war offensichtlich.

»Sie ist meine Mutter, ich bin nur zu Besuch.« Die Worte klangen in ihren eigenen Ohren nach hilfloser Verteidigung. Sie wollte sich und ihre Mutter rechtfertigen. Wollte schreien, dass nur diese Frauen Schuld trugen, die mit ihren kurzen Kleidern und angemalten Gesichtern etwas darstellten, das sie nicht waren und niemals sein würden. Im Alltag waren sie stinknormale Frauen, die nicht in Stilettos den Müll hinausbrachten. Sicherlich fielen diese beiden Notärzte auch auf solche Frauen herein.

»Können Sie ein paar Sachen für Ihre Mutter zusammenpacken?«, fragte einer der Männer.

Melanie überlegte, ob ihre Mutter überhaupt saubere Wäsche besaß und wo sie diese aufbewahrte. Notfalls würde sie einkaufen müssen. »Ich bringe die Sachen ins Krankenhaus.«

Der Mann nickte. »Ich verstehe.«

Melanie versuchte, die Peinlichkeit der Situation zu verdrängen, sie nicht an sich heranzulassen.

Einer der Ärzte zog eine Spritze aus seinem Koffer und setzte sie am Unterarm ihrer Mutter an. »Zur Kreislaufstabilisierung«, erklärte er. »Den Rest müssen wir im Krankenhaus machen, zumindest wirkt sie nicht unterernährt.«

Melanie fühlte sich berufen zu sagen, dass sie jeden Tag warmes Essen bekommen hatte.

»Von Essen auf Rädern?«, fragte der Arzt.

Sie war so perplex, dass sie nichts antworten konnte. Was wusste der Mann schon davon, wie sie jeden Cent umdrehte, um diese Mahlzeiten zu kochen. Er würde die Sachlage nicht verstehen, er würde sie nicht verstehen – und Mutter schon mal gar nicht.

Wortlos sah sie zu, wie ihre Mutter auf die Bahre gelegt und hinaus in den Krankenwagen getragen wurde. Sie wirkte so zerbrechlich, so zart, so bedürftig, sie brauchte ihre Liebe, konnte es nur nicht sagen, noch weniger zeigen. Melanie war dankbar, dass sie auf der Welt war, dass sich ihre Mutter gegen eine Abtreibung entschieden hatte. Das, was sie vorhin in ihrem Frust von sich gegeben hatte, war nicht ernst gemeint gewesen. Nur eine alkoholbedingte Reaktion.

»Frauen, die abtreiben, tragen nicht weniger Schuld als die, die anderen die Männer wegnehmen«, flüsterte sie und schaute dem Krankenwagen hinterher. Sie stand noch immer dort, als er schon längst aus ihrem Blick verschwunden war.

28

Melanie zitterte, als sie das Wasser in die Kaffeekanne füllte. Immer wieder sah sie zur Couch, beobachtete die schlafende Jeannette, die lächelte. Gestern hatte sie mit ihrer Tasche vor der Tür gestanden, kurz nachdem Melanie aus dem Krankenhaus gekommen war.

Es war ungewohnt, jemanden um sich zu haben. Aber sie verfolgte ein Ziel, dafür musste man Kompromisse eingehen. Wieso lächelte Jeannette? Fand sie ihre Situation so komisch? Sie sollte sich schämen, trauern, statt tief und fest zu schlafen. Sie sollte sich unruhig hin und her wälzen, gepeinigt vom schlechten Gewissen. Stattdessen sah sie aus wie die Unschuld in Person.

Melanie war so vertieft in das Betrachten der fremden Frau, dass das Wasser überlief. Mit noch immer zitternden Händen stellte sie den Zulauf ab. Bemüht leise füllte sie die Kaffeemaschine und stellte sie an. Natürlich lief das nicht ganz ohne Geräusche ab, doch Jeannette schien das nicht zu stören.

Der Schlaf der Gerechten. Was hatte sie gestern gesagt? Dass sie die letzten Nächte wenig Schlaf bekommen hätte und so müde wäre. Ihr Körper holt sich das, was er braucht, dachte Melanie. Und die Seele auch. Die Menschen vergaßen viel zu häufig die Seele. Auch sie brauchte Streicheleinheiten, musste mit lieben Worten und Taten gefüttert werden. Seelenfutter. Was für ein treffendes Wort. Und es gab nur eine passende Nahrung, mit der die Seele gefüttert werden konnte.

Als der fertige Kaffee in die Kanne tropfte, drehte sich Jeannette grunzend um, streckte die Füße in die Luft und schlief weiter. Melanie dachte an ihren Großvater, wie er nachts an ihrem Bett gesessen und die Bettdecke wieder zurechtgelegt hatte, wenn sie sich frei gestrampelt hatte. Sie dachte an ihren Stiefvater, der genau das Gegenteil getan hatte. Von ihrem Stiefvater Michael war es nur ein Wimpernschlag zu ihrer Mutter.

Ihre Mutter. Wie gern würde sie ihr sagen, was sie für sie getan hatte, was sie auf sich genommen hatte, um ihren Teil für eine ausgleichende Gerechtigkeit beizutragen. Und ihrer Seele ging es gut dabei.

Normalerweise stand sie nicht vor zwölf Uhr mittags auf, jetzt war es zehn. Aber was war schon in Zeiten wie diesen normal, alles wirkte verrückt, surreal.

Der beste Freund des Großvaters war ein ehemaliger Kriminaloberrat, und ihre Mutter lag im Krankenhaus. Sie lachte auf.

Sie trank einen Kaffee, wie immer ohne Milch und Zucker, und ging zur Tür, nicht ohne noch einen letzten Blick auf Jeannette zu werfen. Unglaublich, sie schlief noch immer tief und fest.

Sie machte sich auf den Weg ins Krankenhaus und war gespannt, wie es ihrer Mutter heute ging. Niemand hatte sie angerufen, so ging sie davon aus, dass alles halb so schlimm war. Eine Bauchspeicheldrüsenentzündung klang nicht so gefährlich. Entzündungen heilten mit den richtigen Medikamenten ab. Dass ihre Mutter nun eine Chance bekam, ihr Leben zu ändern, erfüllte sie mit Dankbarkeit. Ein Leben ohne Alkohol, der sie nur kaputt machte.

»Trinkt Ihre Mutter regelmäßig Alkohol?« Die Frage war ihr gestern immer wieder gestellt worden. Eine Gewissensfrage, und ihre Antwort lautete immer gleich: »Gelegentlich.« Sie konnte nicht zugeben, dass ihre Mutter Alkoholikerin war, sie selbst hatte immer wieder Ausflüchte und Erklärungen erdacht, bis sie sich die Wahrheit eingestehen konnte.

Bis auf eine Krankenschwester hatten alle ihre Antwort hingenommen. Sie hatte sie mitleidig angeschaut. »Eigentlich ist es eine rhetorische Frage, alle Anzeichen sprechen dafür. Die Bauchspeicheldrüsenentzündung ist eine Folge von Alkoholmissbrauch. Sie können im Moment nichts für sie tun. Hinterlassen Sie Ihre Telefonnummer, wir melden uns, wenn es Komplikationen gibt.«

Melanie betrat das Diakonissen-Krankenhaus mit einem mulmigen Gefühl, ohne zu wissen, warum. Als sie auf die

Station kam, auf der ihre Mutter lag, lief sie der Schwester vom Vortag in die Arme.

»Hallo«, grüßte sie, »wie geht es meiner Mutter heute? Ist sie auf dem Weg der Besserung? Wann kann ich sie mit nach Hause nehmen?«

Den Blick der Schwester deutete sie als Zeichen von Überarbeitung und zu wenig Schlaf, umso schockierender empfand sie die folgenden Worte.

»Kommen Sie. Es sind Komplikationen aufgetreten. Wir mussten Ihre Mutter in einen Medikamentenschlaf versetzen. Ihr Körper hat stark zu kämpfen, so erleichtern wir dem Organismus, mit der Stresssituation fertigzuwerden. Das ist eine sehr erfolgreiche Möglichkeit, die wir in solch schwierigen Fällen nutzen. Alle Körperfunktionen werden dauerhaft überwacht, und die Ernährung verläuft über eine Sonde.«

Den Boden unter den Füßen verlieren – eine Redewendung, mit der sie bis jetzt wenig hatte anfangen können. Doch genau so fühlte sich Melanie. Sie schwankte, suchte Halt an der Wand, dabei schaute sie die Frau fassungslos an. »Was bedeutet ›Medikamentenschlaf‹? Ich kann mir wenig darunter vorstellen. Künstlicher Schlaf, künstliches Koma?«

»So nennt der Volksmund das. Es ist aber kein korrekter Begriff und klingt dramatischer, als es ist.«

»A… aber es ist doch nur eine Entzündung, die kann m… man doch mit Antibiotika behandeln, dann wird sie ganz schnell wieder ge… gesund. Warum so ein dramatisches Mittel?« Vor Aufregung sprach Melanie zu schnell und begann zu stottern. Hektische Flecken färbten ihr Gesicht.

»Beruhigen Sie sich«, sagte die Schwester. »Das ist nichts Dramatisches. Sie müssen sich vorstellen, dass die Natur das auch zur Selbstheilung anwendet. Bei einer schwerwiegenden Verletzung oder Krankheit sucht der Körper oft die Flucht in die Bewusstlosigkeit. Dadurch kann er sich auf das Gesundwerden konzentrieren. Es ist wirklich nichts Schlimmes. Kommen Sie, sehen Sie selbst. Sie sieht aus, als würde sie entspannt schlafen.«

»Wieso hat mir das alles gestern niemand gesagt? Ich wäre doch hiergeblieben, dann hätte ich ihr Trost geben und bei ihr bleiben können, ihre Hand halten …« Sie brach ab, schaute entsetzt auf das emotionslose Gesicht der Krankenschwester. Solche Ausbrüche erlebte sie wohl täglich, war abgestumpft gegenüber den Leiden der Angehörigen. Was sollte sie ihr schon sagen?

Als Melanie in das Krankenzimmer trat, fühlte sie sich wie betäubt. Ihre Mutter sah fremd und alt aus. Das eingefallene Gesicht wirkte unnatürlich bleich auf dem Kissen, und es schien, als sei sie dem Tod näher als dem Leben.

Das war nicht selig schlafen, sondern kurz vorm Sterben. Sie blieb an der Tür stehen, konnte nicht auf ihre Mutter zugehen. Sie hatte sie erlebt, wenn sie in ihrem Erbrochenen gelegen hatte, wenn sie volltrunken zu schimpfen begonnen, sich sogar bepinkelt hatte. Es hatte Melanie stark gemacht, ihre Mutter schwach zu sehen. Wut war schon immer ihr Antrieb gewesen, doch jetzt konnte sie nicht wütend sein. Ihre Mutter wirkte wie ein Kind. Schwach, müde, bemitleidenswert. Sie war kein Mensch, um den sie kämpfen konnte. Die Schwester schaute sie eindringlich an.

»Ist alles mit Ihnen in Ordnung?«

Melanie nickte. Viel zu viele Gedanken jagten zeitgleich durch ihren Kopf. Ihr wurde schwindlig, für einen Moment verlor sie die Orientierung, fasste sich jedoch rechtzeitig. Hier durfte sie keinesfalls zusammenbrechen.

Das ganze Leben hatte sie versucht, die Mutter für sich zu gewinnen, ihr zu zeigen, wie liebenswert sie als Tochter war. Doch hier wurde sie nicht gebraucht. Ihre Mutter war in sich selbst, in ihrer Sucht, gefangen. Für Melanie hatte es im Leben ihrer Mutter noch nie Platz gegeben – weder damals noch heute. Wie hatte sich ihre Mutter ausgedrückt? Sie wäre aus einer Laune heraus gezeugt worden, eine Laune des Schicksals, von niemandem wirklich gewollt.

Jetzt werd nicht ungerecht, schimpfte sie mit sich selbst. Dein Opa liebt dich. Im selben Moment dachte sie, dass ihr Großvater nicht *sie* liebte. Er liebte jemanden, der so war, wie er sich eine Tochter vorstellte. Die Tochter, die er nie gehabt hatte.

Trotz allem hatte Melanie einen Platz in diesem Leben gefunden, sie hatte eine Aufgabe zu erfüllen. Das Wichtigste im Leben war die Familie. Für ihre Mutter konnte sie nichts mehr tun, sie lag krank, erschöpft und nahe am Abgrund vor ihr. Aber es gab andere, die man retten konnte, denen man dieses Schicksal ersparen konnte.

Die Schwester sprach mit ihr, doch Melanie verstand ihre Worte nicht. Sie nickte, murmelte einige Zustimmungsfloskeln an den richtigen Stellen und schaute unverwandt auf die Fremde im Bett. Als die Schwester mit ihren Erklärungen geendet hatte, fragte sie, ob Melanie alles verstanden hätte. Automatisch nickte Melanie.

»Ja, aber ich muss nun gehen. Ich komme später wieder. Wenn ich das richtig sehe, kann ich jetzt sowieso nichts tun.«

»Nein. Kommen Sie wieder, wenn Sie etwas ruhiger sind. Sie können ihre Hand halten, sie hört Sie. Die Familie spielt eine wichtige Rolle. Wenn Sie bereit sind, an der Seite Ihrer Mutter zu stehen und sie zu unterstützen, kann sie es schaffen.«

Melanie schaute die Schwester mit großen Augen an. Die Worte drangen in ihr Bewusstsein, und kaum hatte ihr Verstand diese begriffen, verspürte sie den Impuls zu lachen. Sie hielt die Hand vor den Mund, wissend, wie unpassend ihre Reaktion war, und versuchte, das Lachen zu unterdrücken. Doch je mehr sie dagegen ankämpfte, umso weniger gelang es. Sie prustete laut los, winkte ab, als die Schwester ihr den Arm auf die Schulter legte, stammelte eine Entschuldigung, drehte sich um und ging. Sie hatte noch eine andere Aufgabe zu erledigen.

***

»Hallo, Jeannette«, begrüßte sie ihren Gast und stellte die Brötchentüte auf den Tisch. »Ich habe gedacht, du hast vielleicht Hunger. Es ist nicht mehr viel im Kühlschrank.«

»Was für eine wunderbare Idee«, antwortete Jeannette und sah ihre Wohltäterin dankbar an. »Die riechen phantastisch. Ich habe zum ersten Mal seit Wochen wieder richtig geschlafen.

Ein tolles Gefühl. Du warst doch nicht nur beim Bäcker? Ich muss wach geworden sein, nachdem du gegangen bist.«

»Ich habe gestern nicht erzählt, dass meine Mutter im Krankenhaus liegt. Eine akute Bauchspeicheldrüsenentzündung. Ich war nur kurz dort, um zu erfahren, wie es ihr geht.«

»Und?«, fragte Jeannette ehrlich besorgt. »Ich kenne mich mit solchen Krankheiten nicht aus, ist das gefährlich?«

»Die Ärzte tun alles, damit sie wieder gesund wird. Gemerkt habe ich vorher wenig. Ihr war ab und zu mal übel, und sie klagte über Bauchschmerzen.«

»Das kenne ich auch«, sagte Jeannette und biss sich augenblicklich auf die Lippe.

Aufmerksam schaute Melanie sie an. »Wieso?«

»Nicht so wichtig«, antwortete Jeannette ausweichend.

»Aber wenn du auch Probleme hast, solltest du zum Arzt gehen. Meiner Mutter hätte man früher besser helfen können, jetzt ...« Sie brach ab.

»Ich war beim Arzt. Es ist so weit alles in Ordnung. Nur, na ja, ich ... Also, du bist so nett gewesen, mich aufzunehmen. Dann kann ich dich auch ins Vertrauen ziehen. Ich bin schwanger. Von meinem Exfreund. Vor dem ich mich verstecke.«

»Das ist doch eine gute Nachricht. Wie schön, wenn man einem unschuldigen Kind das Leben schenken darf. Das ist das ganz große Glück!«, sagte Melanie.

Jeannette registrierte verwundert den aggressiven Unterton. Statt zu antworten, fragte sie: »Sollen wir frühstücken?«

»Ja, natürlich, gleich. Freust du dich nicht auf das Kind?«, hakte Melanie nach. »Du wirkst so angespannt. Das mit deinem Freund klärt sich bestimmt. Alles wird gut. Ich spreche aus Erfahrung.«

Jeannette blieb stumm. Es war keine gute Idee, mit Melanie über ihre Probleme zu sprechen.

»Seit wann bist du schwanger?« Melanie blieb bei dem Thema, hakte nach, den seltsamen Unterton in ihrer Stimme beibehaltend. Sie machte keine Anstalten, den Tisch zu decken.

»Ich bin noch ganz am Anfang«, sagte Jeannette.

»Schön, dass du mich ins Vertrauen ziehst. Vielleicht kann

ich dich unterstützen, wenn das Kind da ist. Ich habe tagsüber Zeit, arbeite nur abends. Das würde mir gar nichts ausmachen. Ich helfe gern.«

Jeannette rutschte unruhig auf dem Stuhl hin und her. »Es ist sehr nett von dir, mir das anzubieten. Aber so weit habe ich noch gar nicht gedacht. Es ist ja noch lange hin.« Sie stand auf, ging zum Kühlschrank, um Butter holen. »Am liebsten esse ich süßen Aufstrich, hast du vielleicht Marmelade oder Honig?«

»Honig steht auf der Arbeitsplatte«, antwortete Melanie. »Übrigens habe ich gestern Abend dein Gespräch mit Opas Freund belauscht, als wir in dessen Esszimmer gegessen haben. Du denkst doch nicht wirklich an eine Abtreibung?«, fragte Melanie mit zuckersüßer Stimme und bedrohlichem Blick.

Jeannette lief ein eiskalter Schauer über den Rücken.

»Das kommt nämlich nicht in Frage«, fuhr Melanie fort. »Das darf man nicht. Du hast einen dich liebenden Freund, der dich heiraten will. So einen schießt man nicht in den Wind. Und man darf auch nicht so egoistisch sein, ein Kind, einen werdenden Menschen, töten zu wollen. Ihr wärt eine kleine, perfekte Familie. Wie kannst du das nicht wollen? Gibt es etwas Schöneres?« Melanies Ton hatte sich weiter verschärft.

Jeannette stellte die Butter auf den Tisch. Ihre gute Laune trübte sich. Was sollten diese Anklagen und Vorwürfe? Aus dem ersten Impuls heraus wollte sie Melanie Kontra geben, sie fragen, was sie das eigentlich anginge. Doch ihr Gefühl empfahl ihr, zu beschwichtigen, statt zu provozieren.

»Melanie, das ist alles sehr kompliziert. Ich erkläre dir das gern in Ruhe.«

Sie kam nicht dazu, weiterzureden. Melanie sprang auf, schmiss eine Tasse zu Boden. »Hör doch auf, so einen Blödsinn zu erzählen. Wie egoistisch du bist! Du willst einem Menschen den Eintritt ins Leben verweigern. Vielleicht dem nächsten Nobelpreisträger, dem Erfinder eines Mittels gegen Aids! Du zerstörst unschuldiges Leben.«

Jeannette schrak zusammen. Ihre Knie gaben nach. Keuchend hielt sie sich an einer Stuhllehne fest. Ihr wurde übel, den Drang, sich zu übergeben, hielt sie krampfhaft zurück.

»Dein Kind wehrt sich auf seine Weise, es weiß, was du vorhast. Ich lasse nicht zu, dass du es ermordest.«

Jeannette schloss die Augen, verzweifelt bemüht, einen klaren Gedanken zu fassen, einen Ausweg aus dieser Situation zu finden. Doch sie fühlte sich hilflos, viel zu geschwächt, um etwas zu erwidern. Als wenn die ganze Situation nicht schon schwierig genug war, musste sie sich nun auch noch mit einer militanten Abtreibungsgegnerin auseinandersetzen.

»Melanie, du musst mir glauben, dass das keine leichtfertige Entscheidung ist. Ich …«

Wieder ließ Melanie sie nicht ausreden. »Das ist doch alles Humbug. Das Kind will auf die Welt, sonst wärst du nicht schwanger geworden. Das ist kein Zufall, es gibt einen Sinn in dem, was geschieht. Es kann sich nur nicht gegen egoistische und verantwortungslose Frauen wehren. Es hat ein Recht darauf zu leben. Schau mich an. Mich wollte niemand, aber ich habe meine Bestimmung gefunden.« Ihr selbstgefälliges Lächeln wirkte beängstigend. »Die Welt ist bereit für das Wesen. Du hast nicht das Recht, es zu töten.«

Jeannette zuckte bei jedem Wort zusammen. Warum war sie so leichtsinnig gewesen, bei einer wildfremden Person zu übernachten? Was bezweckte Melanie?

»Meine Mutter hat ihre Strafe jetzt bekommen. Das ist ein Zeichen. In dem Moment, als ich meine Bestimmung gefunden habe, ist sie von uns gegangen.«

»Ich denke, deine Mutter liegt im Krankenhaus? Sie wird doch wieder gesund. Die Ärzte behandeln sie, und sie wird bald wieder bei dir sein. Dann hast du sie wieder.« Jeannette gab alle Wärme und Herzlichkeit, die sie in diesem Moment aufbringen konnte, in ihre Worte. »Du stehst bestimmt unter Schock. Das alles ist zu viel für dich.« Schweißperlen rannen an ihren Schläfen entlang. Die Übelkeit verschwand, die weichen Knie blieben.

»Du hast sie nicht gesehen«, sagte Melanie nachdenklich. »Sie stirbt – eigentlich stirbt sie schon sehr lange. Ich habe sie gerächt, habe diese Frauen bestraft, denen die Familie nichts bedeutet, die ohne Skrupel in eine Familie eindringen. Familie ist wichtig, das Grundgerüst für das Bestehen der Welt. Das muss man in Ehren halten, bewahren und schützen, sonst geht alles den Bach runter. Das darf ich nicht zulassen.«

Jeannette hörte mit offenem Mund zu. Was erzählte Melanie da? Sie begriff den Sinn ihrer Worte nicht, verstand jedoch, dass Melanie krank und verstört war, dass sie dringend Hilfe brauchte. Und dass sie selbst in Gefahr schwebte. Ihr Instinkt sagte ihr, dass sie die Wohnung so schnell wie möglich verlassen musste. Nur fehlte ihr jegliche Idee, wie sie hier heil herauskommen sollte.

»Melanie«, sagte sie leise und eindringlich. »Ich werde es mir noch einmal überlegen. Dein Angebot, das Kind zu betreuen, ist wunderbar, eröffnet mir ganz neue Perspektiven. Das ist gut.« Ihre Stimme klang weich und warm, beruhigend. Mit langsamen Schritten ging sie auf Melanie zu. »Der Zustand deiner Mutter ist schlimm, aber sie ist in guten Händen. Die Ärzte wissen, was sie tun. Du brauchst keine Angst um sie zu haben.«

Melanie hielt ihre Augen geschlossen. Jeannette wusste nicht, ob ihre Worte sie erreichten. Was konnte sie noch tun? Sie ging weiter auf Melanie zu, kam ihr so nahe, dass sie ihre Schulter berühren konnte, wenn sie ihren Arm ausstrecken würde. War Körperkontakt eine gute Idee?

Plötzlich riss Melanie die Augen auf, starrte Jeannette an und begann zu flüstern. »Aber eigentlich ist alles vorbei, nicht wahr? Mein Tun hat Mutter nicht geholfen und mir auch nicht. Und du willst das Kind nicht, egal, was du mir jetzt erzählst. Du lügst. Alle lügen, immer.«

Es lag eine Traurigkeit in ihrem Blick, die Jeannette trotz ihrer Angst berührte. Sie wagte es, legte ihre Hand auf Melanies Schulter und sagte: »Alles wird gut, das kannst du mir glauben.«

»Am Ende wird alles gut«, wiederholte Melanie. »Und wenn es noch nicht gut ist, dann ist es noch nicht das Ende.«

»Ja«, bestätigte Jeannette und zog ihre Hand zurück. Noch immer zitterten ihre Knie, ihre Angst, das Gleichgewicht zu verlieren, nahm zu. Sie drehte sich um und setzte sich. »So sagt man.«

Es war ganz still. Jeannette fühlte sich erleichtert, sie hoffte, dass Melanie jetzt ruhiger wurde.

»Am Ende«, flüsterte Melanie. »Wie kann das Ende aussehen?« Sie schaute Jeannette ins Gesicht, als fände sie dort die Antwort. »Eigentlich gibt es nur eine Lösung.«

Ihr Blick glitt zur Decke, wanderte durch den Raum und blieb an der Thermoskanne hängen. »Ich muss es zu Ende bringen.«

»Wie meinst du das?«, fragte Jeannette und wandte sich ihr wieder zu. Sie registrierte ungläubig, wie ihre Gegnerin die Kanne ergriff, sie hochhob und blitzschnell mit ihr zuschlug.

»Das Ende«, sagte Melanie leise, als Jeannette vor ihren Füßen lag. »Für dich und für mich.«

Auf die Schnelle fand sie nichts anderes als das Küchentuch, formte ein Dreieck daraus und knotete es in der Mitte zusammen. Den Knoten steckte sie Jeannette in den Mund und band die Ecken des Tuches an ihrem Hinterkopf zusammen. Sie war weder panisch noch planlos, ihre Bewegungen waren akkurat und zielstrebig.

Mit Kabelbindern band sie Jeannettes Hände auf dem Rücken zusammen, sicherheitshalber fesselte sie auch die Füße. Sie setzte Jeannette mit dem Rücken gegen die Wand, achtete noch einmal darauf, dass sie durch die Nase atmen konnte. Die blutende Wunde am Kopf sah nicht dramatisch aus.

Am Tisch sitzend, begutachtete sie ihr Werk und frühstückte in aller Ruhe. Die Brötchen schmeckten wie früher, frische Ware, kein Massenprodukt einer Bäckerkette. Sie genoss als Aufstrich den Imkerhonig aus der Pfalz, trank dazu eine Tasse Kaffee. Selten hatte ihr eine Mahlzeit so gut geschmeckt. Sie räumte auf und wusch ab.

Es gab nur ein kleines Problem, das sie lösen musste. Sobald die Dunkelheit hereinbrach und die Straßen leerer wurden, würde sie an eine entfernte Stelle im Industriegebiet fahren. Dort würde man Jeannette als nächstes Opfer des Serienkillers finden. Für sie selbst gab es nur eine Lösung: die Salierbrücke. Gut sechzehn Meter über dem Rhein, ein Sprung in die Tiefe, die heftige Strömung würde das Übrige erledigen.

Sie räumte Jeannettes Habe zusammen – alles passte in die Sporttasche –, ihr Gast hatte nicht viel mitgebracht. Es sollte aussehen, als hätte sie nach dem Frühstück Melanies Wohnung verlassen. Dabei stellte sie sich vor, wie die Polizisten über Melanies Tod und ihr Verschwinden rätselten, viel Phantasie traute sie ihnen nicht zu.

Ab und zu versicherte sie sich, wie es Jeannette ging. Als sie die Kosmetikartikel in die Tasche warf, stöhnte Jeannette auf. Unbeirrt kontrollierte Melanie, ob sie alle Hinweise auf ihren Besuch weggeräumt hatte. Dabei pfiff sie eine Melodie. Sie hatte eine Entscheidung getroffen, es ging ihr gut.

»Weißt du, Jeannette, diese Werte, die früher einmal wichtig waren, sind jetzt beinahe hinfällig. Das geht nicht, dagegen muss man etwas tun. Familie ist das Allerwichtigste. Das weiß ich aus Erfahrung. Von klein auf. Aber ich habe Familie nie *richtig* erlebt. Mein Opa hat sich große Mühe gegeben, doch das war falsch, er ist ein Opa. Meine Mutter wollte mich nicht, dennoch bin ich hier. Ich dachte, ich mache die Welt etwas besser, wenn ich diese Frauen aus dem Weg räume, aber das stimmt nicht. Es hat meine Mutter nicht gerettet, und ich habe sie nicht gerächt. Sie weiß es gar nicht, sie kriegt nichts mehr mit. Und vielleicht …«, sie stockte, rang nach Worten, »… vielleicht habe ich mich geirrt. Vielleicht wäre alles besser geworden, hätte meine Mutter mich nie bekommen, hätte ich nie das Licht der Welt erblickt.«

Ihre Stimme bekam wieder einen euphorischen Klang. »Mutter stirbt, das weiß ich, egal, was die Ärzte sagen. Aber es gibt ein Leben nach dem Tod, und dann habe ich sie für mich. Dann wird alles gut.«

Jeannette versuchte etwas zu sagen, bemühte sich, das Küchentuch zur Seite zu schieben. Doch ihre Anstrengung hinterließ Fusseln im Mund, die den Speichel aufsaugten, es kratzte im Hals, und sie hustete.

Melanie schaute auf und lächelte. »Beim ersten Mal war es eine Affekthandlung. Doch ich fühlte mich danach gut. Zum ersten Mal spürte ich mich, wusste, dass ich etwas richtig gemacht hatte. Diese Frau an der Theke sehen zu müssen, diese aufgetakelte Schlampe, die ekelig betrunken war und den netten Mann anmachte und dabei geflissentlich seinen Ehering ignorierte. Ich hatte gehofft, dass sie aufhört und ihn in Ruhe lässt. Er konnte sich gar nicht wehren und hat mit ihr gemeinsam den Laden verlassen. Als ich frühmorgens nach Hause ging, bin ich ihr begegnet, sie kam gerade aus einem Hotel. Sie grüßte mich, als sie mich erkannte. Es war ihr überhaupt nicht peinlich. Sie roch nach Sex. Das war nicht richtig, sie wirkte wie ein Sieger, dabei war sie ein Zerstörer. Das Messer habe ich immer in meiner Tasche, zur Sicherheit, zusätzlich zum Pfefferspray. Ich liebe es, nachts durch die Stadt zu gehen, mir kann nichts passieren, ich habe einen Beschützer, einen unsichtbaren Beschützer. Ich dachte, ich bin die Auserwählte, die Familien vor diesen Zerstörern retten muss. Beim zweiten Mal glaubte ich das auch, doch jetzt, da Mutter … Ich kann sie nicht retten. Dein Baby auch nicht. Du willst mich hinters Licht führen.« Vehement nickte sie mit dem Kopf. »Versuche nicht, mir anderes zu erzählen.« Ihre Stimme wurde lauter. »Mein Opa weiß das alles nicht, vielleicht ahnt er etwas. Ich sollte ihm schreiben, einen Abschiedsbrief für ihn hinterlassen. Mal schauen, ich hab ja noch etwas Zeit.«

Jeannette hörte fassungslos zu und glaubte, ihren Verstand zu verlieren. Melanie wollte die Frauen umgebracht haben? War das möglich? Oder nur die Phantasie einer kranken, sehr kranken Frau? Und was bedeutete das Reden von einem Abschiedsbrief? Unauffällig versuchte sie, sich von den Fesseln zu befreien, drehte und beugte die Handgelenke, doch die Kabelbinder schnitten immer tiefer in ihr Fleisch.

Melanie hatte sich in einen Rausch gesprochen. »Wenn man dich morgen findet, wird man glauben, dass der Mörder wieder zugeschlagen hat. Niemand wird mich verdächtigen. Ich bin zu schlau, mein fingierter Überfall, das Phantombild. Irgendwann wird man meinen Körper finden, irgendwo am Ufer des Rheins.«

Ihre Augen glitzerten, sie lächelte, wirkte aufgeräumt und ganz normal.

Jeannette kämpfte erneut gegen die Übelkeit.

»Mich fasst niemand. Bist du schon mal auf einer Elwedritsche-Jagd gewesen? Die Vögel kriegt man auch nicht, die sind schnell und unsichtbar. Alle glauben, die gibt es nicht, doch sie sind unter uns.« Sie stand auf und ging zu dem Bücherregal. Sie öffnete eine Pappkiste und wühlte ein wenig darin herum.

»Schau mal«, sagte sie und hielt etwas in die Höhe. »Ist das nicht schön?«

Jeannette hörte verzweifelt zu, starrte entsetzt auf das Gebilde in Melanies Hand. Sie hatte Todesangst. Vor ihr saß eine junge Frau in ihrem Alter, die sie gestern kennengelernt hatte und die ihr sympathisch gewesen war. Nichts hatte darauf hingedeutet, dass sie psychisch krank war. Sie wirkte ganz normal, saß entspannt und locker auf ihrem Stuhl.

Im Plauderton sprach sie darüber, wie sie zwei Menschen erstochen hatte, und teilte Jeannette mit ganz normaler Stimme mit, dass sie das nächste Opfer war. Dabei hielt sie einen seltsamen Schlüsselanhänger in die Höhe.

29

Weber lief hin und her, war unsicher, wen er zuerst anrufen sollte. Dann griff er um Telefon.

»Hartmut, ich muss etwas wissen. Es ist wichtig.«

»Dann komm doch vorbei. Ich habe gerade Kaffee aufgesetzt und einen Kuchen aus dem Ofen geholt. Natürlich kann das nicht mit deinem wundervollen Essen konkurrieren. Setz dich ins Auto, ich warte auf dich.«

Weber wischte sich mit der Hand übers Gesicht. Warum eigentlich nicht. Am Telefon war es so schwierig zu reden.

»Ich bin in fünf Minuten da.«

»Wunderbar. Bis gleich.«

Tatsächlich brauchte er sechs Minuten bis zur Seniorenresidenz, fand sogar auf Anhieb einen Parkplatz. Zum ersten Mal betrat er ein sogenanntes Senioren-Apartment. Es war klein, aber gemütlich, und für eine Person reichte es allemal. Ein Gugelhupf stand auf dem Tisch und verbreitete einen verführerischen Duft.

»Setz dich«, sagte Hartmut, nachdem sie sich begrüßt hatten.

Weber nahm Platz. »Ich muss dich noch einmal wegen deinem Buch etwas fragen.«

»Das, was ich schreibe, oder das alte?«

»Das alte. Du hast gesagt, du hättest etwas Passendes als Give-away dazubestellt. Was war das?«

»Das Buch verfolgt mich echt. Heute weiß ich, dass ich hereingelegt wurde. ›Die Stunde der Elwedritsche‹, ich fand das damals so genial, dass mir die Kosten dafür egal waren. Es ist mir sehr peinlich. Mit dieser ganzen Geschichte habe ich mich nicht mit Ruhm bekleckert. Ich hab wirklich geglaubt, dass mein großer Durchbruch als Schriftsteller bevorsteht. Und Marketing ist ja alles, Klappern gehört zum Handwerk. Ich musste fünftausend Schlüsselanhänger bestellen, damit man sie mir nach meinen Wünschen anfertigte.«

»Fünftausend Stück?«, wiederholte Weber. »Das ist eine Menge.«

»Aber die nehmen nicht so viel Platz weg wie dreitausend Bücher. Ich habe nur noch ein paar von den Anhängern, die meisten sind bei Melanie, sie fand die so toll, war völlig hin und weg von diesen Elwedritsche. Manchmal frage ich mich, ob es wirklich eine so gute Idee war, ihr all die Sagen und Geschichten zu erzählen. Ich hab das Buch jetzt noch einmal zur Hand genommen und darin gelesen. Ich muss gestehen, manchmal habe ich mir schon sehr hanebüchene Geschichten ausgedacht. Eine Elwedritsche als Rächer für das Böse in der Welt. So ein Schwachsinn.«

Webers Magen drohte sich umzudrehen. Konnte das sein, was er glaubte? »Die Schlüsselanhänger haben die Form einer Elwedritsche?«, versicherte er sich.

»Ja. Und dann sind sie auch noch bunt. Furchtbar. Brauchst du eigentlich Milch?«, fragte er beiläufig.

Weber verneinte. »Ich muss dir etwas sagen, das ich vertraulich erfahren habe. Bei beiden Opfern wurden solche Anhänger gefunden.«

Zum ersten Mal war Hartmut auf der Hut. Seine Stimme klang skeptisch, vorwurfsvoll. »Was willst du damit sagen?«

Weber ging nicht auf die Frage ein, tat, als hätte er nichts bemerkt. »Sicherlich gibt es einige Leute hier in Speyer, die so einen Schlüsselanhänger nutzen. Allerdings scheinen die getöteten Frauen ihn nicht verwendet zu haben. Vielmehr sieht es so aus, als wäre er bewusst den Leichen beigelegt worden. Beinahe so, als wollte der Täter eine Nachricht hinterlassen.«

Hartmut wurde unruhig. Um die Nase und um den Mund herum wirkte er plötzlich sehr bleich. »Was sagst du da? Es ist ja kaum möglich, aber natürlich habe ich damals ein paar Bücher verkauft und die Schlüsselanhänger dazugegeben. Doch das ist Ewigkeiten her. Willst du mir etwas unterstellen? Vielleicht, dass ich den Mörder kenne?«

»Du wirst ihn getroffen haben, davon bin ich überzeugt. Wie auch immer. Hast du noch Unterlagen über deine Verkäufe? Für die Steuer zum Beispiel?« Vielleicht gab es doch eine andere Möglichkeit, und seine Befürchtungen waren unberechtigt.

Hartmut lachte, doch es klang künstlich. »Du kennst das Urteil der Finanzverwaltung? Ausgaben für Bücher, die in einem Druckkostenzuschussverlag erscheinen, sind nicht absetzbar, da man eine Gewinnerzielung nicht unterstellen kann. Ich habe versucht, den Schaden so gering wie möglich zu halten, und viele Bücher unter der Hand verkauft. An Belege habe ich überhaupt nicht gedacht. Meinen Kollegen muss ich furchtbar auf die Nerven gegangen sein. Egal, wo ich auftauchte, ich hatte Bücher dabei. Wenn ich das Lehrerzimmer betrat, haben alle die Augen verdreht. Überall hab ich sie ausgelegt, quasi als Leseprobe. Keiner wollte eines, die haben das Buch noch nicht einmal geklaut. Von den Schlüsselanhängern sind ein paar weggegangen, ich hab die damals für fünfzehn Mark verkauft. Wenn heute einer einen haben will, nehme ich fünfzehn Euro. Vor ein paar Jahren habe ich mal ein paar E-Mail-Aktionen gestartet und alle Pfälzer Buchhandlungen angeschrieben, dass es dieses eine Sagenbuch gibt, das man unbedingt haben muss, das für jeden Pfälzer richtig wichtig ist. Das war echt peinlich, es gab keine Resonanz. Noch nicht einmal in deiner Buchhandlung haben sie mir welche abgenommen. Und um auf deine Frage zurückzukommen: Ein paar der ehemaligen Karlsruher Lehrerkollegen sind im Besitz des Buches, inklusive Schlüsselanhänger. Ein paar Buchhandlungen haben sich erbarmt.« Er holte Luft und fügte hinzu: »Ich denke, bei Melanie findest du noch einige der Bücher und Anhänger.«

Plötzlich veränderte sich seine Gesichtsfarbe. Die blassen Stellen wurden rot. »Was denkst du? Du siehst aus, als ginge dir etwas durch den Kopf.«

Weber schritt ein paar Meter auf und ab. Er legte seine Fingerspitzen gegen die Schläfen und überlegte intensiv. Er verfolgte einen Gedanken, der ihn nicht losließ. Konnte das sein? Abrupt blieb er stehen, gab sich einen Ruck und sprach seine Befürchtungen aus.

»Es ist seltsam, dass deine Melanie irgendwie immer mit

dabei ist, oder? Sie hat die Opfer gekannt, sie hat die Schlüsselanhänger. Ich überlege jetzt einfach mal laut.« Wieder atmete er laut ein. »Es gibt noch etwas, das ich dir sagen muss. Die Polizei weiß das noch nicht. Noch nicht, ich muss es gleich weitergeben. Es gibt einen Zeugen, der Melanie in der Nacht beobachtet hat, als sie überfallen wurde.«

»Das klingt gut. Noch einer, der den Mann beschreiben kann?«

Weber wusste nicht, wie er es formulieren sollte. »Nein, der Augenzeuge hat niemanden gesehen.«

»Was soll das? Du hast doch gerade gesagt, …«

»Es gab keinen Überfall.«

Hartmut schaute ihn entgeistert an. »Weißt du eigentlich, was du da gerade andeutest?«

»Du liebst deine Enkelin sehr, oder?«, fragte Weber, statt die Frage zu beantworten.

Hartmut räusperte sich. »Sie ist das Beste, was mir passiert ist. Ich bilde mir sogar ein, dass sie mir mehr ähnelt als meine Tochter. Gern hätte ich Melanie ein schöneres Leben gewünscht, ihr einiges erleichtert. Aber sie ist immer den schweren Weg gegangen. Sie hat ein ausgeprägtes Pflichtbewusstsein, unumstößliche Ansichten von Familie. Familie ist ihr heilig. Sie ist sehr konservativ. Sie glaubt an all die Dinge, die meine Tochter mit Füßen tritt. An Werte, die auch mir sehr wichtig sind. Das findet man heute nicht mehr so oft, und ich bin sehr stolz auf sie.«

»Wie passt das hinein, dass sie in diesem Club arbeitet?«

»Sie ist ein Nachtmensch, es macht ihr Spaß. Sie ist jung. Warum nicht? Bei dir klingt es, als würde sie nackt tanzen. Sie steht hinter einer Theke in einem Tanzlokal, oder Club, wie es heute heißt. Ist doch nichts Schlimmes. Ich glaube, sie sucht den richtigen Mann, für sie wäre es großartig, wenn sie heiraten könnte. Sie wünscht sich eine Familie und Kinder. Vielleicht hat sie Glück. Die meisten Beziehungen beginnen bei der Arbeit.«

»Ist dir aufgefallen, dass Melanie der gemeinsame Nenner bei den Mordfällen ist? Pia Renner hatte sich gerade von ihrem

Freund getrennt und war auf der Suche nach einem Flirt. Im ›Club 16‹ trifft sie auf einen verheirateten Mann, der auf der Suche nach einem One-Night-Stand ist. Die beiden gehen gemeinsam in sein Hotel. Ungefähr zu dem Zeitpunkt, als Pia das Hotel verlässt, gehen auch die Mitarbeiter des Clubs nach Hause. Behalt das mal in Erinnerung.«

Weber war in seinem Element, fühlte sich wie in alten Zeiten. »Das zweite Opfer war ebenfalls im Club und hatte einen Mann an der Angel. Sie wollten zu ihr gehen, bis er draußen wortwörtlich kalte Füße bekam und seine Flamme allein nach Hause schickte.«

Er schaute Hartmut eindringlich ins Gesicht, in dem sich nichts regte. Er ahnt etwas, sagte ihm sein Gefühl.

»Dann die Nacht, in der Melanie angeblich überfallen wurde und den Täter in die Flucht geschlagen hat, die vermeintlichen Anrufe.«

Hartmut sprang aus dem Sessel. »Ich weiß nicht, ob ich hören will, was du dir in deinem alten Kopf ausgedacht hast. Das sind Spinnereien eines einsamen, senilen Mannes, der es nicht ertragen kann, nicht mehr gefragt zu sein. Du hast ein Ego-Problem.«

Für einen Moment verschlug der Ausbruch Weber die Sprache. »Ich kann mir gut vorstellen, dass es schwierig für dich ist. Melanie braucht Hilfe. Wir müssen zusehen, dass sie diese Hilfe bekommt. Wir können gleich zu ihr fahren, du kannst sie bestimmt beruhigen.«

»Lange nicht mehr so einen Schwachsinn gehört.«

»Ich habe keine Beweise, Hartmut. Aber kannst du das alles von der Hand weisen? Und jetzt ist Jeannette bei ihr, sie unterstützen sich gegenseitig. Vielleicht tut es Melanie ganz gut, wenn sie mal eine normale Frau um sich hat, und Jeannette lenkt es von ihrem Problem ab.«

»Ich habe mich ein wenig gewundert, dass Melanie sie überhaupt eingeladen hat«, sagte Hartmut nachdenklich. »Normalerweise ist sie sehr zurückhaltend mit anderen Menschen. Wahrscheinlich wird sie versuchen, sie zu überreden, ihrem Freund doch noch eine Chance zu geben.«

»Das wird nicht passieren. Das ist zu Ende, sie wird auch die Schwangerschaft abbrechen, davon lässt sie sich nicht abbringen. Egal, was man davon hält, ihre Entscheidung muss man akzeptieren.«

Hartmut erstarrte. »Jeannette ist schwanger? Und will abtreiben? Seit wann weißt du das?« Seine Stimme klang alarmiert.

»Seit unserem gemeinsamen Essen. Da hat sie es mir in der Küche erzählt«, antwortete Weber verwundert.

Hartmut murmelte vor sich hin. »Wir müssen hin, sofort. Egal, was du denkst, das ist jetzt wirklich ein Problem. Sei ehrlich, glaubst du, dass Melanie euer Gespräch belauschen konnte?«

Weber zuckte mit den Schultern. »Wir waren in der Küche, die Tür war zu. Ich habe nicht bemerkt, dass Melanie uns zugehört hat.«

»Erinnere dich, versuche, dir das Bild der Tür vorzustellen. Melanie ist zur Toilette gegangen, als ihr in der Küche wart. Wenn die Tür nicht zu war, hat sie euer Gespräch gehört. Das würde die Einladung erklären. Aber wenn sie einen Grund zur Missionierung hätte – sie ist strikt gegen Abtreibung. Wenn Jeannette auf dieser Abtreibung besteht, weiß ich nicht, wie Melanie reagiert. Das ist für sie eine Todsünde. Und wenn auch nur ein Teil von deinen seltsamen Überlegungen stimmt, dann müssen wir sofort zu ihr. Komm, nimm deine Jacke, wir müssen los. Ruf deinen Freund bei der Kripo an, er soll zu Melanie fahren.«

***

»Jemand spricht. Es klingt ganz normal.« Hartmut horchte an der Tür zu Melanies Wohnung.

»Klingelst du oder soll ich?«, fragte Weber. »Dann wissen wir mehr.«

»Aber was sollen wir denn sagen, was wir um diese Uhrzeit hier wollen?«

»Das ist nebensächlich«, sagte er und drückte auf die Klingel.

Hartmut schaute ihn böse an, drückte sein Ohr wieder gegen

die Tür. »Jetzt ist Ruhe.« Er wirkte angestrengt. »Ich höre auch keine Schritte. Klingel noch einmal.«

Weber tat wie ihm geheißen. Keine Reaktion. »Du hast doch einen Schlüssel, oder?«, fragte er.

»Aber ich kann doch nicht …«, begann Hartmut unsicher.

»Doch, du kannst. Mach. Ich nehme alles auf mich. Wenn wir Gespenster sehen und überreagieren, können wir uns immer noch etwas ausdenken, warum wir hier auftauchen. Mach endlich!«

Hartmut nahm zögernd den Schlüsselbund aus seiner Jackentasche. Er warf seinem Kumpel noch einen Blick zu, der besagte: dein Ernst?

»Tu es!«

Der Anblick, der sich den beiden bot, war beängstigend. Melanie kniete vor Jeannette, die wie ein Paket verpackt auf dem Boden saß, gegen die Wand gelehnt, und sie mit angstgeweiteten Augen ansah. An ihrem Kopf klebte Blut. Doch wirklich erschreckend war das Messer in Melanies Hand. Sie sagte kein Wort, bewegte sich nicht, sondern blieb starr in ihrer Haltung stehen, als die beiden Männer unerwartet vor ihr standen.

»Hallo, Melanie«, sagte Weber mit beruhigendem, einschmeichelndem Tonfall und blieb im Eingangsbereich stehen. »Schön, dich zu sehen. Geht es dir gut? Ich komme jetzt ganz langsam auf dich zu. Ist das für dich in Ordnung?«

Melanie antwortete nicht, verfolgte jede seiner Bewegungen, verbot ihm jedoch nicht, näher zu kommen.

Während Weber die Distanz zu ihr verkürzte, blieb Hartmut stehen und versuchte, seine Enkelin mit Worten zu erreichen. »Meine Liebe«, sagte er, »was tust du da? Willst du das Messer nicht weglegen? Wir können dir helfen. Du weißt doch, wir sind die Guten.«

Ein Flattern ihrer Augenlider verriet, dass Melanie zuhörte. Sie legte die Waffe jedoch nicht aus der Hand.

Hartmut redete weiter. »Willst du mir nicht erklären, was du vorhast?«

»Sie will das Baby nicht«, antwortete Melanie endlich. Ihre

Stimme klang leise und hoch, wie die eines Kindes. »Mutter liegt im Krankenhaus, sie stirbt. Ich kann ihr nicht mehr helfen, kann das nicht verhindern.« Sie blickte ununterbrochen auf ihren Großvater.

Weber nutzte die Gelegenheit, von der anderen Seite weiter auf sie zuzugehen.

»Ich habe alles versucht, wirklich. Aber dass Mutter ins Krankenhaus gekommen ist und so schwer krank ist, habe ich nicht erwartet. Das hat alles verändert. Was kann ich denn noch tun?« Immer noch klang ihre Stimme wie die eines kleinen Mädchens.

»Da hast versucht, alles richtig zu machen, meine Kleine. Du weißt, dass du mir ganz wichtig bist? Dass du das Allerwichtigste in meinem Leben bist?«

Melanie nickte. »Mama schläft«, sagte sie. »Sie ist sehr krank und ganz schwach. Sie stirbt. Und ich auch bald, dann kann sie nicht mehr vor mir davonlaufen, verstehst du?«

Hartmut wurde aschfahl im Gesicht, nickte jedoch und setzte sich dabei langsam in Bewegung.

Weber warf ihm einen Blick zu und sah den Schmerz in seinen Augen. Die Enkelin war nicht zurechnungsfähig, um das zu erkennen, brauchte man keinen Psychologen. Ihr unruhiger Blick, das häufige Blinzeln der Augenlider, ihr angespannter Körper, die Sprache und Stimme eines Kindes.

Er beobachtete, wie sich Hartmut Melanie näherte, und behielt Jeannette im Auge, bereit, sie zu verteidigen, falls Melanie das Messer benutzen sollte.

Hartmut ging mit vorsichtigen Bewegungen auf seine Enkelin zu, sprach beruhigend auf sie ein. »Gib mir bitte das Messer, Melanie. Ich verspreche, dass ich dir helfe und alles gut wird. Du weißt doch, dass ich immer für dich da bin.«

Melanie nickte. »Aber …« Weiter kam sie nicht. Hartmut hatte sie erreicht, entwaffnete sie, ohne seinen Redefluss zu unterbrechen. »Alles ist gut, Melanie, ich kümmere mich um dich und deine Mutter.«

Weber eilte zu Jeannette, kniete sich neben sie. »Es ist vorbei.« Er suchte etwas, womit er ihre Fesseln lösen konnte, und wurde nicht fündig. »Warte, nicht ungeduldig werden, ich beeile mich.«

Er ging in die Küche, öffnete die Schubladen auf der Suche nach einem Plastikbeutel und einer Schere. Melanies Messer landete in der Tüte, mit der Schere schnitt er die Kabelbinder durch.

Jeannette schluchzte auf und fiel ihm um den Hals, bevor ihr schwarz vor Augen wurde.

30

Weber und Hartmut aßen im Café in der Buchhandlung »Osiander« Chili con Carne. Sie waren ungewöhnlich schweigsam. Die Ereignisse der letzten Tage hatten offenbart, dass sich ihre Freundschaft nicht aufwärmen ließ.

»Wann wird Jeannette entlassen?«, fragte Hartmut.

»Morgen kann ich sie aus dem Krankenhaus abholen. Es geht ihr so weit ganz gut«, antwortete Weber, »bis auf ...«

Es fiel ihm schwer, darüber zu reden. Jeannette hatte das Kind verloren. Die Ärzte hatten ihm erklärt, dass das in der frühen Phase der Schwangerschaft und nach einem solchen Erlebnis nicht ungewöhnlich war.

Das Paradoxe an Melanies Verhalten wollte ihm nicht in den Kopf. Sie hatte Jeannette überreden wollen, sich für das Kind, für die Familie zu entscheiden. Als das nicht fruchtete, kamen nur ihr Tod und Suizid in Frage.

Wäre sie wirklich so weit gegangen? Jetzt war das Kind dennoch tot, aber Jeannette lebte.

Eine Frage blieb, die Weber seit Tagen beschäftigte. Es brodelte in ihm, er ließ jegliche Diplomatie außen vor.

»Seit wann wusstest du es?«, fragte er schließlich.

Hartmut trank einen Schluck Kaffee, lehnte sich zurück und entfernte ein paar imaginäre Flusen von seinem Pullover. Er schindet Zeit, dachte Weber. Er will mir nicht antworten, er wird es auch nicht tun.

»Was erwartest du jetzt von mir? Melanie ist krank, und das nicht erst seit gestern. Der Zusammenbruch ihrer Mutter hat ...«

»Sie hat die Mädchen ermordet«, unterbrach er Hartmut. »Pia Renner, meine Nachbarin, sechsundzwanzig Jahre alt, noch nicht einmal halb so alt wie du. Mona Klein, dreiundzwanzig Jahre alt, das Leben noch vor sich. Mit Vorsatz. Und dann Jeannette. Das Messer hatte sie in ihrer Handtasche, neben dem Pfefferspray. Es ist eindeutig die Tatwaffe.« Er brach ab.

Hartmut entfernte weiter nicht vorhandene Schmutzpartikel von seinem Ärmel. Er vermied jeden Blickkontakt, schluckte, setzte zum Sprechen an, presste die Lippen wieder fest aufeinander und sagte schließlich: »Ich habe erst von dir erfahren, dass den Opfern die Schlüsselanhänger beigelegt wurden. Hätte ich das früher gewusst, wäre ich … Melanie ist nicht schuldfähig.«

Weber antwortete nicht. Er war sich sicher, dass Hartmut es geahnt hatte. Er hatte sehr früh gewusst, dass die Fäden im »Club 16« zusammenliefen und dass Melanie den Überfall auf sich gefakt hatte. Vielleicht hatte er in seiner verblendeten Liebe geglaubt, sie wolle sich interessanter machen. Sie hatte zwei Menschen umgebracht, es war offensichtlich, dass sie an einer schweren psychotischen Störung litt. Warum auch immer. Fühlte sich Hartmut schuldig? Sicher nicht. Hartmut war kein Mensch für Schuldgefühle. Für Weber hingegen lief alles auf die Frage hinaus, wer die Schuld trug. Wie gegensätzlich sie waren!

Das Zurückschieben des Stuhls riss ihn aus seinen Gedanken. »Danke für das Essen.« Hartmut stand auf. »Ich hab noch viel vor heute und geh dann mal. Mach's gut. Man sieht sich.«

Er nahm seine Jacke. »Grüß Jeannette von mir.«

Eine Floskel, dennoch erwiderte Weber: »Mach ich, danke.«

Ein völlig unspektakulärer Abschied. Sie würden sich nicht wiedersehen, zumindest nicht mehr bewusst. Zwangsweise würde man sich über den Weg laufen. Speyer war eine kleine Stadt, dennoch war immer etwas los. Der Weihnachts- und Neujahrsmarkt ging noch bis zum sechsten Januar, es folgten Frühjahrsmesse, Brezelfest, Kaisertafel, Altstadtfest, Weinfest. Samstags der Markt. Man würde sehen, wie man sich dann begegnete.

Weber seufzte. Ihm blieben immer noch die gemeinsamen Mittagessen mit Jeannette. Außerdem wurde es Zeit für ein neues Hobby. Er hatte gelesen, dass Sherry das neue Modegetränk war. Grund genug, sich einzulesen. Er war sich sicher, dass eine von Jeannettes Kolleginnen ihm eine passende Lektüre empfehlen konnte.

Er strich mit der Hand über das Päckchen, das er neben sich gelegt hatte. Warum bis Weihnachten warten? Er würde es Jeannette gleich schenken. Sie konnte jetzt jede Ablenkung, gebrauchen. Der Schal passte farblich wunderbar zu ihren Augen und Haaren.

Er stand auf, ging zur Theke und zahlte.

»Hallo, Herr Weber, Sie wollen schon gehen?«

Er wusste nicht, wie die Bedienung hieß, und schaute angestrengt auf das Namensschildchen. Eigentlich müsste er sein Gesicht näher daranhalten oder die Lesebrille herausholen. Er beließ es bei einem Lächeln. »Ja«, sagte er, »ich muss fort. Aber nächste Woche bin ich wieder hier.«

»Wie schön, Sie gehören ja fast zum Inventar. Wenn Sie nicht zum Essen kommen, vermissen wir Sie.«

Weber lächelte. Was für ein schönes Gefühl, vermisst zu werden.

Er hatte noch etwas vor. Die Adresse von Jeannettes Exfreund herauszufinden war kein Problem gewesen. Als er an seiner Tür klingelte, öffnete ihm ein junger Mann mit rötlichen Haaren.

»Entschuldigung«, sagte Weber. »Sie sind Jonas, Jeannette Altmeyers Exfreund?«

Der Mann stutzte, schaute ihn böse an. »Was geht Sie das an? Wer sind Sie?«

Weber ignorierte die Frage. »Sie lassen sie zukünftig in Ruhe. Ich habe sonst Mittel und Wege, Ihnen das Leben sehr unbequem zu machen.«

»Wollen Sie mir drohen? Was soll das? Das kommt Sie teuer zu stehen. Damit kommen Sie nicht durch.«

»Es gibt immer Möglichkeiten. Ich habe mich über Sie erkundigt. Ich kenne Leute beim Finanzamt, Streifendienst, Ordnungsamt. Wenn die Sie auf dem Radar haben, werden Sie immer kontrolliert. Und wenn man was finden will …«

Er sprach die Drohung nicht aus. Der Gesichtsausdruck seines Gegenübers sagte alles. »Wir verstehen uns? Sind uns einig?«

Jonas schlug ihm die Tür vor der Nase zu.

Von nun an würde Jeannette Ruhe haben, dessen war sich

Weber sicher. Gemächlich machte er sich auf den Weg nach Hause, warf einen kurzen, sehnsüchtigen Blick zum Himmel.

»So kenn ich meinen Ferdinand«, glaubte er Louises Stimme zu vernehmen. »Ich bin stolz auf dich.«

Danksagung

Von einer Romanidee bis zum fertigen Buch ist es ein langer Weg. Grundvoraussetzung ist, dass der Verlag an die Idee glaubt und bereit ist, sie zu veröffentlichen. Vielen Dank an das Team des Emons Verlages. Besonders hervorheben möchte ich die Arbeit der Lektorinnen, vor allem Susann Säuberlich, die dafür gesorgt hat, dass »Riesling und ein Mord« den richtigen Schliff bekommen hat.

Recherche ist sehr wichtig, und ohne Hilfe geht es nicht. Für dieses Buch standen mir Heinrich Schuster, Kriminaloberrat a.D., Susanne Butt, Inhaberin des »Elwedritsche Museums«, und Philipp Rumpf, Besitzer des Hotels »Goldener Engel« und des Restaurants »Zum Alten Engel«, mit wertvollen Informationen zur Seite.

Die Buchhandlung »Osiander« in Speyer hat freundlicherweise in ihrem Café einen Tisch für Ferdinand Webers Mittagessen zur Verfügung gestellt.

Ohne einen ganz bestimmten Menschen in meinem Leben würde ich nicht schreiben. Danke an meinen Ehemann, der nicht müde wird, an mich zu glauben, mich zu motivieren und jederzeit zu unterstützen.

Und ich danke Ihnen, lieber Leser – ohne Sie wäre es nur halb so schön, Bücher zu schreiben.

Kerstin Lange
STROMSCHWIMMER
Broschur, 176 Seiten
ISBN 978-3-95451-277-5

»Kerstin Lange erzählt eine leise, nachdenklich stimmende Geschichte, die durch den geschickten Handlungsaufbau und durch den überraschenden Schluss ein hohes Spannungspotenzial enthält. Mit der Figur Staufenbergs erweckt sie einen Protagonisten zum Leben, dem man gern auch im wahren Leben begegnen würde. Nicht zuletzt, weil er den Mut hat, auch einmal ›gegen den Strom zu schwimmen‹.« Rheinische Post